KB063381

로크미디어가
유혹하는
재미있는 세상

ROK
MEDIA
로크미디어

짐승 같은 뉴비 7

2022년 7월 13일 초판 1쇄 인쇄
2022년 7월 18일 초판 1쇄 발행

지은이 예정후
발행인 김정수 강준규

기획 이기헌 왕소현 박경무 강민구 조익현
책임편집 천기덕
마케팅지원 이원선

발행처 (주)로크미디어
출판등록 2003년 3월 24일
주소 서울시 마포구 성암로 330 DMC첨단산업센터 318호
Tel (02)3273-5135 **편집** 070-7863-0307 Fax (02)3273-5134
홈페이지 rokmedia.com **E-mail** rokmedia@empas.com

© 예정후, 2022

값 8,000원

ISBN 979-11-354-7465-1 (7권)
ISBN 979-11-354-7458-3 04810 (세트)

ROK
MEDIA
로크미디어

짐승 같은 누님

정후 퓨전 판타지 장편소설 7

Contents

내 집 장만하는 뉴비

스크린 속에서 아나운서가 작은 미소를 지으며 소식을 전하고 있었다.

ㅡ오늘 오후, 서울 노원구 수락산 자락에서 일어난 차원 역류는 해당 게이트 공략을 맡은 이스케이프 클랜의 마스터 헌터, 정석진 씨와 신인류 조사단의 특무조장, 백수현 씨가 나서서 수습되었습니다. 자세한 소식은 이지욱 기자가 전합니다.

장면이 바뀌어 마구 파헤쳐진 산기슭, 지친 기색이 역력한 남자 기자 하나가 산길을 열심히 오르고 있었다.

－헉, 헉. 저는 지금 수락산 중턱에 와 있습니다. 불과 몇십 미터 전까지만 해도 평범한 등산로였는데, 갑자기 폭격을 맞은 것처럼 땅이 뒤집히고 바위가 무너져 내렸습니다. 빼곡하게 서 있던 숲은 온데간데없이 사라졌습니다. 바로 게이트가 거꾸로 뒤집히며 일어난 '차원 역류'의 결과물입니다……

차원 역류에 대해 한참이나 설명하던 기자는 손가락을 들어 먼 곳을 가리켰다.

－바로 저곳이 이번에 역류한 A등급 게이트가 있던 곳입니다. 지금은 완전히 사라졌지만 이곳에 풍기는 몬스터의 체취와 혈흔이 지독한 전투가 있었음을 증명하고 있습니다.

카메라가 현장 이곳저곳을 훑는 사이, 숨을 고른 기자가 힘주어 말하기 시작했다.

－다행스럽게도, 이번 차원 역류는 현장에 나와 있던 이스케이프 클랜의 마스터 헌터 '정석진' 씨와 신인류 조사단의 특무조장 '백수현' 씨에 의해 수습되었습니다. 정부와 서울시는 두 사람에게 감사패와 훈장 수여를 검토하겠다고 밝혔습니다. NBC 뉴스, 이지욱이었습니다.

그리고 카메라는 스튜디오로 돌아와, 아나운서가 게이트 전문가 한 사람과 '왜 공략 가능 시간이 남아 있는데 차원 역류가 일어났는가'라는 주제로 이야기를 주고받는 장면을 비추었다.

─예. 지금까지 우리 한국에서는 전례가 없었던 일입니다만. 사실 세계적으로는 아예 없었던 일이 아닙니다……!

이마가 슬슬 벗겨지기 시작한 전문가는 스튜디오가 더운지 손수건으로 이마를 훔치며 설명을 이어 가고 있었다.

─멕시코의 두랑고 지역, 슬로베니아의 코체베 지역, 에, 또, 키르기스스탄의…….

이른바 '시간 내 차원 역류'가 전혀 불가능한 일이 아니며, 극히 희박한 확률이지만 발생 가능한 현상이라는 논지였다.

일견 논리 정연한 이야기에, 아나운서는 심각한 표정으로 고개를 끄덕이며 경청하고 있었다.

하지만 바로 그때.

〈속보〉 백수현 특무조장 "이번 차원 역류는 신인류의 소행이다" 발표.

스크린 아래로 붉은색으로 칠해진 자막 박스가 툭 떠올랐다.

　-저, 말씀 중에 죄송하지만 방금 들어온 속보를 전해 드리겠습니다! 이번에도 백수현 특무조장 관련 소식입니다!
　-……에엥?

아나운서가 황급히 자세를 고쳐 앉으며 입을 열자, 전문가는 믿을 수 없다는 표정으로 눈을 부릅떴다.

　-어, 현재 올노운 헌터가 입원해 있는 여의도 병원의 로비에서, 신인류 조사단의 특무조장 백수현 씨가 기자회견을 열고 '수락산에서 벌어진 차원 역류는 자연 재해가 아니라, 정체불명의 괴조직 신인류에 의해 의도된 테러'라는 입장을 밝혔다고 합니다……!

　　　　　　　　　　∨

김서옥 청장이 헬기를 타고 나타났을 때, 나는 별로 놀라지도 않았다.
'저 대단하신 존 메이든이 한국에 왔는데 채윤기 하나만 붙여 놓는 게 말이 안 되지.'
아무리 비밀 일정이라고 해도 그럴 수는 없었다.

세계 클랜 협의회의 의장은 미국 대통령만큼이나 묵직한 존재였으니까.

뒤이어 공무원들이 쏟아져 들어왔고, 현장은 이스케이프 클랜으로부터 차원통제청에 인계되었다.

"다음엔 제가 연락드리겠습니다, 백수현 마스터."

"예. 고생하셨습니다. 정석진 마스터."

"크흠, 그, 클로저스에 T.O. 좀 있죠?"

"봄향 헌터님, T.O.는 모르겠습니다."

"없으면 만들어요."

"크흠."

내가 최원호라는 것을 알고 있는 정석진 마스터와 춘향 선배는 각자 하고 싶은 말을 남기고 사라졌다.

그리고 철만 아저씨와 헌드레드는 이규란이 데리고 돌아갔다.

신우 역시 마찬가지.

"좀 쉬어. 집에서 보자."

"응, 그럴 수 있을지는 모르겠지만 안전한 곳에서 쉬고 있을게."

현장에 남은 사람은 나, 존 메이든, 채윤기, 김서옥 네 사람이었다.

조사관들이 부지런히 움직이는 모습을 지켜보던 나는 차원통제청장에게 툭 선전포고를 했다.

"청장님, 이따가 존 메이든 헌터가 올노운 헌터의 병문안을 갈 거라고 하던데, 그게 끝나면 저는 기자 회견을 열겠습니다."

"네? 기자 회견이라면 어떤……?"

"이번에 일어난 차원 역류에 대해 모두 밝힐 생각입니다. 무왕이라는 놈이 나타나서 의도적으로 차원 역류를 유도했다고 말이지요."

"……!"

그러자 김서옥 청장의 얼굴에 당혹스럽다는 감정이 떠올랐다.

어지간하면 포커페이스를 유지하는 사람이었는데, 내 폭탄 발언에 정신을 못 차리는 표정이 되었다.

"백수현 마스터! 지금은 곤란합니다! 우리나라 언론은 작은 문제라도 침소봉대하여 일을 부풀리는 경향이 있고……!"

'그래, 그러시겠지.'

예상하고 있었던 나는 김서옥의 말허리를 뚝 자르고 들어갔다.

"저도 언론을 좋아하지는 않습니다만, 지금은 침소봉대 따위가 문제가 아닙니다. 사람들이 모두 안전하다고 생각하는 게이트, 그게 언제든지 폭발할 수 있다는 것. 이런 어마어마한 사실을 숨길 겁니까?"

"아니, 아니죠! 숨긴다는 게 아니라! 일단 제 말을 들어 보세요. 헌터님!"

"아뇨, 청장님이야말로 제 말씀을 들어 보셔야겠습니다."

"들어 보나마나 안 된다고요!"

"……."

대화가 안 되네.

'그렇다면…….'

나는 그녀를 향해 기세를 터트렸다.

멀지 않은 곳에서 바지 주머니에 손을 쑤셔넣은 채 이쪽을 흥미롭게 바라보는 존 메이든까지 포함해서.

[권능 : '늙은 산군의 기백'.]

조금 과하다 싶을 정도로 압력을 끌어내어 힘껏 짓누르는 것이다.

"……큭!"

"흐으음."

김서옥의 얼굴이 딱딱하게 굳어지고, 존 메이든 역시 눈을 가늘게 뜨고 있었다.

아마 각자 마력을 끌어올려서 내가 짓누르는 힘에 대응하고 있을 것이다.

상대가 상대인 만큼, 나는 계속해서 힘을 더했다.

후우우욱-!

급속도로 빠져나가는 에너지.

"배, 백수현 헌터!"

"……."

김서옥의 얼굴이 하얗게 질리고, 존 메이든도 바지 주머니에서 손을 뺄 수밖에 없었다.

평소의 나였다면 10초도 유지하기 힘들 정도로 높은 출력이었다.

하지만 지금은 그저 여유로웠다.

퓨리 에너지가 마력과 결합하며 만들어지는 세비지 에너지는 그 효율이 물경 3배는 뛰어나며…….

'지금은 거의 무한 동력이니까.'

[알림 : 특성 '야성'이 반응하고 있습니다.]

[안내 : 상대의 분노에 감응하여 퓨리 에너지가 충전되고 있습니다.]

"그만, 그만……!"

"흐음."

나는 물론이고, 김서옥과 존 메이든 모두가 분노하고 있었다.

즉, 세 사람의 분노가 내 에너지가 되어 쏟아져 들어오고 있었으니 힘을 아낄 필요가 없었던 것이다.

무엇이 이들의 분노를 자아내는 것일까?

그 상태를 유지하며 나는 다시 입을 열었다.

"기자 회견을 할 겁니다, 여의도 병원 로비에서. 막고 싶으면 안전국 요원들을 보내십시오. 어떻게 되는지 한번 봅시다."

내 머릿속에는 사하라 게이트의 환상 속에서 보았던 장면이 아직도 선명했다.

이 두 사람은 사실상 아무것도 하지 못하고 악마종에게 내 어머니를 내주었다.

지금 퍼붓는 산군의 기백은 작은 복수.

'진실인지 아닌지도 알 수 없는 상황에서 할 수 있는, 나름의 앙갚음이라고 할까.'

도저히 좋은 감정이 나올 수가 없었다.

그 순간, 입을 연 사람은 존 메이든이었다.

"그 선택을 권하고 싶지는 않지만, 굳이 그렇게 하겠다면 어쩔 수 없겠군요."

"존, 그 말은……?"

"뜻대로 하게 두셔도 좋습니다. 이건 내가 세계 클랜 협의회 의장으로서 드리는 말씀입니다, 서옥."

"……."

'됐군.'

존 메이든은 미국을 대표하는 '골든실드'의 클랜 마스터이자 세계 클랜 협의회의 의장을 겸직하고 있다.

그리고 한국 차원통제청은 협의회의 협력국 기관으로서 긴밀하게 연결되어 있다.

즉, 존 메이든은 김서옥에게 간접적으로 지시를 내린 것이었다.

"알겠습니다. 하지만 우리 차원통제청은 백수현 헌터의 개인 의견에 불과하다고 성명을 낼 겁니다. 지원을 바라지는 마십시오."

지원? 가당찮은 말에 나는 피식 웃었다.

"예나 지금이나 차원통제청이 헌터들에게 해 주는 지원이 제대로 된 게 있었습니까? 청장님도 헌터 출신이니까 아실 텐데요?"

그러자 그녀는 아무 말도 하지 못했다.

"흠, 이제야 얼굴을 볼 수 있겠군."

윤동식은 업무 처리로 정신이 없던 중이었다.

합정동 블랙핑거 클랜 하우스에서 정체를 알 수 없는 무력 충돌이 일어났고, 꽤 많은 부상자가 생겼다.

다행스럽게 사망자는 없었으나 서울 시내 한복판에서 그런 사건이 벌어지니 골치 아픈 문제들이 여럿 튀어나올 수밖에 없었다.

그러다가 그 소식을 들었다.

의문의 차원 역류.

백수현 특임조장이 정석진 마스터와 함께 활약하며 차원 역류를 수습했다는 소식이었다.

그리고 무슨 이유에선지 그가 올노운을 만나기 위해 지금 여의도로 온다는 통보를 받았다.

반가운 이야기에 윤동식은 웃음을 터트렸다.

"허허허! 불과 몇 주 사이에 이런 대형 헌터가 되다니, 이런 게 가능할 줄은 몰랐는데 말이야. 희원이가 사람을 제대로 찍었어!"

그러자 문이 벌컥 열리며 날카로운 인상의 여자가 등장했다.

바로 의사 가운을 입은 윤희원이었다.

"아버지? 제가 누굴 찍었나요? 찍은 사람 없다고요! 도대체 몇 번을 말씀드렸어요!"

"크흠, 지금이라도 좀 찍으면 안 되겠냐?"

"안 찍어요! 내가 무슨 나무꾼인가요!"

"그럼 백수현 헌터는 선녀인가? 나무인가?"

"하…… 제발 좀……!"

"허허허허!"

얼마 전부터 계속 이런 식이었다.

백수현이 이끄는 특무조가 사하라 사막에서 영원 모래 미로의 스코어보드를 갈아치우는 업적을 세운 뒤부터.

윤동식은 윤희원에게 은근한 압박을 주고 있었다.

"잘생겼고! 능력 좋고! 너를 잘 알고! 그만한 신랑감이 어디 있냐! 그러니까 좀 나서 보란 말이야, 인석아!"

"……"

"쩝, 늙어 죽기 전에 손주나 볼 수 있을지 모르겠구면."

백수현의 호감을 사 보라는 압박.

"아버지, 전 그럴 생각도 없고 능력도 없어요. 그리고 자꾸 까먹으시는 것 같은데! 저 아직 환자예요, 환자! 부산 게이트에서 다친 거 잊으셨어요?"

"그래, 너 말 잘했다. 네가 누구 때문에 살았는데! 오늘 백수현 헌터한테 감사 인사라도 하겠다고 해라. 당장 식사 대접한다고 해!"

하지만 윤희원은 도리질을 쳤다.

그녀의 논리는 간단했고 꽤나 위력적이었다.

"말씀드렸잖아요. 저, 그럴 능력 없어요."

"뭐라? 네가 능력이 없다고?"

"네! 그리고 전 백수현 헌터 꼬실 생각도 없다고요."

"안 되면 되게 해!"

"아버지, 제가 다시는 헌터가 되겠다는 소리 안 할게요. 대신 제가 마력 의학자로 성장하는 것에 협조해 주세요. 진지하게."

"그거야 당연히……!"

"남자친구 만들고 결혼하라는 말도 하지 마시고! 저 진짜 다른 병원으로 옮기는 수가 있어요."

"……끄응."

부녀의 대화는 윤동식의 완패로 마무리되었다.

하지만 윤동식은 다시 때를 노리겠노라 다짐했다.

'남녀 사이가 어떻게 될 줄 알고!'

능력이야 만들어 주면 되고, 생각이야 바꾸면 되는 일 아니겠는가.

이윽고 헌터들이 도착할 시간이 되었다.

윤동식과 윤희원은 그들을 마중하기 위해서 VIP 전용 통로로 향했다.

로비에 진을 치고 있는 기자들의 눈을 피하기 위할 목적으로 만들어진 지하 통로.

두 사람은 눈을 의심했다.

"제가 잘못 본 건가요?"

"아니다. 허허, 저 친구가 어째서 여기에?"

일행의 가장 앞에서 저벅저벅 걸어오는 존 메이든을 목격한 탓이었다.

그는 야구 모자 아래에서 빙긋 미소 지었다.

"Long time no see, 마스터 윤."

존 메이든과 윤동식이 인사를 나누는 사이.

김서옥과 채윤기가 서둘러 걸어와 입을 열었다.

"안녕하세요, 윤동식 마스터."

"저, 긴히 드릴 말씀이……."

하지만 다음 순간, 성큼성큼 걸어온 최원호에 의해 상황은 깔끔하게 해결되었다.

"존 메이든 헌터가 이번 방문을 비밀로 하고 싶답니다. 대충 장단 맞춰 주세요."

"에……."

무심한 목소리와 냉기가 풀풀 흐르는 표정에 부녀는 움찔할 수밖에 없었다.

그리고 저 초대형 헌터에게 대충 하라는 식으로 말하는 것도 기가 막혔다.

흡사 한 수 위에 있는 사람이 툭 던지는 말 같았으니까.

'뭘까요? 화가 난 것 같은데.'

'혹시 백수현 헌터가 존 메이든이랑 대판 싸우기라도 한 건 아니겠지?'

'설마요.'

아버지와 딸이 눈빛을 교환하며 입모양으로 말을 주고받는 사이.

"여깁니다."

일행은 VIP 병동으로 들어섰다.

온몸에 붕대를 칭칭 감은 올노운이 그곳에 누워 있었다.

삐— 삐— 삐…….

심박계 모니터 속에서 꿈틀거리는 선의 움직임은 너무나 더뎠다.

올노운은 무겁게 눈을 감고 있었다. 마치 임종을 앞둔 사람처럼.

그 곁을 지키고 있는 겨울공주…….

'본명이 한겨울이라고 했었지.'

소녀는 푸석푸석한 얼굴로 병상 옆에 앉아서 아버지의 얼굴을 바라보고 있었다.

내가 들어오자 살짝 고개를 끄덕이며 인사를 보내오긴 했지만 이내 얼굴을 돌렸다.

그저 깨어날 줄 모르는 아버지만 쳐다보고 있는 것이다.

그 모습에서 나는 나를 목격했다.

'부모님을 여의었을 때, 영하 누나를 잃었을 때…….'

그리고 차원 역류에 휘말려 야수계라는 낯선 세계에 떨어졌을 때, 나도 지금의 한겨울처럼 세상이 다 무너진 것 같은 망연자실함을 느꼈었다.

차마 말로 표현할 수 없는 감정.

'안타깝네.'

말 그대로 속수무책인 그 마음을 알기 때문에 나는 그 누구보다도 측은함을 깊게 느끼고 있었다.

　그때 존 메이든이 나를 지나쳐서 병상을 향해 다가갔다.

　그러자 한겨울의 눈빛이 와르르 흔들렸다.

　"존 아저씨……!"

　"겨울. 잘 지냈니?"

　소녀는 말없이 고개를 떨궜다.

　헌터들은 그 모습을 조용히 지켜보았다.

　대체 뭘 숨기고 있는지는 모르겠지만, 존 메이든은 올노운의 동지이자 친구로 알려져 있었으니.

　"괜찮아, 겨울. 다 괜찮아질 거다."

　단지 이 자리에 와서 위로의 말을 건네는 것만으로도 한겨울에게 큰 위로가 될 터.

　"흑흑……."

　존 메이든이 등을 토닥이자 소녀는 숨죽여 울기 시작했다.

　모두가 그 모습을 뭉클한 표정으로 바라보고 있었다.

　딱 한 사람, 나만 빼고.

　'뭐지?'

　분명 감동적인 장면이었지만 뭔가 이상했다.

　어딘지 모르게 무척 어색하다고 할까.

　나는 조용히 권능을 사용했다.

　　[권능 : '탐색자 고양이의 수염'.]

지금 옆에 있는 채윤기를 속여 넘기는 것에 사용했던 탐색자 고양이의 권능.

이 능력은 좁은 공간 안에서 세부적인 정보를 캐내는 것에 특화되어 있었다.

아주 작은 단서라도 잡아 낸다면 지금 내가 느끼는 이 묘한 감각의 원인을 밝혀낼 수 있으리라는 생각이었다.

스스스-.

'흐음?'

권능을 이리저리 발휘하던 나는 예상치 못한 곳에서 뭔가를 발견하고 눈을 가늘게 떴다.

병상에 누운 올노운의 손끝에 하얀 가루 같은 것이 조금 묻어 있었던 것이다.

'입자가 제법 큰데? 저게 뭘까?'

병실 전체를 훑어보던 권능이 집중되기 시작했다.

올노운의 오른손 집게손가락에 아주 살짝 묻어 있는 흰 가루의 정체를 파악하는 것은 그리 어렵지 않았다.

'빵가루? 식빵인가……?'

다시 권능의 안테나가 움직였다.

이번에는 환자의 보호자가 사용할 수 있도록 마련된 테이블 위에 놓여 있는 봉투가 포착되었다.

텅 빈 우유병 옆에 절반쯤 남은 상태로 놓여 있는 하얀 식빵.

'하하, 이런 식빵……'

나는 조용히 누워 있는 올노운을 바라보며 헛웃음이 나오려는 것을 꾹 눌러 참아야만 했다.

그리고 비로소 한겨울과 존 메이든이 함께 있는 풍경에서 느낀 이상한 부분이 무엇인지 깨달았다.

"흑, 흑, 흑……!"

소녀의 울음소리.

어색하지는 않았으나 그렇다고 아주 자연스럽지도 않았다.

마치 열심히 연습해 둔 것처럼, 대단히 능숙한 느낌을 풍기는 울음이었던 것이다.

의심을 가지지 못했다면 눈치챌 수 없을 만큼.

난 그들을 바라보며 생각에 잠겼다.

'그러니까 이게 다 위장이었다는 건데……. 왜 그랬던 걸까?'

떠오르는 이유는 많았다.

일단 가장 유력한 가능성은 안전상의 이유.

올노운은 신인류 조직으로부터 예상치 못한 공격을 받아 클랜 하우스에 궤멸적인 피해를 입었으니.

일단은 회복되었다는 정보를 감추면서 안전을 도모하는 연막작전도 그리 나쁘지 않은 선택이었다.

하지만 나는 그 가능성을 기각했다.

'올노운이잖아. 무진 그룹의 올노운.'

무진 그룹은 한국 1위 클랜이자 세븐스타즈의 일원이 이끄는 레이드 그룹으로서 그 콧대가 하늘을 찔렀다.

그런데 클랜 하우스가 폭격을 당하고, 1군 헌터들이 대거 사상을 당하면서 체면을 제대로 구긴 것이다.

'세컨드 헌터인 좌검은 왼팔을 잃었다지?'

이런 상황에서 고작 안전을 챙기자고 올노운이 병상에 숨어 있다?

언론와 네티즌들이 한목소리로 무진 그룹도 거품이었다고 비웃어 대는 상황에서?

'아니야. 내가 아는 무진은 그럴 리가 없고, 올노운은 더더욱 그럴 사람이 아니야.'

당장 떨치고 일어나서 전면전을 시작하는 것이 그의 방식에 가까웠다.

새로운 가능성을 생각해 보자.

'다른 단서는 없나?'

나는 다시 한번 탐색자 고양이의 수염을 전개해서 병실을 샅샅이 훑었다.

그리고 또 하나의 이상한 점을 발견했다.

바로 존 메이든의 시선이었다.

"……."

그의 눈길은 고요했지만 조금도 움직이지 않았다.

마치 표적을 노리는 맹수의 것처럼.

"……."

눈꺼풀 한 번 깜빡거리지 않는 채로 올노운의 얼굴을 뚫어지게 쳐다보고 있었다.

나는 그 행위가 무엇을 뜻하는지 아주 잘 알고 있었다.

'사일런스 메시지!'

시선을 따라서 목소리를 주고받는, 상당히 고등 레벨에 속하는 소통 스킬로, 존 메이든은 지금 올노운에게 자신의 목소리를 전달하고 있었다.

그리고 내 생각이 맞다면…….

'올노운은 답장을 하고 있는 것 같네.'

그렇다면 뜻대로 속아 줄 수 없지.

일단 나는 그 기묘한 풍경 앞에서 잠시 물러나는 척한 다음, 살짝 떠볼 생각이었다. 마침 적당한 핑계거리도 하나 있다.

"채 과장, 나랑 편의점 좀 다녀오자."

"응? 갑자기? 왜?"

"잠자는 숲속의 공주님께서 빵과 함께 드실 우유 좀 사다 드리게."

"……뭐?"

최원호와 함께 병실을 나온 채윤기는 귀를 의심했다.

문을 닫자마자 상대가 던진 이야기 때문이었다.

"채 과장, 올노운이 우릴 속이고 있어."

"속이다니? 뭔 소리야?"

"저 양반, 의식을 회복했는데 아닌 척 누워 있는 거라고."

"그게 무슨……?"

"어쩌면 처음부터 기만이었을지도 모르지. 클랜 하우스가 폭격을 당한 건 사실이지만, 의식은 잃지 않았는데 그런 척을 하고 있다거나. 아니, 그 공격부터도 사실은 자작극이거나."

"……."

"만약 후자라면 중범죄야. 신인류 조사단의 단장 자격이 없는 것은 물론이고, 세계 클랜 협의회에 제소해야 할 수도 있지. 아군 살해 혐의잖아?"

"……."

"채 과장, 듣고 있냐? 왜 말이 없어?"

핵폭탄 같은 소리를 아무렇지도 않게 떠드는 최원호를 바라보며, 채윤기는 어이가 없는 기분을 느끼고 있었다.

그는 미간을 찌푸리며 말했다.

"설령 그렇다고 해도 우리가 무슨 상관이지? 난 위에서 까라면 까야 하는 공무원이고, 넌 무진 그룹과 올노운 마스터가 쇠락할수록 오히려 이득을 보는 입장이잖아? 내 말이 틀렸나?"

그러니 오히려 입 다물고 있어야 하는 것 아니냐는 물음.

"흠."

나름 정확한 지적에 최원호는 피식 웃었다.

올노운과 무진 그룹이 자리를 비운 사이, 최원호는 그 공석을 빠르게 제 것으로 만들어 가고 있었다.

개인적인 명성은 물론이고, 클랜의 입지 그러했다.

채윤기의 일침은 사뭇 뼈가 있는 지적이라고 할 수 있었다. 하지만.

"속는 게 기분이 더러워."

"뭔 미친 소릴. 그냥 속아 주는 척한다고 생각해!"

"아니, 본인이 날 속이기에 성공하고 있다고 생각하는 것 자체가 기분 나빠."

"대체 그게 무슨 상관이라고. 헌터들이란 알다가도 모르겠군."

"그리고 무엇보다도……."

최원호는 병원 복도를 향해 걸음을 옮기며 시니컬한 어조로 이렇게 내뱉었다.

"나에게 뭔가 숨기고 있다면 올노운도 의심 대상이야. 무슨 속셈인지 알 수 없으니까. 난 그런 인간들을 신뢰하지 않아."

말을 마친 남자는 저벅저벅 걸음을 옮겨 사라졌다.

그 모습에 채윤기는 턱을 긁적이며 인상을 찌푸렸다.

"그럼 아까 잠자는 숲속의 공주라는 게 그런 말이었나."

만약 상상이라면 기가 막히는 것이고…….

진실이라면 코까지 막히는 일이었다.

"아닐 거야. 그럴 리가 없지. 올노운 마스터가 그런 기만을 왜 해?"

헛웃음을 지으며 최원호의 뒤를 따라가던 채윤기.

그러다가 조사관은 수상한 의문점 하나를 떠올렸다.

'근데 저 자식, 이걸 왜 나한테 말했지?'

자신이 딱히 도와줄 수 있는 부분도 없는데 말이다.

무슨 라디오 방송처럼 혼자서 줄줄 떠들더니 사라져 버리는 것은 상당히 어색했다.

마치 다른 누군가가 들어야 하는 이야기처럼.

'설마 혹시……?'

왠지 등골이 서늘해지는 기분이었다.

내가 채윤기 과장에게 주저리주저리 이야기를 풀어놓은 것은 도움을 필요로 해서가 아니었다.

'환자 행세를 하고 있는 올노운을 떠본 거지.'

올노운은 존 메이든과 비슷한 경지에 도달한 최상급 헌터다.

이건 오감이 극도로 발달했음을 뜻하는 말이기도 했다.

아무런 처리도 되지 않은 벽이나 문 하나 정도는 우습게 뚫고 엿들을 수 있는 수준.

정말로 그가 정신을 차린 상태라면.

그리고 존 메이든과 사일런스 메시징을 사용해서 이야기

를 주고받을 정도로 명료한 상태라면……?

'방금 그 이야기는 모두 들었겠지.'

내가 확신을 가지고 있고, 새로운 의심 또한 품고 있음을 전달하는 것.

이 이상으로 날 속이려고 하다가는 어떻게 될지 모른다는 사실을 불어넣는 것.

이것이 내가 원한 전개였다.

'보아하니 채윤기는 반신반의하는 것 같은데, 당사자는 좀 다를 거야.'

내가 목표로 했던 것은 그대로 이루어졌다.

우리가 올노운의 병실로 돌아왔을 때, 존 메이든과 김서옥의 모습이 보이지 않았다.

한겨울이 나에게 냉막한 표정으로 말했다.

"두 분은 다른 볼 일이 있어서 돌아가셨습니다. 존 메이든 헌터는 백수현 헌터님께 전화번호를 남겼고요."

짧게 휘갈긴 메모.

그것은 대충 구겨서 주머니에 처박히는 신세가 되었다.

나에게는 훨씬 더 중요한 일이 있었으니까.

나는 병상 위에 누워 있는 올노운을 바라보며 입을 열었다.

"이제 대화할 준비가 됐습니까, 올노운 마스터?"

그러자 눈을 감은 남자의 입이 살짝 벌어졌다.

"대체 어떻게 알았습니까?"

"……!"

슬쩍 돌아보니 옆에서 채윤기의 눈동자가 미친 듯이 흔들리는 것이 보였다.

그만큼 충격적인 소식이었다.

지금껏 그 누구도 올노운의 위장을 알아차리지 못했다.

심지어 그를 치료하는 마력 의학과 소속 의사들 역시, 올노운이 인위적으로 심박수를 낮추었다는 사실을 알아차리지 못했다.

그러다가 나에게 간파당한 것이다.

"대체 어떻게?"

"……빵가루. 그 덕분에 알았습니다, 올노운 마스터."

천천히 눈을 뜨는 올노운.

그는 오른손을 가볍게 들어 예의 빵가루 부스러기를 살펴본 뒤 나지막하게 한숨을 내쉬었다.

"아무리 그래도 그렇지, 나를 신인류라고 의심하는 겁니까?"

입을 여는 것과 동시에 대단히 묵직한 기세가 병실 한복판에 내리 꽂혔다.

쿠그그그그.

선반에 놓인 장식품들이 파르르 떨리고 병실 바닥의 타일이 살짝 갈라질 정도였다.

하지만 나는 아무 말도 하지 않았다.

"……."

오히려 함께 기세를 일으키며 눈빛으로 올노운을 압박하고 있었다.

'의심당하고 싶지 않으면 믿음을 내놓아라.'

어렵지 않게 전달되었을 것이다.

"흠."

병상 위에서 상체를 일으킨 올노운은 한숨처럼 대답했다.

"상황이 이렇게 흐를 줄은 몰랐군요. 난 신인류가 아닙니다. 사실은 게이트 테러리스트지요."

응?

"뭐라고요?"

내 옆에 있던 채윤기는 더 당황했다.

"올노운 단장님? 방금 무슨 말씀을……?"

그는 차원통제청의 조사관인 동시에 신인류 조사단의 정부 측 담당관이었다.

그러니 올노운과 관계가 상당히 깊은 입장이었는데 난데없이 폭탄 발언이 나왔으니, 당황하지 않을 수가 없었다.

올노운은 고요히 말했다.

"제가 게이트 테러리스트라고 말씀드렸습니다."

"아니, 지금 그걸 제가……."

"믿을 수 있겠느냐고요? 뭐 어떻습니까, 채 과장님께서 지금 밖에 나가서 '올노운이 테러분자다!'라고 외치더라도 사람들은 믿지 않을 겁니다. 저는 올노운이니까요."

"······!"

맞는 말이었다. 다들 채윤기가 미쳤다고 생각하겠지.

특히 국내에서 올노운의 입지는 독보적인 수준을 넘어서 독재적인 수준이었다.

꿀 먹은 벙어리가 된 채윤기를 두고, 올노운은 나를 향해 입을 열었다.

"지금 우리나라에는 '여섯 형제단'이라는 테러리스트 조직이 활동하고 있습니다. 여섯 개의 분파가 있고, 각자의 지도자를 가지고 있는 은닉 단체들의 집합입니다."

'여섯 형제단.'

오랜만에 나온 그 이름은 나도 알고 있는 것이었다.

신인류 조사단의 특무조를 선발하고 R1급 라이선스를 지급하기 위해 진행되었던 특별 인증 시험.

그 시험장에서 디멘션 하트를 파괴하여 헌터들을 몰살시키려 했던 테러리스트의 소속 단체가 바로 '여섯 형제단'이었다.

올노운은 무표정한 얼굴로 설명을 이어 갔다.

"그리고 저는 그들의 총수였습니다. 여섯 계파를 모두 아우르는 총지휘책."

"여섯 형제단의 총지휘······."

나는 올노운의 얼굴을 뚫어져라 노려보았다.

쉽게 믿을 수가 없었으니까.

올노운은 내가 루키였던 시절에도 이미 최강자로 손꼽히던 헌터였다.

그리고 무진 그룹을 성공적으로 이끌던 지도자이기도 했다.

그런데 그 뒷면이 여섯 형제단의 총수?

"……그걸 믿으라고 하는 말입니까?"

"믿지 못할 이유는 무엇입니까."

"말이 안 되니까요. 일단 너무 바쁘잖습니까? 이미 몸이 열 개라도 부족한 무진 그룹의 클랜 마스터 아니십니까."

"믿기 싫으면 마십시오."

"역시 신인류 조직원이라고 보는 게 좀 더 타당할 것 같습니다."

내가 도발하자 그는 헛웃음을 지었다.

그리고 증거를 내밀었다.

손끝을 타고 휘도는 작은 그림자.

"……!"

"아무리 그래도 신인류로 오해받는 건 죽기보다 싫군요. 이건 여섯 형제단의 총수가 사용할 수 있는 '점영술'이라는 힘입니다."

일렁거리는 그림자는 나에게 낯익은 것이었다.

특별 인증 시험의 얼음성 지하와 4구획의 환상 속에서, 나는 저 꾸물거리는 그림자들과 싸운 적이 있었다.

"점영술이라고 하셨습니까."

"예, 지금은 후임 총수에게 그림자의 대부분을 물려주었기 때문에 고작 이 정도입니다만, 총수직을 수행할 때는 사람 크기 정도로 그림자를 불러낼 수도 있었습니다."

"그러면……."

"사념체이자 분신체로 활용할 수 있지요. 집중력만 발휘한다면 여러 장소에 동시에 존재하는 것도 가능합니다. 그러니까 바빠서 몸이 모자라서 활동이 불가할 일은 없었습니다."

그 말에 나는 직선으로 찌르고 들어갔다.

"방금 그 기술, 악마종 몬스터와는 무슨 관련이 있습니까? 점악마종이 사용하는 스킬 아닙니까?"

그러자 올노운의 눈동자가 순간적으로 잘게 흔들렸다.

나는 그것을 놓치지 않았다.

분명 순간적인 동요가 있었다.

'파고들어야 돼.'

4구획의 환상 속에서 보았던 점악마종과의 연관성이 드러났으니 반드시 꼬집고 넘어가야만 했다.

"말씀해 주시죠. 이 부분이 해결되지 않으면 우리 이야기는 필요가 없을 것 같습니다."

"……그게 그렇게 중요한 부분입니까?"

"예, 저한테는요."

그러자 잠시 침묵하던 올노운이 입을 열었다.

"자세한 걸 말씀드릴 수는 없지만…… 백수현 마스터가 지적하신 게 맞습니다. 이 스킬은 점악마종이 사용하는 '그림자 조형술'에서 비롯된 것입니다."

'역시!'

신인류, 테러리스트, 악마종…….

이들은 분명 어떤 관련을 가지고 있었다.

그리고 뜻밖에도 올노운이 실마리가 될 수 있을 듯했다.

"자, 내 차례인 것 같은데, 백수현 마스터께서는 어디까지 알고 계신 겁니까?"

이번에는 올노운이 팔짱을 끼며 나에게 묻고 있었다.

상대가 정보 하나를 풀었으니 나도 하나를 내놓는 것이 순리라고 할 수 있을 것이다.

나는 잠시 뜸을 들이다가 대답을 내놓았다.

"여섯 형제단에 대해서는 이미 알고 있었습니다. 그리고 신인류와 여섯 형제단이 깊은 관련이 있다는 것도."

"어떤 관련을 말씀하시는 것인지."

"여섯 형제단에서 파문된 '검은 눈'이라는 인물이 신인류 조직의 창립자라고 들었습니다. 그리고 지금은 신인류가 형제단의 움직임을 이용하는 것처럼 보였습니다만."

"……."

올노운은 말이 없었지만 그의 눈동자는 더욱 깊게 가라앉고 있었다.

나는 도박을 하듯이 한 가지를 더 던져 보기로 했다.

"그리고 시베리아 게이트가 역류한 결과에 대해서도 알고 있습니다."

환상 속에서 보았던 내용.

여기서 만약 올노운이 반응을 보인다면 더 파고들 것이고, 무슨 말인지 모르겠다고 나온다면 적당히 얼버무릴 생각이었다.

"그건……."

나는 나를 뚫어져라 쳐다보는 올노운의 시선을 조용히 견뎠다.

참기 어려운 침묵.

너무나 길어서 영원처럼 느껴지는 시간이 흐른 뒤.

"이곳에서 나눌 수 있는 이야기가 아니군요. 이틀 뒤에 제가 연락드리겠습니다. 세작의 눈과 귀가 닿지 않는 곳에서 뵙지요."

"세작들의 눈과 귀가 닿지 않는 곳이라니, 그게 무슨 말입니까?"

그러자 올노운은 조금 씁쓸한 미소를 지으며 이렇게 말하는 것이었다.

"곧 알게 되실 겁니다."

✦

나는 김서옥 청장에게 예고했던 대로 여의도 병원의 로비에서 기자 회견을 진행했다.

연락을 받고 한달음에 달려온 석형우는 손바닥을 비비며 좋아했다.

"좋습니다. 아주 좋아요!"

"뭐가요?"

"이건 클로저스 클랜의 네임 벨류를 10대 클랜 수준으로 키울 절호의 찬스입니다. 나머지는 저에게 맡겨 주시죠. 제가 기자들과 밀당하면서 기가 막히는 기사들을 뽑아 보겠습니다!"

"……기대하겠습니다."

석형우를 홍보팀장으로 앉힌 뒤, 그가 하는 것을 지켜보니 비로소 언론 플레이라는 것이 무엇인지 알 수 있었다.

'거래와 경쟁, 설득과 협박이 적절히 어우러진 종합 상행위라고 할까.'

아무튼 이 업무를 석형우에게 맡겨 둔 것은 최고의 선택이었다.

내가 기자들에게 카메라 플래시를 맞으며 할 말을 하고 나자, 그는 경매를 주도하는 경매인처럼 능숙하게 장내를 휘어잡았다.

나는 채윤기 과장을 데리고 그 현장을 빠져나왔다.

그러자 조사관은 가만히 중얼거렸다.

"뭔가 꿈을 꾸는 기분이군. 세계 최강의 헌터와 함께 다니다가 한국 최강의 헌터가 사실 게이트 테러 집단의 수장이라는 이야기를 듣게 되다니."

나는 그 말을 정정해 주었다.

"테러 집단의 수장이'었'다는 이야기였어. 지금은 아니라고."

"나한텐 그것도 비슷한 충격이야. 테러는 특수임무국 관할이긴 해도, 나도 조사 직렬이지. 근데 그따위 정보는 흘려들은 적도 없어. 아예 모르는 정보라고!"

올노운의 이야기를 곱씹으며 채윤기는 의심스럽다는 표정이었다.

"어쩌면 기만일지도 몰라. 사실 올노운 마스터도 신인류 조직원이었고, 처음부터 널 족칠 기회만 엿보느라……."

그러다가 한숨을 푹.

"빌어먹을, 내가 무슨 소리를 하는 건지 모르겠군. 관두자. 머리가 아파서 가서 좀 쉬어야겠어."

"그러든지."

"하, 수명이 줄어드는 것 같다. 이놈의 공무원 밥통을 때려치워야 하나……."

채윤기는 흔한 직장인의 푸념과 함께 사라졌다.

그리고 나에게 다가온 사람들은 아까 그 부녀였다.

"백수현 조장! 잠깐만 기다리게!"

"잠깐 시간 괜찮으신가요?"

이 병원의 운영자이자 백십자 클랜의 마스터 윤동식과 그의 딸인 윤희원.

두 사람이 나를 향해 어색한 미소를 짓고 있었다.

한데 나 역시 이들에게 볼 일이 있었다.

"예, 저도 두 분께 드릴 말씀이 있었는데 마침 잘됐네요."

의아한 표정의 두 사람에게 나는 부탁 한 가지를 진지하게 할 생각이었다.

"저희 클로저스 클랜의 새로운 클랜 하우스에 관해 윤동식 마스터께 한 가지 도움을 얻고 싶은 것이 있어서요."

"오호, 새 클랜 하우스에 들어가는 데 내 도움이 필요하다고?"

"네."

"그래, 그게 뭔가? 말만 하게. 내 최대한 돕겠네."

흥미롭다는 표정으로 고개를 끄덕이는 윤동식 마스터.

내가 윤희원을 두 번이나 구해 준 만큼, 거절은 생각도 하지 않는 기색이었다.

나는 간단히 말했다.

"헌터용 생명 유지 장치를 구해서 설치해 주셨으면 합니다. 최신식으로요."

❧

이튿날.

최신우는 택시를 타고 서울을 빠져나가고 있었다.

강변북로에서 꽉 막히는 자유로에 오른 뒤, 북서쪽으로 내달리는 것이다.

그녀가 도착한 곳은 한적한 곳에 있는 요양 병원이었다.

"젊은 아가씨가 무슨 일인지 표정이 안 좋네. 힘내슈."

"감사합니다, 기사님."

택시 요금을 지불한 최신우는 깊게 심호흡을 하며 병원 입구로 들어섰다.

그러자 그녀를 알아본 병원 직원들이 반색하며 달려 나왔다.

"어머! 어머! 헌터님!"

"아유, 기사 봤어요! 이집트에서 엄청 활약하셨다고 들었는데? 맞죠!"

"축하드려요 정말! 그래, 이럴 게 아니라 사인을 받아야지! 김 쌤, 펜이랑 종이 좀 가져와!"

"선생님들! 한! 채! 미! 헌터님 오셨어요! 다들 얼른 나와보세요!"

"······."

마력 체계를 회복하고 F3급에서 R1급으로 올라선 최신우.

그녀는 이미 스타가 되어 있었다.

순식간에 병원 전체에서 사람들이 몰려 나와서 떠들어 댈만큼.

'참 재밌네. 얼마 전까지만 해도 불쌍하다는 시선들이었는

데…….'

사람들은 한순간에 태도를 바꾸었다.

예전의 유명세를 회복하고 그 이상으로 뛰어넘은 결과였다.

당연하다면 당연한 결과.

하지만 입술에서 쓴웃음이 지어지는 것은 어쩔 수 없었다.

"헌터님! 같이 사진 좀 찍어 주세요!"

"저, 저도요! 같이 찍어요!"

"오늘은 개인 일정 중이라서요. 죄송합니다."

"에이, 한 장만 찍어 줘요! 잠깐이면 되는데."

"죄송합니다."

"아……."

거절당한 사람들의 얼굴이 굳어졌다.

그것은 조만간 그녀가 싸가지가 없으며, 스타 헌터가 되니 눈에 보이는 게 없다는 험담을 동반하게 될 행동이었다.

하지만 상관없다. 어차피 욕할 사람은 욕하게 되어 있다.

'그리고 난 연예인 놀이나 하려고 여기에 온 게 아냐.'

특히 오늘은 더욱 더 그러했다.

똥 씹은 표정의 사람들을 놔두고 돌아선 최신우는 면회 절차를 거쳐 요양 병원 7층으로 향했다.

"7103호. 7103호."

오빠 덕분에 돈이 생긴 뒤, 그녀는 입원실을 가장 좋은 곳으로 옮겨 두었기 때문에 찾아가는 것에 시간이 조금 걸렸다.

담당 간호사가 항상 상주하고 있는 최고급 1인실.

그곳에 그 사람이 있었다.

"도윤수! 나 왔어!"

"……."

휠체어에 앉아서 창밖을 멍하니 바라보고 있는 하얀 얼굴의 남자.

최신우는 그에게 성큼성큼 다가가 손을 마주 잡았다.

"이제 집에 가자. 오빠가 너 데리고 오래."

"헤……."

"바보야, 웃지만 말고! 우리 오빠가 살아서 나타났단 말이야!"

"헤에?"

최신우는 눈물이 흐르려는 것을 꾹 참았다.

절대로 울면 안 된다. 오늘은 기쁜 날이니까.

"어, 얼른 가자. 일어나!"

소리를 지르자 엉거주춤 몸을 일으키는 남자, 도윤수.

죽거나 미치거나 실종되어 버린 클로저스 3인방 중 미쳐 버린 회복술사.

최원호는 이제 그를 치료할 수 있다고 판단했다.

그리고 새로 들어갈 클랜 하우스에서 그 작업을 준비하고 있었다.

신인류가 차원 역류를 유도했다.

내가 세상에 던진 메시지의 여파는 적지 않았다.
아니, 기대 이상이었다.
사람들이 날 믿지 않고 미친놈으로 밀어붙이더라도 이상
할 것이 없다고 생각했는데.

[오늘의 공략] 백수현의 폭탄 선언, "차원 역류? 언제든지
일어날 수 있다!" 게이트 전문가들 '의견분분'
[데일리 게이트] '차원 역류' 진실 공방 불붙나? ……백수
현 특무조장, "정석진 마스터가 보증할 것" 자신만만
[헌터 포커스] 차원통제청, 역류 위험 알면서도 은폐? 시민
들 '부글부글'
[영웅일보] 차원 역류 논란, 세계 클랜 협의회는 묵묵부
답…… 백십자 클랜 윤동식 "가능성 검토하고 대비해야"

뜻밖에도 보도 언론들이 일제히 내 편을 들어 주며, 김서
옥의 차원통제청과 존 메이든의 클랜 협의회를 공격하기 시
작했다.
일단 한번 여론이 조성되자 사람들의 반응은 급격하게 기

울었다.

　－아니.. 이게 말이 됩니까...? 국민을.. 게이트로부터 지키기 위
해... 차원통체청이 있는 것 아닙니까.....?
　－그니까ㅋ 언제든지 폭발할수있는 건데 좀 확률이 적다?ㅋ 기
만수듄ㅋㅋㅋ
　－싯팔 차통청개새기들아!!!!!!!!
　－와ㅋㅋㅋㅋㅋ믿을 사람이 하나도 없네여
　－ㅠㅠㅠ울집근처 게이트 있어.. 무서워죽겟음
　－국민들을 이렇게 속여도 됩니까? 차원통제청장은 자리에서 내
려와야 합니다!!!!
　－ㅇㅈㅋㅋㅋ 당장 내려와야지 개그튼련이 사람 몇명을 갖고 노
는거야?

"자, 어떻습니까?"
"활활 불타고 있네요."
"예, 마스터가 선빵을 제대로 때려 주신 덕분입니다. 원래
여론전이란 게 선빵만 잘 때려도 반은 먹고 들어가거든요.
대단히 훌륭하셨습니다."
"……"
　석형우는 나에게 몹시 뿌듯하다는 표정을 짓고 있었으나
난 그냥 씁쓸하게 웃었다.

게이트의 위험성을 터트리는 것은 전 세계적인 규모로 적을 만드는 일이었다.

　사람들에게 게이트가 위험하다는 것을 인식시키는 것은, 현재 게이트를 활용하고 있는 산업 전체가 위험함을 알리는 일과 매한가지였으니까.

　'분명 견제가 들어오겠지. 엄청난 수준으로.'

　언젠가는 맞닥뜨릴 수밖에 없지만, 가능한 만큼 최대한 뒤로 미루고 싶은 일이었다.

　그러니 그다지 기쁘지는 않았다.

　대신 기쁜 일은 따로 있었다.

　"이거 정말…… 속된 말로 정말 삐까뻔쩍한 클랜 하우스로군요."

　"……제 취향은 아닙니다."

　"하하하! 여길 지은 프린스 클랜의 취향이겠지요! 저도 취재하러 여기저기 많이 다녔습니다만, 다들 왜 이렇게 클랜 하우스를 으리으리하게 짓는 건지 모르겠습니다."

　"글쎄요. 힘을 과시하려는 동물적인 본능 아닐까요."

　"흐음, 그럴지도 모르겠군요."

　나와 석형우는 관악산 언저리에 지어진 거대한 방공호에 와 있었다.

　하지만 사실 방공호라기보다는 벼랑 끝에 지어진 은밀한 별장, 또는 특별한 몇 사람을 위해 지어진 미술관처럼 보이기도 했다.

그만큼 비밀스러우면서도 사치스럽게 지어진 건물.

이곳이 바로 클로저스의 새로운 클랜 하우스였다.

한창 둘러보고 있을 때 등 뒤에서 목소리가 들려왔다.

"전면이 유리로 되어 있긴 하지만 강력한 방어 마법이 걸려 있어. 아프가니스탄의 SSR급 방어술사가 설계한 술법이라던 가? 여기 가격의 절반 정도는 그 마법 값이라고 보면 돼."

마법을 직접 시행한 것처럼 거들먹거리면서 나타난 이코.

나는 피식 웃었다.

"그럼 이게 50억 원짜리 마법이란 말이냐?"

"그렇지. 다른 절반은 입지 값이고. 사실 건물은 헐값으로 산 거나 다름없어."

"여기가 무슨 대단한 입지라고."

"야, 그 말 모르냐? 누군가 조국의 미래를 묻거든, 고개를 들어 관악을 보게 하라!"

"……그건 관악산 건너편 한국대학교 슬로건이잖아. 인마."

"뭐 어때? 좋은 거 나눠 쓰면 더 좋지. 누군가 조국의 게이트를 묻거든, 고속도로를 타고 와서 반대쪽 관악을 보게 하라―!"

나는 어이가 없었지만 이코는 즐겁게도 낄낄거렸다.

그러자 옆에 있던 석형우가 침을 꿀꺽 삼켰다.

"마스터, 그럼 100억 원을 주고 이 클랜 하우스를 산 겁니까?"

"예, 대강 그 정도 됩니다."

"허어……."

말 그대로 돈 좀 썼다.

가지고 있던 돈을 탈탈 털고.

영원 모래 미로의 2구획에서 모든 미니 게이트들을 통과하며 얻은 수십 개의 마력석을 싹 처분한 뒤.

스코어보드 1위를 기록하면서 차원통제청이 지급한 포상금까지 모두 합친 결과였다.

바쁜 와중에도 이 부동산 매물을 물색해서 새로운 클랜 하우스를 확보한 장본인은 자신의 성과가 꽤나 만족스러운 얼굴이었다.

"어떻습니까, 홍보팀장님? 끝내주지 않습니까?"

"허허, 정보팀장님 덕분에 이런 곳에서 근무도 해 보는군요."

"운이 좋았습니다. 아, 그리고 아침에 기사들 나온 것 잘 봤습니다. 역시 실력파! 고생 많으셨습니다."

"허허허! 별말씀을!"

이코는 석형우의 얼굴에 금칠을 해 댔다.

이게 사회생활이라는 건가.

그러더니 비행기 격납고처럼 거대한 공간과 그 전면에 과시하듯이 서있는 장대한 유리창을 바라보며 말을 이었다.

"정말 운이 좋았어. 프린스 클랜이 금전이 필요해서 클랜 하우스를 매각하려는 시기를 딱 포착했지."

"음."

"어? '음'이라니? 좀 더 날 찬양해! 최, 아니, 백수현!"

"근데 좀 지나치게 큰 감이 있긴 한데."

"그럼 채워. 이 새꺄!"

"……."

귀찮게 하네.

"그래, 무척 수고가 많았다. 사장으로서 공로에 감사하며 앞으로도 맡은 업무에 최선을 다해 주길 바란다. 됐냐?"

"설마 그걸로 끝?"

"보너스 줘?"

"당연하지. 투플러스 한우 채끝으로. 네가 직접 구워. 신우 시키지 말고."

이 미친놈.

나는 피식 웃었고, 이코는 흥 웃더니 뭔가를 스윽 내밀었다.

어지간한 보고 안건은 그냥 문자 메시지로 주고받는 것이 보통이다.

그런데 굳이 종이로 한다는 건…….

러시아 시베리아 게이트 관련.

나는 겉장에 쓰인 제목이 석형우에게 보이지 않게끔 그것을 건네받았다.

"좀 뜬금없는 헛소문들이 많은 것 같아. 일단 대충 훑어보고 참고만 해. 조금 더 걸러서 가져올게."

이코의 부연 설명.

하지만 나는 고개를 저었다.

"아니야. 더 파고들지 마."

"응?"

"이거면 됐으니까."

"⋯⋯?"

제대로 알려지지 않은 대규모 게이트의 역류.

악마종이 인간들 사이에 잠입했다는 루머.

그리고 지금까지 제대로 밝혀지지 않은 시베리아 북부 설원의 미스터리까지⋯⋯.

'더 볼 필요도 없겠네.'

슬쩍 훑어보는 것만으로도 충분했다.

내가 4구획의 환상 속에서 본 광경이, 최소한 아주 거짓은 아니라는 것은 분명해졌다.

그러니 직접 파고들 가치도 충분했다.

이코의 역할은 여기까지.

화르륵!

나는 마력을 일으켜 문건을 그대로 태워 버렸다.

그러자 옆에 있던 석형우가 눈을 껌뻑거렸다.

"뭐길래 순식간에 태워 버리십니까? 제가 보면 안 되는 건 가요? 꼭 무슨 범죄 증거를 인멸하는 것 같은데……. 허허허!"

"이래서 눈치 빠른 아저씨는……."

"예?"

"농담입니다, 농담."

나는 피식 웃으면서 석형우의 어깨를 두드려 주었다.

"아직은 때가 아니라서요. 하지만 이제 곧 아시게 될 겁니다. 알기 싫다고 하셔도 조만간에……."

"그, 그렇군요."

내 목소리가 조금 음산하게 들렸는지 석형우가 움찔하는 것이 느껴졌다.

이코 역시 꽤나 심각한 표정이 되었다.

괜히 무게를 잡았나?

'악마종 관련 이야기만 나오면 이렇게 되는 것 같네.'

나는 애써 웃으며 손짓했다.

"자, 오늘은 오후부터 바빠질 거니까 좀 이르지만 일단 점심부터 먹죠."

"좋습니다! 그러시죠! 뭘 먹으면 잘 먹었다고 소문이 나려나?"

"아! 제가 여기 근처에 차돌박이가 끝내주는 곳을 하나 뚫었는데……."

오늘 우리는 대형 클랜으로서 첫 발자국을 뗄 것이다.

그리고 또 하나.

'지금쯤 신우가 윤수를 데리고 오고 있겠지.'

도윤수.

옛 친구를 마주하고 그를 치료할 계획에 시동을 걸 예정이었다.

쉽진 않겠지만 반드시 해내야 하는 일이다.

나는 신우에게 전화를 걸었다.

"흐으으음."

거대한 클랜 하우스의 중심부.

클로저스 클랜의 세컨드 헌터이자 타격팀장으로서 자신의 사무실을 배정받은 헌드레드는 무거운 침음을 흘리고 있었다.

그러자 마주한 상대가 고개를 기울였다.

"팀장님, 왜 그러십니까? 어디 불편하십니까?"

곽승우.

무진 그룹에서 임시 이적했다가 이제는 완전히 클로저스에 자리를 잡게 된 검객은 정찰과 색출 임무를 담당하는 수색팀을 이끌게 되었다.

현재로서는 무투 계열 헌터들 중 최고 선임자라고 할 수 있는 자리.

그런 까닭에 헌드레드와 함께 신입 헌터들을 선발하는 업무를 담당하게 되었고, 아까 면접을 끝낸 뒤에 막 고민을 시작한 참이었다.

"두통이 있어서 말입니다. 머리가 지끈거리네요."

관자놀이를 꾹꾹 누르며 인상을 찌푸리는 헌드레드.

곽승우는 걱정스러운 표정이 될 수밖에 없었다.

"저런. 그 전투의 후유증인 모양이군요?"

"예……."

"쉬셔야 할 텐데요. 거참……."

"그러게 말입니다. 하지만 그럴 수가 없네요."

헌드레드는 쓴웃음을 지었다.

계약서를 쓰기도 전에 싸움에 휘말려서 부상을 입고, 업무를 시작하면서는 그 후유증에 시달리고 있다니.

"입사와 동시에 산재 처리를 해 달라고 해야 하나."

물론 목숨을 거는 것이 일상인 헌터들에게 산업 재해를 논하는 것은 우스운 일이었다.

"회복 방법에 대해 백수현 마스터께 여쭤보시는 건 어떻습니까? 정말 모르는 게 없으십니다. 도저히 나이가 짐작이 안 될 정도로 말입니다."

곽승우의 말에 헌드레드는 천천히 고개를 끄덕였다.

"한번 여쭤봐야겠네요. 저도 마스터를 처음 뵀을 때부터 나이를 짐작할 수가 없더군요."

"그렇지요?"

"예, 그 눈빛이 참……."

"맞습니다. 지식도 그렇지만 눈빛과 기세! 정말 신기한 분입니다."

"동감입니다."

세컨드 헌터와 수색팀장은 나란히 웃었다.

이야기를 하다 보니 두통도 조금 가시는 듯했다.

헌드레드와 곽승우는 지원자들의 서류를 들여다보며 본격적인 논의를 시작했다.

"일단 20명을 더 선발하는 걸로 하죠. 전위 10명과 후위 10명을 기준으로 하되 3명 정도는 조절해서……."

"예, 마스터께서 기존 특무조 헌터들은 1군으로 하고, 새로 뽑은 인원은 2군에 배치하여 별도 검증 과정을 거친 뒤에 전력 편성을……."

"마법사 '아르엔', 검투사 '조정우'는 반드시 뽑는 걸로……."

"아이언팩토리의 봄향 헌터가 이적 의사를 전해 왔는데……."

머리를 맞댄 두 사람이 한참 토론을 벌이던 그때.

"승우 선배? 방금 1층에 한채미 헌터가 오셨는데, 완전 여신임."

수색 부팀장인 유지영이 슬쩍 나타나서 한마디를 던지고 사라진 것이었다.

"……잠시 쉬었다가 할까요?"

"그, 그러시죠!"

여신이 등장했다는 말에 두 남자는 잽싸게 몸을 일으켰다.

총 5층으로 이루어진 클랜 하우스였으므로 1층은 로비를 겸하고 있었다.

빠른 걸음으로 엘리베이터로 향하는 두 사람.

버튼을 꾹 누른 곽승우는 옷매무새를 다잡았고, 헌드레드는 머리 스타일이 망가지지는 않았는지 살폈다.

'오늘 저녁에 뭐 하시냐고 물어볼까.'

'이럴 줄 알았으면 비비크림이라도 바르고 나오는 건데.'

띵―!

곧 엘리베이터가 도착했고, 최대한 그럴싸한 모습을 취한 남자들은 곧바로 탑승하려고 했다.

하지만 이내 한발 물러날 수밖에 없었다.

선객이 있는 탓이었다.

"……."

바로 백수현.

한채미 헌터의 오빠이자, 자신들의 고용주인 그가 심상찮은 표정으로 서 있었다.

깊은 생각에 잠긴 눈빛과 당장이라도 전부 부숴 버릴 것처럼 움켜쥔 주먹, 무척 화가 난 것 같기도 하고, 아주 혼란스러워 보이기도 했다.

"저, 저흰 다음 것 타겠습니다, 마스터."

"어…… 신입 헌터 명단이나 다시 볼까요?"

그에게서 풍겨 나오는 무시무시한 기세에 곽승우와 헌드레드는 조용히 물러났다.

엘리베이터 문이 닫혔다.

그때 최원호는 이런 생각을 떠올리고 있었다.

'도윤수, 이 자식이 대체 무슨 짓을 한 거야? 영혼을 갈아 끼우기라도 한 거야?'

공공의 적이 된 뉴비

10분 전, 춘향 선배는 엄청나게 나를 귀찮게 하고 있었다.

[제발!!! 연봉 깎을게!!! 받아 주셈!!! 마스터!!! 날 가져요
엉엉ㅠㅠ]

정말 예나 지금이나 똑같구나.
나는 피식피식 웃으며 그 메시지에 짧게 답했다.

[응. 안 받아 줘. 돌아가.]

그러자 즉시 돌아오는 메시지.

[아왜!!!!! 나 밥도 잘하고 빨래도 잘하고! 다 잘하거든? 알자나!!!!]

[? 모르는데요.]

[힝 ㅠ 아무튼 이적 건은 검토해 줘.. 진짜 진지하게!]

[알았어요. 한번 생각해 볼게.]

[반존대는 좋은데 단호한 마침표는 넘모 시르다ㅠㅠ]

미안하지만 안 받아 줄 거다.

춘향 선배가 모자란 헌터는 아니었지만 나에게 꼭 필요한 전력은 아니었던 탓이다.

[근데 주말에 뭐 해? 놀러 가도 되지??? 내가 맛있는 거 만들어 줄까?]

⋯⋯무엇보다도 부담스러워서 안 되겠다.

그리고 모두를 내 휘하에 넣는 것은 위험 관리 차원에서도 그리 바람직한 일이 아니었다.

춘향 선배에게 바쁘니까 놀러 오지 말라고, 주말에는 금식할 것이라고 쓰며 그녀의 제안을 거절한 나는 스마트폰을 놓고 창밖으로 시선을 돌렸다.

관악산을 깎아서 만든 경사로 저편.

부우우웅─!

덩치가 커다란 택시 한 대가 흙먼지를 뿌옇게 일으키며 이쪽으로 올라오고 있었다.

동시에 스마트폰으로 새로운 메시지가 떠올랐다.

[다왔음 문 열어줘]

신우가 보낸 메시지였다.

나는 집무실 책상에 내장된 방어 시스템을 조작하여 정문을 열어 주었다.

그러자 택시가 클랜 하우스 안쪽으로 들어섰고, 차 문이 열리며 세 사람이 하차하는 모습이 보였다.

"감사합니다, 기사님."

"아유, 뭘요! 헤헤."

모처럼 사복으로 멋을 낸 여동생과 녀석에게 최대한의 친절을 쏟아 내고 있는 택시 기사.

마지막으로 그 녀석이 보였다.

옛 클로저스 클랜의 회복술사이자 유일한 생존자이며, 우리 남매의 오랜 친구.

'도윤수.'

내가 차원 역류에 휘말린 뒤, 윤수는 내 구출의 실마리를 찾기 위해서 최선을 다했다고 한다.

'신우에게도 마찬가지였고.'

그러니 고맙지 않을 리가 있나.

진심으로 감사하는 마음이었고, 이제는 거기에 보답할 차례였다.

나는 창문 너머로 도윤수가 내리는 장면을 가만히 지켜보았다.

기억보다 한참이나 야위고 눈동자에 초점이 사라진 모습에 가슴이 시큰해지던 그때.

"음……?"

나는 이맛살을 찌푸릴 수밖에 없었다.

휠체어에 탄 녀석의 모습이 모두 드러나자 전혀 생각지도 못했던 것이 기감을 건드렸기 때문이다.

유리창 너머로 아직 상당히 거리가 있었는데도 아스라하게 뺨을 스치는 '수상한 느낌'이 있었다.

'신인류? 아니야.'

오히려 반대라고 해야 할 징조.

몸이 자동으로 반응했다.

[안내 : 특성 '야성'이 반응합니다.]

[알림 : 적대적인 수인종의 파장을 감지했습니다!]

적대적인 수인종.

바로 내가 사용하는 힘과 같은 종류의 체취.

입을 헤 벌리고 있는 윤수에게서 페로몬과도 같은 파장이 코를 찌르는 것처럼 느껴지고 있었던 것이다.

난 당혹했다.

'뭐지? 이거 지금 뭐가 어떻게 된 거야?'

도통 영문을 알 수 없는 상황이었다.

왜 도윤수에게서 수인 헌터의 파장이 감지되는 것일까?

'설마 윤수도 야수계에서 귀환하기라도 했다는 건가?'

아니, 절대 그럴 리 없다. 있을 수가 없는 일이었다.

하지만 100% 확신할 수 없는 것도 사실이었다.

나는 지금 녀석을 처음 마주하고 있었으니까.

"환장하겠군."

지구로 돌아온 나는 일부러 윤수를 만나지 않았다.

녀석은 내가 차원 역류에 휘말린 뒤에 원인 불명의 뇌손상을 입었다고 했다.

제대로 된 반응도 하지 못하고 그저 숨만 쉬면서 살아 있는 것에 불과한 상태.

'분명 2년 넘도록 요양 병원에서 연명하고 있었다고 했어.'

치료할 준비가 되었을 때 윤수를 마주하겠다고 다짐했다.

그리고 이제 그 계획을 구체화할 수 있게 되었기에 이곳으로 데려오도록 한 것이었다.

그런데 뜬금없이 수인종이라니?

"직접 보자. 직접 보고 다시 생각해 보자."

나는 머릿속에 떠오르는 온갖 상상들을 애써 누르며 엘리베이터로 향했다.

중간에 헌드레드와 곽승우를 만났지만 왠지 그들은 중언부언을 하면서 엘리베이터에 오르지 않았다.

덕분에 곧바로 1층으로 직행한 나는 빠른 걸음으로 다가섰다.

"오빠……!"

나를 부르는 신우의 목소리도 무시하고 앙상한 몰골이 된 도윤수에게로 다가선 순간.

"헤에?"

녀석의 눈동자가 나를 바라보았다.

그리고 난 확실하게 느낄 수 있었다.

'지독한 수인종의 냄새.'

마치 늑대 여왕 케이샤나 호인족 족장 하라칼이 다시 눈앞에 나타난 것처럼 엄청난 짐승의 체취였다.

그와 함께 나에게 매우 적대적인 기세가 휠체어에 앉은 상대에게서 흘러나오고 있음을 확인했다.

[알림 : 적대적인 수인종의 파장이 격렬해지고 있습니다. 즉각 대응해야 합니다.]

"젠장! 뭐야, 도대체?"

나는 녀석을 노려보며 그 기세 싸움에 응할 수밖에 없었다.

❦

강남구 역삼동.

하늘 높은 줄 모르고 치솟은 아이언팩토리 클랜 하우스의 최상층 사무실.

봄향은 눈앞의 상대에게 흰색 봉투 하나를 내밀고 있었다.

"음? 이게 뭔가?"

"사표입니다, 마스터."

"……사표라니? 왜?"

"그만두고 싶기 때문입니다."

"인마, 그건 당연한……."

"인수인계는 빠를수록 좋겠죠."

"봄아, 아니, 봄향 팀장."

"예, 마스터."

"회사에서 뭘 잘못했나? 연봉 협상 결과가 마음에 안 들었어? 갑자기 이러는 이유가 있을 것 아니야?"

"……."

"아, 그래! 엊그제 이스케이프 클랜이랑 일하고 왔지? 혹시 정석진 마스터가 다시 돌아오라고 한 거냐? 그 친구, 나한테는 별말 없었는데?"

봄향은 고개를 들어 백발의 남자를 물끄러미 바라보았다.

아이언팩토리 클랜의 마스터 헌터, 김주석.

제멋대로인 외동아들 때문에 요즘 고생을 하고 있지만, 기본적으로 노련함이 몸에 배어 있는 베테랑 헌터다.

'겉으로는 절도 있는 노신사처럼 보여도 꽤나 집요하고 잔혹한 사람이기도 하고.'

그렇기에 이별은 최대한 깔끔하게 이루어져야만 했다.

봄향은 김주석의 찌푸린 얼굴을 바라보며 건조하게 말했다.

"정석진 마스터나 이스케이프 클랜과는 관계없는 일입니다. 갑자기 이적하고 싶은 클랜이 생겼을 뿐이에요."

그녀의 말에 김주석이 눈을 가늘게 떴다.

"날 떠나서 가고 싶은 클랜이 생겼다? 그게 어딘데? 어떤 녀석이 날 제치고 널 채 가는 거냐?"

왠지 기분 나쁜 뉘앙스네.

"……아직 확정된 사안은 아닙니다."

"됐어! 어떤 놈인지나 말해 봐. 그럼 군말 없이 놔줄 테니까."

봄향은 입을 꾹 다물었다.

어차피 이적하게 되면 소문이 도는 거야 시간문제에 불과하다.

하지만 이 승냥이 같은 인간에게 씹을 거리를 던져 주는 것 같아서 기분이 꺼림칙했다.

그래서 세게 나가기로 했다.

"죄송하지만 제가 그런 것까지 답해야 할 의무는 없습니다, 마스터."

그녀는 '백수현'이나 '클로저스 클랜'이라는 단어는 꺼내지도 않았다.

나중에 알게 되더라도 그때 가서 대처할 일이었다.

하지만 다음 순간.

"혹시 백수현 마스터냐? 클로저스 클랜? 설마 너도 그놈한테 가는 거야?"

"······!"

묵직한 음성이 자신의 머릿속을 정확하게 파헤치자 봄향은 깜짝 놀랄 수밖에 없었다.

그녀의 동요를 읽어 낸 김주석은 입꼬리를 비틀며 시니컬하게 웃었다.

"그래, 그런 모양이군. 젠장. 너도 그 불여시 같은 놈에게 꽂혔구나. 허허, 정말 엿 같은 기분이야. 아주 엿 같아······."

김주석은 어금니를 부드득 갈았고 봄향은 마른침을 꿀꺽 삼켰다.

"혹시 저 말고도 다른 헌터들이 사직서를 낸 건가요? 클로저스로 가기 위해서?"

만약 그렇다면 꽤 곤란한 일이 벌어질 것이 자명했다.

그녀는 김주석의 옹졸함과 뒤끝에 대해 잘 알고 있었다.

'이 노인네, 원호한테 암살조를 보내더라도 이상할 게 하나도 없어.'

하지만 김주석은 무어라 대답하지 않았다.

그저 잔뜩 얼굴을 일그러뜨린 채로 손을 휘휘 내저으며 알았으니까 나가 보라고 할 뿐이었다.

어쩔 수 없이 봄향이 자리를 뜬 뒤.

"백수현, 백수현……."

김주석은 손끝으로 책상을 톡톡 두들기며 생각에 잠겼다.

그러다가 시선이 움직였다.

책상 위에 놓인 것은 정갈한 형태의 서류.

〈클로저스 클랜 동향 보고〉

보고서의 작성자는 바로 자신의 아들인 김자형이었다.

한동안 한채미라는 여헌터의 뒤꽁무니를 쫓아다니는 것 같아서 걱정이 많았는데…….

'요즘은 그나마 사람이 됐어. 덕분에 한시름 덜었다고 해야겠지.'

그런데 새로운 걱정거리가 등장한 것이다.

그게 백수현이었다.

"끄응."

보고서를 집어 든 김주석은 혀를 끌끌 차며 중얼거렸다.

"무작위 차원 역류라고? 헛소리를 하는 거야 얼마든지 참아 주겠지만, 내 헌터들을 빼 가는 것을 참아 줄 순 없는데 말이야……."

아직 본격적으로 사표를 낸 사람은 봄향 하나였으나, 그는 이미 3명의 1군급 헌터가 반차를 내고 관악산에 다녀왔다는 이야기를 들은 상태였다.

김주석은 쓴웃음을 지었다.

'당연히 면접 때문이겠지.'

업계 최고 수준을 한참 뛰어넘는 파격적인 대우.

그리고 세븐스타즈의 새로운 일원이 될 가능성마저 점쳐지고 있는 초대형 신인 헌터의 등장.

두 가지 요소의 조합은 아이언팩토리 클랜의 내부 단속을 간단히 무력화했다.

이대로라면 헌터들을 빼앗기는 것은 시간문제에 불과했다.

"쯧, 사직서를 내미는 것을 보면 봄향은 이미 계약까지 된 모양이지. 이 괘씸한 연놈들 같으니라고."

그것은 사실과는 상당히 거리가 있는 추측이었다.

하지만 김주석의 이러한 경계심은 새로운 파문을 만들기에 충분했다.

'눈뜨고 당할 순 없다.'

김주석은 스마트폰을 집어 들고는 이곳저곳으로 전화를

돌리기 시작했다.

"여보세요? 아, 나 김주석 사장입니다. 그래, 동생 일로 상심이 크시겠습니다. 예, 저도 보고받았지요."

"어, 그래. 내가 블랙나이트 클랜에 제안 하나 하고 싶은 게 있는데 말이야……."

"오성그룹 회장님 좀 연결해 주시오. 아, 나야. 김주석. 긴히 할 말이 있어서."

자신과 뜻을 함께할 클랜 마스터들을 하나씩 확인한 김주석은 마지막으로 그 사람에게 전화를 걸었다.

"여보세요. 음, 서옥! 전화 괜찮지? 뭐 대단한 용건은 아니고. 요즘 내가 백수현이라는 녀석이 조금 불편해졌는데 작은 협조를……."

그런데 거기에 돌아오는 대답이 뜻밖이었다.

-아, 백수현! 그렇지 않아도 나도 그 자식에 대한 이야기를 좀 하고 싶었어.

"응? 자네도?"

-아이언팩토리가 백수현을 좀 눌러 줬으면 좋겠어. 아주 눈엣가시야. 가능할까?

"오호라……?"

전화기 너머에서 들려온 차원통제청장의 말에 김주석의 눈매가 초승달처럼 휘었다.

듣던 중 반가운 이야기가 아닐 수 없었다.

"아무래도 우리가 텔레파시가 통한 모양이야, 서옥."

그는 껄껄 웃으며 벽시계로 시선을 돌렸다.

지금 시간은 오후 5시.

세종시에 도착하면 저녁 식사 무렵이 될 것이다.

"흠, 저녁에 시간 괜찮나?"

-밥 먹자고? 조금 늦게라면 괜찮아.

"좋아. 그럼 내가 청사로 갈 테니까 만나서 직접 이야기
하자고. 아 참, 나 말고도 두세 사람 더 갈 수도 있으니까
준비해."

-그래? 알았어.

불도저처럼 일을 밀어붙이기 시작한 김주석.

그는 곧바로 몸을 일으켜 저벅저벅 걸어 나갔다.

최원호가 사용하고 있는 '백수현'이라는 이름에 '공공의
적'이라는 꼬리표가 붙는 순간이었다.

"……진세희 마스터, 아까 이야기했던 것 말입니다. 지금
차원통제청에서 만나서 직접 이야기했으면 좋겠는데! 그래
요, 안티 클로저스 연합이니까…… 우리는 '오프너스'라고 할
까요? 으하하하!"

나와 도윤수의 기 싸움은 그리 길지 않았다.

고작 10초 내외.

"헤에에에."

내가 힘을 끌어 올려 흐름을 짓누르자, 도윤수는 바람 빠진 풍선처럼 기세를 꺼트렸다.

그리고 무슨 일이 있었냐는 듯 천진한 표정으로 이리저리 눈동자를 돌리고 있었다.

나는 혼란에 빠진 상태에서 그 모습을 한참이나 노려보았고, 신우는 입을 다물지 못했다.

"뭐, 뭐 하는 거야? 무슨……."

수인종의 체취는 물질적인 의미로서의 '냄새'가 아니라, 마법적인 개념으로서의 '파동'이었다.

그러니 녀석 입장에서는 우리 사이에 무슨 일이 있었던 것인지 아예 알 수가 없었다.

"오빠? 화났어? 왜 그래?"

"그게……."

이걸 뭐라고 설명해야 하나 고민하고 있던 그때.

"마스터? 무슨 일이십니까?"

클랜 하우스 안에 있던 몇몇 헌터들이 머리 위에 물음표를 달고 터벅터벅 다가왔다.

방금의 기세 싸움을 희미하게나마 읽은 모양이다.

"……아무것도 아냐. 미안한데 이 친구, 2층에 있는 안쪽 방으로 옮겨 줘."

"예, 마스터."

그리고 나는 바짝 얼어있는 택시 기사에게 택시비를 지불했다.

마지막으로 말없이 나를 째려보고 있는 여동생에게 손짓했다.

해명은 해야 하니까.

"넌 내 집무실로 올라와."

❦

도윤수는 백십자 클랜이 설치해 준 생명 유지 장치가 있는 방으로 옮겨졌다.

치료가 진행되는 동안에 돌봐 줄 간호사까지 미리 고용되어 있었으니 신우가 따로 더 신경 쓸 것은 없었다.

하지만 녀석은 나에게 불안을 토로하고 있었다.

"왜 그런 거야? 왜 윤수를 그런 눈으로 본 거야? 말해, 얼른!"

애써 차려 입은 것과 어울리지 않게 잔뜩 날이 선 표정.

마치 화가 난 복어 같은 얼굴이라고 할까.

녀석은 명백히 나에게 화를 내는 중이었다.

하지만 나는 일단 입을 다물기로 했다.

"그냥."

나도 혼란스러운 상황인데, 신우에게까지 도윤수에게 짐승의 향기가 느껴진다고 말하기는 어려웠다.

  "그, 그냥?"

  "그래. 그냥. 44년 만에 보니까 마음이 복잡해서."

  "마음이 복잡하다고 살기를 드러낸다고? 오빠, 말을 방구처럼 하면 안 되지!"

  "살기? 그건 네 착각이야."

  "뭐래? 착각 아니었어! 아까 분명히 윤수를 죽일 듯이 노려봤거든!"

  "아닌데."

  내가 딴청을 피우자 신우는 멋대로 넘겨짚기 시작했다.

  "오빠, 설마 준백 오빠나 세현이의 일이 윤수 탓이라고 생각하는 건 아니겠지?"

  "뭐라고?"

  "준백 오빠가 죽은 것. 그리고 장세현이 실종된 것. 윤수가 두 사건을 막지 못했으니까 책임이 있다고 추측하는 것 아니냔 말이야."

  "뭔 소리야? 이야기가 어떻게 튀는지 모르겠네."

  "그럼 왜……!"

  "아무튼 그런 거 아니니까 그 얘긴 그만."

  "아니, 진짜로."

  "그만하라고."

내가 이야기를 일축하자 신우는 힘없이 고개를 떨어뜨렸다. 그리고 어깨를 떨며 울기 시작했다.

"오빠, 난 윤수한테 늘 미안했어. 준백 오빠와 세현이는 눈에 보이지 않으니까 그나마 좀 나은데, 윤수만 보고 있으면 내가 죄인이 된 것 같아서 돌아 버릴 것 같았어."

"……."

"전부 나 때문인 것 같았고, 내가 강하지 못해서 지키지 못한 것 같았다고. 무슨 말인지 알아? 그때 나도 최선을 다했는데! 진짜 그랬는데……!"

분한 건지 슬픈 건지 눈물을 뚝뚝 떨어뜨린다.

이렇게 잔뜩 격앙된 녀석을 보고 있으려니 4구획의 환상 속에서 보았던 초딩 신우가 떠올랐다.

그때나 지금이나 손이 많이 가는 여동생이라는 점은 다르지 않은 것 같기도 하다.

"진정해. 네가 최선을 다한 건 나도 잘 알고 있어. 열심히 했다고."

나는 가만히 어깨를 두드려 주었다.

그러자 신우는 눈물을 거칠게 닦아 내더니 힘주어 말했다.

"알았어. 헛소리해서 미안해. 근데 윤수 좀 살려 줘. 나한테서 다시 마법을 빼앗아 가도 괜찮으니까! 그러니까 윤수만 살려 주라, 부탁이야."

나는 티 나지 않게 한숨을 내쉬었다.

"그래, 알았으니까 가서 좀 쉬어. 옆방에 야전 침대 있어."

나는 가볍게 마력을 끌어 올려 녀석의 이마를 짚었다.

스킬을 사용하는 것은 아니고 차분한 흐름의 힘을 흘려 넣어 과열된 신경계를 가라앉히는 작용.

그러자 신우는 비틀거리며 사라졌다.

다시 혼자가 된 나는 생각에 잠겼다.

'내가 없는 사이에 신우와 윤수가 서로 의지를 많이 했던 모양이지.'

하지만 지금의 나는 도윤수에 대해 의문 부호를 지울 수가 없었다.

지구로 돌아온 뒤로 처음 느껴 보는 수인의 체취.

게다가 나를 죽일 듯이 쏟아지는 적개심 어린 기세.

"그런데 뇌손상이라고……?"

뭘까.

대체 도윤수에게 무슨 일이 있었던 걸까?

'어차피 직접 부딪쳐 봐야 할 문제야.'

신우를 재워 뒀으니 곧바로 가 보자.

나는 클랜 하우스 2층 생명 유지 장치가 있는 방으로 향했다.

철컥. 끼이익.

작지 않은 방 한가운데에 특수한 마법이 설치된 대형 수조가 있었다.

그리고 저 한쪽 구석에 환자용 침대가 놓여 있었고.

"……."

퀭한 얼굴의 도윤수는 침대 위에서 양반 다리를 한 채였다.

녀석은 문을 닫고 들어온 나를 똑바로 바라보았다.

문을 닫고 들어선 나는 윤수를 향해 다가갔다.

그러자 눈동자가 마구 요동치는 것이 보였다.

"으어, 으어어!"

마치 발작을 하는 것처럼.

또는 사냥개를 만난 쥐새끼처럼.

"흐에에에에—!"

사지를 마구 뒤틀며 발광하기 시작했다.

동시에 마구잡이로 뿜어져 나오는 그 짐승의 페로몬.

하지만 위협적이지는 않았다.

앞서 나에게 한 번 꺾인 전력이 있었기 때문이다.

저벅저벅.

다가간 나는 도윤수를 향해 손을 뻗었다.

그러자 녀석은 하얀 이를 드러내며 내 손을 물어뜯으려고 시도했다.

하지만 이런 움직임에 물릴 내가 아니었다.

"가만, 가만히 있어."

"크아악!"

나는 윤수의 입질을 이리저리 피하다가 이마를 짚는 것에 성공했다.

녀석이 손을 썼다면 조금 강압적으로 해야 했을 텐데, 다행스럽게도 앞니만 딱딱거릴 뿐이었다.

그리고 나는 그대로 힘을 불어 넣었다.

[권능 : '그림자 괴물의 눈동자'.]

무왕의 본체를 추적하는 것에 사용했던 융합 권능을 재차 전개하여 도윤수의 상태를 파악해 보자는 생각이었다.

하지만 그 시도는 무위로 돌아갔다.

[안내 : 아무것도 읽지 못했습니다. 권능이 회수됩니다.]

레이더에 걸리는 것이 없었다.

즉, 최소한 외부에서 녀석을 조종하는 흑막 따위는 없다는 의미였다.

'그럼 뭘까?'

대체 무엇이 도윤수에게 수인의 체취를 남기고 이렇게 짐승처럼 행동하게 만들고 있는 것일까?

생각을 거듭하던 나는 그의 이마에서 손을 떼고 다른 방법에 대해 검토하기 시작했다.

'첫 번째 방법은 강제 침입.'

며칠 전 정석진 마스터와 춘향 선배에게 했던 것과 같이, 도윤수의 내면세계에 침투해서 과거에 무슨 일이 있었는지 직접 들여다보는 것이다.

하지만 이건 위험했다.

'정신 장벽을 강제로 부수면 들어갈 수야 있겠지만, 뇌손상을 입은 윤수의 상태에 어떤 악영향을 끼칠지 몰라.'

아니, 애초에 뇌손상이라는 진단 자체가 의심스럽기도 했다.

세상에 어떤 뇌손상이 사람을 치와와 비슷한 것으로 만들 수 있던가.

생전 처음 보는 증상이다 보니 '상세 불명의 뇌손상'이라는 병명이 되었을 확률이 컸다.

그렇다면 두 번째 방법.

'불신자 하이에나의 불꽃.'

지금 내가 사용하고 있는 '배신자 하이에나의 그림자'의 다음 단계에 해당하는 권능.

이것을 사용하여 도윤수의 상태를 체크해 보는 것도 하나의 방편이었다.

〈불신자 하이에나의 불꽃〉

[권능] 세비지 에너지를 일정 범위에 투사하여 정신 체계에 틈입하고 명령 구조를 설치한다. 이후 피술자는 명령권자의 의지에 무

의식적으로 따르게 된다.

앞서 첫 번째로 고려했던 방법이 윤수의 정신 장벽을 정면에서 억지로 무너뜨리고 들어가는 방식이었다면.

두 번째 방법은 그 정신 방벽을 우회하여, 또는 슬쩍 건너뛰고 들어가는 것과도 같았다.

"제대로 발휘만 된다면 윤수의 상태를 악화시키지 않고 상황을 파악할 수 있겠지."

하지만 이것도 그리 좋은 선택지는 아니었다.

일단 내 능력이 아직 모자랐다.

'불신자 하이에나의 불꽃은 레벨 100을 넘겨야 기초적인 수준이나마 전개가 가능한 고위 권능이야.'

하지만 나는 아직 레벨 80에도 이르지 못했다.

그러니 위험했다.

'윤수에게도, 나에게도…….'

실패하는 경우에 감당해야 할 리스크는 어마어마한 수준이었다.

자칫하면 돌아올 수 없는 강을 건널지도 모른다.

그리고 무엇보다 이 권능은 본질적으로 사악했다.

상대의 정신적인 근원에 개입하여 무의식 레벨부터 뒤집어 놓는 치명적인 권능.

'아무리 좋은 의도로 사용하더라도 영혼을 헤집어 놓는 것

을 피할 수 없다.'

그렇기에 마왕의 권능이라고 불리기도 했다.

나는 이것을 휘둘러 도윤수의 내면을 건드리는 행위 자체가 꺼림칙했다.

어떻게 해야 할까.

"……."

나는 고민에 고민을 거듭하며 윤수를 바라보았다.

이제는 침까지 질질 흘리며 내 얼굴을 노려보는 도윤수.

"크아아악!"

"씨×. 너, 진짜, 어쩌다가……!"

감정이 부글부글 끓어오르던 그때.

-주인. 잠깐만.

허리께에 걸려 있던 해청이 끼어들었다.

나는 녀석이 이렇게 차분한 목소리로 말하는 것을 들어 본 적이 없었기에 멈칫할 수밖에 없었다.

"왜 그래?"

-지금 그 친구 말이야. 나한테 한번 맡겨 주면 안 돼?

"윤수를 너한테 맡기라고……?"

-응.

무슨 말일까?

설마 단칼에 베어 버리겠다는 건 아닐 테고.

-음, 그게, 왠지 익숙한 느낌이 들어. 뭔가 아는 사람……

아니, 아는 영물이라고 해야 하나?

"지금 무슨 말을 하는 거야? 윤수가 영물이라니?"

－아니, 그게 아닌데. 아이 참! 아무튼 나한테 맡겨 봐. 알았지? 비켜, 얼른!

검신을 윙윙 울려 대는 해청의 호통에 난 어쩔 수 없이 지푸라기라도 잡는 심정으로 물러섰다.

'아는 영물 같은 느낌이라고?'

그게 무슨 말인지…….

녀석이 대체 뭘 해 보겠다는 건지 전혀 감도 오지 않았다.

나는 긴장감 속에서 해청이 권능을 사용하는 것을 지켜보았다.

　　[권능 : '해태의 해방'.]

칼집에서 주욱 몸을 빼서 허공으로 두둥실 떠오르는 녀석.

그러더니 칼끝으로 윤수를 겨누기 시작했다.

흘러 들어가는 날카로운 의념.

"……."

그 모습에 나는 숨을 죽이며 상황에 대비했다.

만에 하나라도 해청이 엉뚱한 짓을 한다면 곧바로 제지할 생각이었다.

실수든 뭐든 윤수가 다치는 것을 방관하는 것은 안 될 말이었다.

하지만 바로 그 다음 순간.

"누, 누, 누구야? 지, 지금 누구냐고!"

"……!"

나는 완전히 얼어붙었다.

도윤수가 입을 열어 말하고 있었으니까.

비록 그 눈동자는 여전히 이상하게 움직이고 있었지만, 그가 내뱉는 문장만큼은 완벽했다.

도윤수가 되돌아온 것이다.

-역시는 역시였어! 나 잘했지?

"뭐, 뭐야? 너, 뭘 어떻게 한 거야?"

-이따가 말해 줄게! 헤헤.

해청이 웃음을 지으며 검집 안으로 돌아왔다.

그리고 도윤수의 손끝은 부들부들 떨리고 있었다.

"신, 우! 신우를 불러 줘……! 신우……!"

그 말에 나는 자리를 박차고 일어섰다.

❧

자다 깬 얼굴의 신우.

녀석은 멍하니 윤수를 끌어안고 있었다.

그러더니 나를 바라보며 멍청한 목소리로 중얼거렸다.

"오빠, 이거 꿈이지? 지금 내가 꿈을 꾸는 거지?"

그 말에 난 고개를 가로저었다.

"아니, 지금도 현실이야. 넌 내가 돌아왔을 때도 그러더니, 현실을 그대로 받아들이질 못하더라? 명색이 마법사라는 녀석이……."

"이상해. 아무래도 꿈인 것 같은데. 현실이라고 하기엔 너무 행복하잖아. 이러다가 문득 꿈에서 깨어날 것 같다고."

여동생의 품에 안긴 도윤수는 여전히 초점이 없는 눈을 깜빡거리고 있었다.

그러나 한 가지 다른 것.

바로 입을 열고 뭔가 이야기를 하고 있다는 점이었다.

"시, 신우야, 나, 항상 듣고 있었어. 네 목소리를……. 늘 기다리고 있었어……."

"그랬구나. 다 듣고 있었던 거야?"

"으, 으응."

"잘 버텨 줘서 고마워. 정말 잘했어. 너무 잘했어, 윤수야."

"네 덕분이야……. 최신우……."

어눌하게나마 확실하게 의사소통도 되고 있었다.

택시에서 내릴 때와 비교하자면 믿을 수 없는 변화였다.

나는 허리에 걸린 칼집을 툭 쳤다.

"해청, 어떻게 한 거야? 이제 설명 좀 해 봐."

─엣헴, 나를 화타라 부르라.

"······."

－흠흠, 사실 별거 아니었어.

녀석의 설명에 따르자면, 그건 치료가 아니라 '길을 찾아 준 것'이라고 했다.

－도윤수의 몸 안에 두 개의 영혼이 보여. 아니, 하나로 뒤엉킨 두 개의 영혼이라고 할까?

"······영혼이 두 개?"

－응, 그런데 하나는 인간이고 하나는 영물이야. 그것도 나와 비슷한 격을 가진 영물!

"혹시 본모습이 어떻게 생겼는지도 보여?"

－인간의 영혼과 중첩되어 있어서 정확하게 판단하기는 어려운데, 내 생각엔 '말'처럼 보여. 아주 하얗고 거대한 말.

"백마?"

－응. 근데 날개도 있네?

"천마······!"

신선, 천제, 선녀 따위의 최고위급 인간형 몬스터들이 종종 달고 나오는 상서로운 전마(戰馬).

하늘을 자유롭게 날고 바람을 다룸으로써 무시무시한 기동력을 자랑하는 영물이었다.

나는 어안이 벙벙했다.

신우도 마찬가지인 듯했다.

"왜? 왜 윤수가 천마의 영혼과 결합된 거야? 그게 가능한 일이야?"

그러자 녀석은 상큼하게 대꾸했다.

─이유야 내가 어떻게 알겠어? 가능하다는 건 지금 직접 봤으니까 알잖아? 쌉.가.능.함.

"……그러네."

해청은 검신을 왱왱거리며 설명을 이어 갔다.

─도윤수는 천마의 영혼을 받아들인 뒤에 자신의 몸을 통제하는 방법을 잃어버린 것처럼 보였어. 그래서 내가 그걸 도와줬지!

"영혼이 몸을 통제하는 방법…… 영혼과 육체의 접점을 말하는 거야?"

─맞아! 난 수혼검으로 영혼을 옮겨 봤으니까 새로운 몸에 적응하는 방법을 싹 꿰고 있잖아? 게다가 두 번째 몸이기도 하고! 그러니까 선배 입장에서 지도 편달을 해 줬단 말씀이지!

으쓱거리는 해청.

난 천천히 고개를 끄덕였다.

'어찌된 영문인지는 모르겠지만, 도윤수는 천마와 영혼이 뒤엉켰고, 그 과정에서 영혼과 육체의 접점이 훼손되었다…….'

그러니 수혼검으로서 육체를 옮겨 다녔던 해청이 도움을 줄 수 있었던 것이다.

나는 녀석의 칼자루에 손을 올리며 감사를 표했다.

"덕분에 쉽게 풀렸네. 고맙다, 해청."

-헤헤, 고맙긴 뭘. 주인이 내 몸에 그려 준 입체 마법진에서 필요한 부분을 읊어 준 거야. 아, 그래서인지 인간의 몸에는 안 맞는 부분도 많은 것 같은데?

"맞아."

해청의 그 지적은 정확했다.

도윤수는 말문이 트이긴 했으나 시력은 전혀 돌아오지 않았다.

그리고 사지를 가누는 것도 여전히 힘겨워했다.

사시나무처럼 떨리는 팔다리가 그 증거.

'오히려 몸 컨디션은 떨어지는 것 같은데.'

해청이 지적한 대로 수혼검의 작동 원리를 인간의 육체에다 그대로 적용할 수는 없는 듯했다.

-어쩌면 천마의 영혼이 도윤수의 영혼보다 더 강력한 것 같기도 해. 인간의 육체이지만, 주도권 싸움에서 인간 쪽이 밀릴 수도 있어. 워낙 강력한 영물이라서.

"해청, 그럼 지금 보이는 천마의 상태는……."

도윤수가 끼어든 것은 바로 그때였다.

"혀, 형님! 형님이십니까? 원호 형님이세요?"

"……."

나는 입을 꾹 다물었다.

그러자 신우의 시선이 맹렬하게 쏟아졌다.

아주 많은 의미가 담긴 눈빛.

덕분에 달리 생각할 수가 없었다.

사실 이 전후 사정은 본인에게 직접 듣는 것이 가장 간단
할 것이다.

"그래, 나야. 최원호."

"돌아, 돌아오셨군요! 정말로 형님이 우리 세계로……! 신
의 장벽을 넘어서……!"

'신의 장벽이라.'

나는 신우와 눈을 맞추며 의견을 주고받았다.

녀석의 눈동자는 아주 뻔한 뜻을 담고 있었다.

-아픈 애야! 나중에 물어봐!

나는 간단히 받아쳤다.

-본인이 이야기하고 싶다면?

"……."

할 말 없지?

그리고 도윤수의 이야기가 더듬더듬하는 목소리로 시작되
었다.

여의도 병원 본관.

로비에서 꾸벅꾸벅 졸면서 상주하고 있던 기자가 황급히

받아쓴 짧은 기사 한 줄.

　[영웅일보] [고딕]〈1보〉"올노운 헌터 사망"

　그 새벽 단신을 시작으로, 수많은 기사들이 미친 듯이 쏟아지기 시작했다.

　[더 게이트] [고딕]〈속보〉무진 그룹의 수장 올노운, 끝내 사망 "충격"
　[오늘의 공략] 올노운, '별이 되다' 국가대표 헌터의 최후
　[마이 히어로] 끝내 일어나지 못한 올노운… 헌터들, "허무함과 비통함을 감출 수 없어"
　[뉴스 오브 헌터] 별이 저물었다… 무진 그룹의 와해, 세븐스타즈의 공백 '대안은?'

　기사들이 인터넷을 뒤덮고, 공중파 방송사들이 일제히 긴급 속보를 전하자 사람들은 패닉에 빠졌다.
　도저히 믿을 수가 없다는 댓글들과 함께 비로소 공포라는 감정이 지배적으로 팽배하기 시작했다.

　─대한민국 대표 헌터이자 세븐스타즈의 일원인 올노운 씨가 끝내 병상에서 일어나지 못하고 사망했다는 소식에 각계각층의 추모

행렬이 이어지고 있습니다.

　─여의도 병원 장례식장에 마련된 고인의 빈소에서는 수많은 추모객들이 모여, 그의 아쉬운 최후에 슬퍼하고 서로를 위로하는 모습입니다…….

　─한편, 올노운 씨의 직접적인 사망 원인으로 지목받고 있는 '신인류' 조직의 테러 공격이 다시 화두로 떠오르고 있습니다.

　─며칠 전, 클로저스 클랜의 마스터 헌터이며 신인류 조사단의 특무조장인 백수현 씨가 '차원 역류 또한 신인류가 유도할 수 있다'라고 밝히며 논란을 점화했고…….

올노운의 사망.

신인류의 준동.

유도된 차원 역류.

　이 세 가지의 키워드가 연쇄 반응을 일으키며 사람들의 머릿속으로 파고들었고…….

　─아; 진짜 무섭다 이젠;; 뭐가 어떻게 되는 거야;;;

　─와 씨바 저 신인류라는 것들은 갑자기 어디서 튀어나온 거냐??????

　─포스트 아포칼립스가 멀리 있지 않았으

　─ㄴ닥쳐 좀 낄끼빠빠 모르냐

　─돌겠네ㅋㅋㅋ 통조림이랑 라면 사 놔야 되나

─ㄴ지랄ㅋ 게이트 역류하면 라면이고 쫄면이고 걍 가루 되는 건
데, 뭐……

─다들 잘 살아남아... 재수 없이 신인류한테 찍히면 걍 가는 거임..

대중은 비로소 게이트 현상의 심각성과 위험성을 인지하
기 시작했다.

그리고 그것은 '안티 클로저스'에게 또 하나의 빌미를 주는
것이기도 했다.

[게이트 저널] 붉은손 등 7개 클랜, 대규모 연합 '퀸퀴러스'
결성… "새 시대의 균형자 역할할 것"

[헌터 포커스] 신인류 조사단의 지휘권은 '퀸퀴러스'에게
로… 차원통제청과 협조 강화

[마이 히어로] '퀸퀴러스'의 1인자는 누구? 진세희 헌터,
"우리는 상상도 못할 인물과 함께하고 있다"

퀸퀴러스(Conquerors : 정복자들).

최원호에게 반대하는 클랜 마스터들이 만든 연합체였다.

이들은 김서옥 차원통제청장의 지원과 비호를 받으며 곧
바로 활동을 시작했다.

─……이 시간부로 백수현 헌터를 특무조장 보직에서 해임하겠

습니다. 차원 역류에 관해 확인되지 않은 정보를 섣부르게 대중에 공개하여 사회적인 혼란과 불안을 일으킨 것이 그 사유입니다. 이상 유광명 차원통제청 대변인이었습니다.

유광명은 잔뜩 찡그린 표정으로 기자실을 떠났고, 그 발표는 상당한 파문을 일으킬 수밖에 없었다.

　[더 게이트] 백수현 헌터, 신인류 조사단에서 사실상 퇴출?
　[오늘의 공략] 김서욱 청장 "유언비어는 예외 없이 엄중 처벌할 것" …백수현 작심 비판

차원통제청이 퀸퀴러스와 함께 최원호를 적대하겠다고 선언한 것이나 다름없었다.
'뭐가 어떻게 돌아가는 거야? 어째서 전부 백수현 조장을 족치려고 하는 거지?'
브리핑 현장에 있었던 채윤기 과장은 서둘러 최원호에게 전화를 걸었다.
"여보세요? 백수현 조장!"
-어, 채 과장. 무슨 일이야?
"무슨 일은 무슨! 방금 발표가 났다. 널 특무조장 직에서 해임하겠다고……!"
-음, 그래?

"아무래도 심상치가 않아. 유광명 헌터님은 반대하셨는데, 청장님과 다른 마스터 헌터들이 전원 동의했어. 무슨 말인지 알겠나?"

하지만 스마트폰 너머의 상대는 태연자약했다.

-뭐, 어쩔 수 없지. 절이 싫으면 중이 떠나야 하는 법 아니겠어? 사실 이미 볼 장은 다 본 절이기도 하고 말이야.

정말 대수롭지도 않다는 듯이 허허 웃는 목소리에 채윤기는 눈살을 찌푸렸다.

"뭐야? 그럼 차원통제청과 척을 지더라도 상관없다, 설마 그런 말인가? 이봐, 제정신이야?"

-뭘 그리 앞서 나가? 내가 언제 그런 말 했다고? 채 과장, 좀 진정해.

"……."

입을 꾹 다무는 채윤기.

상식적으로 한국에서 활동하는 헌터라면 차원통제청과 좋은 관계를 유지하는 것은 당연한 일이었다.

그래야 고등급 게이트에 들어갈 때 많은 정보를 얻고, 더 뛰어난 파트너 클랜을 구할 수 있었으니까.

그런데 상대는 크게 신경 쓰지 않는 태도였다.

'대체 뭘 믿고?'

백수현이 의외의 이야기를 꺼낸 것은 바로 그때였다.

-채 과장, 외국어 얼마나 해?

"외국어? 지금 외국어를 몇 개 할 줄 아냐고 물어보는 건가?"

—응.

"……한국어 제외하고 다섯 개. 영어, 프랑스어, 독일어, 일본어, 중국어."

—오우.

"뭔데 그래? 아니지, 백수현, 너 지금 뭐가 중요한 건지 진짜 모르겠어?"

하지만 다음 순간.

채윤기는 돌덩이처럼 굳어지고 말았다.

—철밥통 걷어차고 내 비서로 이직할 생각 없어? 연봉은 10배로 올려 줄게. 헛소리 아니고 진지하게.

"뭐, 뭐라고? 왜?"

—조만간 외국인 헌터들 몇 명을 만나게 될 것 같은데, 실력 좋은 통역 겸 비서가 필요하거든.

"……."

연봉 10배 상승.

개소리 하지 말라고 소리를 지르기에는 너무나 큰돈이었다.

'좋아. 채윤기 스카우트 성공.'

나는 전화를 내려놓으며 미소를 지었다.

'같이 고생했던 보람이 있네. 그냥 돈만 쥐여 준다고 넘어올 사람이 아닌데 말이야.'

아무래도 올노운의 사망 발표가 나고, 그 이름도 거창한 '퀸쿼러스'가 활동을 개시하면서 내가 궁지에 몰렸다고 생각하는 듯했다.

덕분에 채윤기를 설득하기는 식은 죽 먹기나 다름없었다.

협(俠)을 행하는 것이 녀석의 특성이었으니.

'위기에 처한 나를 무시할 수 없었겠지…….'

하지만 나는 그런 상태가 아니었다.

오히려 모든 것이 분명해지자 홀가분해진 마음이었다.

특무조장? 아깝지도 않았다.

'어차피 신인류 조사단은 올노운의 이탈 이후로 식물 상태였거든.'

그리고 무엇보다도, 올노운은 죽지 않았다.

겨울공주가 나에게 보내온 문자 메시지.

[일주일 뒤, 스페인 마드리드에 있는 ' 엘 카프리초'
역으로 오세요.]
[출구에서 가장 가까운 곳에 있는 피자 가게에서 만나요.]

하루 종일 비행기를 타야 할 유럽을 무슨 옆 동네처럼 말하는 것이 꽤나 황당했다.

하지만 나는 군말 없이 비행기를 예약했다.

도윤수에게 들은 이야기 때문이었다.

"형님, 세븐스타즈는 차원 전쟁을 위해 선발된 정예 요원들입니다. 모두 S등급 이상의 디멘션 하트를 흡수한 괴물들……."

디멘션 하트를 흡수한 헌터들?

그 이야기에 나는 깊은 호기심을 느낄 수밖에 없었다.

욕쟁이 뉴비

스페인 마드리드.

전철에서 내린 나는 '완벽한 익명의 안경'을 고쳐 쓰며 역사 바깥으로 향했다.

그러자 '흐릿한 인상의 모자'를 쓴 채윤기가 따라붙으며 종알거렸다.

"소매치기들이야. 앞에 둘, 뒤에 하나. 앞에서 시선을 끌고 뒤에서 손을 쓰겠지."

"……."

"어떻게 할까? 다가오면 손목을 꺾어 버릴까? 아니면 미리 마력을 살짝 쓸까?"

이 양반이 공무원 딱지 떼더니 폭력을 함부로 쓰려고 하네.

나는 그냥 피식 웃었다.

"내버려 둬."

"으응?"

"내버려 두라고. 아직 시도하지도 않았잖아?"

하지만 앞에서 오던 덩치는 기어코 어깨를 내밀어 나에게 부딪쳐 왔다.

제법 교묘한 움직임.

아마 시비를 걸고 짧게 말싸움을 붙이는 사이에 가방이나 지갑 따위를 슬쩍하는 패턴인 듯했다.

하지만 작전은 허망하게 끝나고 말았다.

퍽.

"……!"

내가 그 움직임을 피하지 않고 오히려 거꾸로 받아쳤기 때문이다.

소매치기는 나와 키가 비슷했던 거구였으나 몸은 마치 발목을 확 잡아당겨 넘어뜨리는 것처럼 공중에 떠올랐다.

믿을 수 없다는 듯 부릅뜬 눈을 감상하며 나는 살짝 무릎을 갖다 댔고.

떨어지는 등허리의 아래쪽에다 그 모서리를 정확하게 꽂아넣었다.

콰직.

"끄, 끄에에엑!"

허리가 접히며 바닥에 떨어진 놈은 요란한 비명을 질러 대기 시작했다.

게거품을 물며 발작을 일으키는 모습.

부러졌으려나? 모르겠다.

헌터가 아닌 일반인의 신체 내구도는 내가 잘 모르는 분야였다.

허겁지겁 달려온 다른 소매치기들은 나를 향해서 뭔가 고래고래 소리를 질러 댔다.

스페인어라서 알아들을 수가 없었다.

"다 욕이다. 널 죽여 버리겠다는데."

"오. 스페인어도 해?"

"대충. 듣는 것만."

생각보다 인재를 영입한 것 같다.

어쨌거나 스페인 소매치기들은 곧장 나를 향해 달려들었다.

그래서 나는 앞으로 한 걸음을 내디뎠다.

일반인을 상대로 주먹을 쓰는 것도 우스운 일이었으니 오로지 손바닥만으로.

빡! 빠악!

거침없이 이마를 후려갈겨 주었다.

두 사람은 덩치 큰 놈과 마찬가지로 허공에 떠올랐다가 등짝부터 떨어졌다.

시멘트로 만든 맨바닥이니 어디 한 군데 부러져도 이상하지 않을 것이다.

비로소 눈동자에 공포가 깃들었다.

"(빌어먹을 중국인……!)"

"(이 원숭이, 헌터야!)"

뭔 소리지?

이번에도 알아듣지 못한 내가 턱을 긁적인 순간, 채윤기가 나섰다.

그는 구둣발로 놈들을 세게 걷어찼다.

퍼억! 퍽! 퍽!

좀 과하다 싶을 만큼.

전투 전문 요원이 아니라고는 해도, 채윤기 역시 마력 각성자였다.

그 살벌한 서슬에 소매치기들은 몇 미터씩 나가떨어졌다가 처박혔고, 대미지가 컸는지 헛구역질까지 하면서 도망쳤다.

나는 채윤기를 돌아보았다.

"너무한 거 아냐? 방금 걔들이 뭐라고 했길래 그래?"

"인종차별. 맞아도 싼 놈들이었어."

아, 협의 특성.

"끝내주는 보디가드가 생겼군."

"앞으론 그냥 미리 마력을 쓰는 게 좋겠어."

"그럴까."

나는 피식피식 웃으며 바깥으로 걸어 나갔고, 곧 겨울공주가 이야기했던 피자 가게를 발견했다.

"저기인 것 같은데."

"그렇네."

붉은 색깔로 칠해진 피자 모양의 입간판 하나만 덩그러니 서 있는 가게.

신경 써서 보지 않는다면 쉽게 발견할 수 없는 작은 점포의 유리창 너머에, 며칠 전까지 한국 최강이라고 불렸던 헌터의 뒷모습이 보였다.

"보스! 큰일 났습니다!"

마드리드 동쪽 비칼바로 일대를 주름잡는 조직폭력배 빅토리노 가르시아.

바에 앉아 궐련을 뻑뻑 피워 대며 애인과 시시덕거리던 남자는 천천히 고개를 돌렸다.

다급한 얼굴로 달려 들어왔던 그의 부하는 욕을 뒤집어쓰게 되었다.

"산체스, 내가 경박하게 굴지 말라고 몇 번이나 말했을 텐데? 우리 가르시아 패밀리의 품위를 떨어뜨리는 일이라고!"

"죄, 죄송합니다. 보스. 하지만 바스코의 일이라서……!"

"바스코? 바스코가 왜?"

바스코 가르시아.

가르시아 패밀리의 소매치기 전문가이자, 빅토리노의 배 다른 동생이었다.

"전철역에서 바스코가 어떤 동양인 놈에게 당했습니다! 병원에 가 보니까 허리뼈에 금이 갔다고 합니다!"

"뭐라고!"

빅토리노는 태우고 있던 담배를 집어던지며 몸을 일으켰다.

"무슨 소리야! 바스코가 동양인 따위에게 당할 리가 없잖아! 자세히 말해 봐!"

"그, 그게……."

짧은 설명이 이어졌다.

소매치기들로서는 그다지 할 말이 많지 않은 부분이기도 했다.

워낙 순식간에 일어난 일이었으니까.

"……헌터? 그놈이 헌터였단 말이지?"

"예! 그리고 우리 패밀리 중에 그놈들이 어디로 들어가는지 봤다는 꼬맹이가 있었습니다!"

"오, 그거 다행이군! 어디로 갔냐!"

이 일대는 가르시아 패밀리의 손바닥이나 다름없는 곳이었다.

그러니 위치만 특정할 수 있다면 본때를 보여 줄 수 있을 것이다.

대장인 빅토리노를 포함하여 가르시아 패밀리에도 서너 명의 마력 각성자가 있었으니까.

하지만…….

"뭐? 붉은 색의 피자가 그려진 입간판?"

"예! 작은 가게였는데, 거기로 들어갔다고 합니다!"

"……이런."

"보스?"

"젠장. 그 가게가 어째서 갑자기……."

가만히 중얼거리던 빅토리노는 곧 새로운 궐련을 꺼내 물었다.

그리고 산체스에게 지시했다.

"모두에게 전해라. 앞으로 3일 정도는 밖으로 나다니지 말라고. 재수 없게 뒈지고 싶지 않으면 말이야!"

"예? 갑자기 그게 무슨 말씀이십니까?"

"그리고 일주일 동안은 동양인 남자나 여자나 그 비슷한 것과 눈도 마주치지 말라고 전해! 내 말 알겠냐?"

갑작스러운 명령이었지만 보스의 권위는 절대적이었다.

고개를 주억거리던 산체스가 문득 눈을 껌뻑거리며 되물었다.

"저, 보스? 그럼 페레즈 패밀리와의 전쟁은 어떡하죠?"

가르시아 패밀리와 페레즈 패밀리는 라이벌 관계로, 최근 보호 구역 일부를 놓고 작은 전쟁을 벌이고 있던 참이었다.

조금이라도 밀리면 큰 손해를 보게 되는 경쟁.

그러나 빅토리노는 과감하게 결정했다.

"그것도 전면 보류해."

"저, 정말로요?"

"그래. 어차피 그 '악마들'이 나타난 걸 알면 페레즈 쪽에서도 몸을 사릴 거다."

그는 연기를 피워올리며 중얼거렸다.

"아니, 운이 좋으면 페레즈 놈들이 악마들한테 작살날 수도 있겠지."

"보스, 그 악마들이란 게 대체……?"

"시끄러, 인마! 악마는 말 그대로 악마야! 그러니까 다들 밖에 나다니지 말라고 해! 악마들에게 잡아먹히고 싶지 않으면!"

빅토리노 가르시아는 4년 전의 일을 잊을 수 없었다.

'검은 머리의 헌터 놈들.'

말 그대로, 그들은 악마와도 같았다.

◆

"올노운 마스터."

"앉으십시오, 백수현 마스터. 그리고 지금부터는 저를 언노운이라고 불러 주십시오. 그 이름은 생명이 다했으니까요."

언노운(Unknown)?

남자와 마주앉은 나는 잠시 입을 다물었다.

눈앞의 상대가 새삼 낯설게 느껴진 탓이었다.

그 눈빛, 말투, 자세까지.

"기세가 변했군요."

"말씀드렸잖습니까. 올노운은 생명이 다했다고. 전 '언노운'입니다. 하하하!"

'……장난하는 건 아닌 것 같은데.'

뭔가 좀 거슬리는 느낌이다.

채윤기를 슬쩍 바라보니 마찬가지로 당황한 표정을 짓고 있었다.

아마 나와 비슷한 감정을 느끼고 있는 듯했다.

뭐 어쨌거나…….

나는 대충 고개를 주억거리며 이야기를 시작했다.

"좋습니다, 언노운. 이제 러시아 시베리아에서 일어난 게이트 역류에 대해 이야기를 듣고 싶은데요."

그러자 올노운은 희미한 미소를 지으며 어딘가를 향해 손짓했다.

가게 안쪽에서 나타난 사람은 은발의 중년 여성이었다.

"봉쥬르, 마 기모브."

"안녕, 나의 마시멜로."

"아오, 깜짝이야……."

여자의 말을 내 귓가에다 그대로 속삭이며 옮긴 채윤기 때문에 나는 식겁하고 말았다.

"징그러우니까 저리 떨어져."

"저 여자, 나디아 헌터다. 집중해."

"떨어지라고."

프랑스의 대표 헌터, 나디아. 마찬가지로 세븐스타즈의 일원이며 라르크 클랜의 마스터 헌터.

입가에 주름이 살짝 엿보이지만 오히려 그 점이 고혹적으로 보이는 아름다운 여자였다.

큰 키의 나디아는 사박사박 걸어와서 의자를 빼고 앉았다.

그러더니 내 얼굴을 빤히 보며 빙긋 웃었다.

"꽤 귀엽게 생겼네. 당신이 우리 기록을 전부 갈아치웠던 말이지요? 정말로?"

꽤나 유창한 한국어.

나디아는 올노운을 향해 눈짓했다.

"그리고 마이스터 손철만과 연관이 있다는 말도 들었는데, 아주 친밀한 사이로 추측된다는 얘기…… 맞나요? 사실인가요?"

이젠 숨길 것도 없었다.

얼마 전 수락산에서의 차원 역류에 철만 아저씨가 직접 나타난 탓이었다.

"맞습니다. 잘 알고 계시네요."

"흐흥. 그래, 그렇단 말이죠……?"

나를 샅샅이 훑는 묘한 시선.

그리고 나디아는 올노운을 향해 고개를 끄덕이며 이렇게 말하는 것이었다.

"좋아, 나도 승인할게. 언노운. 그럼 4명이 되는 거지?"

'승인? 뭘 승인한다는 거지?'

내가 의문을 가진 그때.

"좋습니다. 그럼 안건은 통과됐군요."

올노운이 천천히 몸을 일으켰다.

그리고 문 바깥으로 나가서 예의 빨간 피자가 그려진 입간 판을 뒤집어 놓았다.

돌아온 남자는 나를 향해서 뭔가를 내미는 것이었다.

⟨INVITING⟩

"인바이팅?"

"초대장이란 뜻이다."

"채 씨, 영어는 나도 할 줄 알거든? 그리고 좀 떨어지라고."

"혹시나 해서."

다시 채윤기를 떼어낸 나는 그 초대장을 뒤집었다.

그리고 뒷면에 쓰인 문구를 보고 이것이 예사로운 초대가 아니라는 것을 깨달았다.

〈PM 8 : 00, 결사단의 집회가 시작됩니다.〉

'결사단? 집회……?'

이건 또 뭐야? 설마 악마종과 관련 있는 건 아니겠지?

머릿속에서 한바탕 폭풍이 몰아치는 가운데, 올노운이 다시 입을 열었다.

"백수현. 나는 당신을 나의 후계자로 삼고 싶습니다. 아니, 그래야만 합니다. 전쟁은 곧 시작될 것이고, 이 세상에서 가장 뛰어난 자질을 가진 헌터들이 필요하니까요."

그것도 황당한 이야기였다.

후계자와 전쟁이라고?

"갑자기 무슨 전쟁을 말씀하시는 겁니까? 세계대전이라도 다시 일어난다는 겁니까?"

의외로 올노운의 대답은 곧바로 돌아왔다.

"그보다 더 큰 문제입니다. '차원 전쟁'이니까요. 그것도 2차 차원 전쟁. 음, 세계대전이라면 세계대전이라고 할 수도 있겠군요. 우리 세계 전체가 곧 전쟁터가 될 테니까요."

2차 차원 전쟁.

나는 귀를 의심할 수밖에 없었다.

"제대로 된 설명이 필요한 말씀입니다, 올노운 마스터."

"음, 어디서부터 시작할까요?"

어딘가 먼 곳을 바라보며 잠시 생각하던 올노운이 입을 열었다.

"서울에서 말씀드렸던 대로, 한때 저는 여섯 형제단의 수장이었습니다. 겉으로는 엘리트 레이드 클랜의 리더였지만, 뒤에서는 게이트를 파괴하기 위해서라면 수단과 방법을 가리지 않는 극단주의자였지요."

그는 희미한 쓴웃음을 내보였다.

지나간 옛일 속에서 깊은 회한을 느끼는 표정이었다.

"제가 왜 그래야만 했을까요? 어째서 이중 신분이 필요했을지, 혹시 생각해 보셨습니까?"

"생각은 해 봤습니다. 그런데 잘 모르겠더군요."

"전 새로운 차원 전쟁을 막기 위해 최선을 다한 겁니다. 양지에서는 게이트를 빠르게 공략하고, 음지에서는 그 게이트를 폐쇄해 버리는 투 트랙 전략. 그게 저에게 최선이었습니다."

"투 트랙 전략? 그게 차원 전쟁과 무슨 관련이 있는 겁니까?"

올노운은 묵직한 시선으로 나를 바라보았다.

정녕 모르겠냐는 눈빛에 조금 당황스럽기도 했다.

하지만 모르는 건 모르는 것이다.

"……."

나는 무표정하게 그 시선을 받아 냈고, 결국 올노운이 고개를 기울이며 대답했다.

"게이트가 바로 타 차원과 이어지는 '통로'이지 않습니까? 전 백수현 마스터가 시베리아 게이트 역류를 언급하시기에 당연히 알고 계실 거라고 생각했습니다만."

　다른 차원과 이어지는 통로를 최대한 차단하기 위해서 테러리스트까지 되었다?

　나는 눈살을 찌푸렸다.

　"시베리아 게이트의 차원 역류와 2차 차원 전쟁이 무슨 관련이지요? 그리고 왜 후계자가 필요하다는 겁니까?"

　하지만 이번엔 제대로 대답하지 않았다.

　그는 바깥으로 시선을 돌리고 있었다.

　"마침 차가 만들어졌군요. 타시지요."

　빨간색 택시.

　입간판이 있던 자리에 그 자동차는 거짓말처럼 고고하게 서 있었다.

　마법.

　한계가 없는 신비 입자에 술자의 의지를 현실에 투영하여 존재하는 현상을 조작하는 강력한 힘.

　게이트 사태가 시작되며 주어진 기술을 통해 인류는 대격변을 맞이했다.

무에서 유를 창조할 수도 있는 힘이었으니까.

'하지만 문자 그대로 뭔가를 창조하는 건 사실 불가능에 가까워.'

그보다는 이미 존재하는 현상을 조작하는 쪽이 훨씬 더 쉽다.

시작값과 결과값이 멀지 않을수록 마법이 쉬워지는 것은 당연한 일이었다.

'그런데 입간판을 택시로 바꿨다…….'

불가능한 일이었다.

야수계라면 모르겠지만, 적어도 지금 지구에서 활동하는 인간 마법사라면 절대로 불가능했다.

그런데 그게 거짓말처럼 이뤄진 것이다.

'눈속임은 아냐. 그럼 지구의 수준을 뛰어넘는 마법 기술이 적용되어 있다는 뜻인데?'

뭘까?

대체 무엇이 마드리드에 숨겨져 있을 것일까.

올노운, 나디아, 채윤기와 함께 택시에 오른 나는 생각을 거듭했다.

'결사단 집회…….'

만약 올노운이 정말로 시베리아의 악마종과 밀접한 관련을 맺고 있다면 어떻게 해야 할지.

최악의 경우에 대비하여 생각해 둬야 했다.

물론 반대일 수도 있다.

'차원 전쟁을 언급하는 뉘앙스가 상당히 적대적이었어.'

이들은 점악마종에 반기를 든 입장일지도 모른다.

나는 양쪽 가능성 모두를 머릿속에 새겨 둔 채로 택시가 도착하기를 기다렸다.

이윽고 도착한 곳은 아름다운 숲과 연못으로 꾸며진 공원이었다.

"(아까 절벽 봤어? 진짜 멋있더라!)"

"(아빠, 그 괴물 코끼리는 이름이 뭐야?)"

"(이 추로스 맛있다! 근데 너무 비싼 것 같지 않아?)"

꽤나 많은 인파로 북적거리는 공원.

다양한 인종의 사람들이 오가며 영어, 중국어 등의 온갖 외국어들이 들리는 것을 보니 상당히 유명한 관광지인 듯했다.

택시에서 내린 채윤기가 입을 열었다.

"엘 카프리초는 스페인의 19세기 건축가인 안토니 가우디가 설계한 별장이지. 이 공원은 별장을 둘러싸고 있는 거다."

"그래? 그럼 왜 여길……."

"또한 E급 게이트인 '소란스러운 악동의 정원'이 열려 있는 곳으로 유명하기도 하고. 마찬가지로 아름다운 관광지로 명성이 높은 곳이다."

"……!"

소란스러운 악동의 정원.

그 게이트는 모르려야 모를 수가 없는 것이었다.

나는 어렴풋이 이 방문의 목적을 깨달을 수 있었다.

'이중 게이트에 들어가기 위해서 온 거였어. 거기가 결사단 집회의 장소인 거야.'

말 그대로 이중으로 만들어지는 게이트를 뜻한다.

즉, 게이트 안에 또 하나의 게이트가 열리는 형태였다.

이 현상을 처음 발견되었을 땐 어떤 오류나 돌연변이 같은 것이 아닐까 의심받기도 했지만, 시간이 지나면서 그 실체가 밝혀졌다.

이중 게이트는 함정이었다.

'다 공략했다고 생각하고 방심하는 헌터들에게 크고 아름다운 엿을 먹이는 함정.'

때문에 대단히 위험한 종류의 게이트라고 할 수 있었다.

하지만 이제 와서 걱정할 필요는 없는 듯했다.

내 뒤에 선 나디아가 자부심 넘치는 목소리로 설명하고 있었다.

"이중 게이트 알죠? 겉으로는 E등급 게이트지만, 저 안에는 S등급 게이트가 숨어 있어요. 둘 다 내가 공략했고. 후후후……."

'그렇군. 이미 다 공략된 E-S 이중 게이트란 말이지?'

하긴 그러니까 이렇게 평화로운 관광지로 쓰일 수 있는 것이겠지.

창덕궁 게이트와 마찬가지로 E등급이라면 안전 수칙만 준수하면 문제가 없는 곳이었다.

하지만 그 내부 게이트는 차상급 게이트인 S등급이었다.

어지간한 헌터들은 들어서는 것만으로도 압박감으로 움직일 수가 없는 고위 게이트.

"숨겨져 있는 안쪽의 게이트는 '지옥 만마의 평원'이라는 곳입니다. 그리고 그곳이 우리의 집회장이죠."

"지옥 만마의 평원……."

"물론 공략은 되어 있으니까 어지간하면 백수현 마스터가 무기를 뽑을 일은 없을 겁니다. 그걸 펼쳐 보십시오."

올노운은 그렇게 설명하며 나에게 준 초대장을 가리켰다.

낱장인 줄 알았던 초대장이 좌우로 갈라지고 있었다.

그리고 지도가 되었다.

─집회장으로 오는 길 : 게이트 내부에서 보안을 유지하는 것에 각별히 주의해 주시기 바랍니다.

즉, 정체가 탄로 나지 않도록 비밀스럽게 움직이라는 말이었다.

올노운이 앞서 걷기 시작했다.

"소란스러운 악동의 정원은 '무작위 입장' 방식입니다. 그러니까 우리 모두 알아서 도착해야 합니다."

알고 있다.

'소란스러운 악동의 정원'이라는 게이트는 진입하는 순간에 입장객을 모두 다른 곳으로 떨어뜨려 놓는다.

그리고 게이트 내부에서 보안을 유지하라는 엄명도 있었으니 각자 따로 길을 잡아야만 했다.

"백수현 마스터라면 헤매지 않고 제 시간에 도착하실 거라고 생각합니다. 그럼 집회장에서 뵙겠습니다."

"이따 봐요, 마 기모브."

두 사람은 먼저 게이트에 입장했고, 나는 채윤기와 지도를 충분히 익힌 뒤 게이트로 들어섰다.

＊

페레즈 패밀리의 2인자, 호세 훌리오.

일명 '빅 호세'.

보스가 자리를 비운 이틀 동안, 그는 마드리드 동쪽의 왕이 되었다.

"이봐, 빅."

"날 보스라고 불러야지."

"닥쳐. 방금 들어온 이야긴데 가르시아 패밀리 놈들이 왠지 전부 보이치 않는다고 하는군. 그 빌어먹을 나이트클럽 근처에서도 보이질 않는대. 이상하지?"

"그래? 흠."

세단 뒷좌석에 깊게 몸을 묻고 있던 빅 호세는 클클 웃음을 지었다.

"그럼 좋은 일 아닌가. 그 개똥 같은 놈들이 전부 겁을 먹고 엄마 품을 찾아가기라도 한 모양이지! 크크크!"

"……."

남미에서 블랙 헌터로 생활하던 빅 호세.

그는 마드리드 출신이 아니었기에 가르시아 패밀리가 왜 그런 행동을 하는지 전혀 알지 못했다.

그들이 경계하고 있는 빨간 간판의 피자 가게와 '악마들'의 존재 자체를 몰랐던 것이다.

"뭔가 좀 찜찜한 느낌인데……. 나만 그런 건가?"

"그래. 너만 그런 거다. 그보다 일본인지 중국인지에서 이런 의뢰가 들어왔는데……. 어때, 흥미롭지 않나?"

빅 호세는 파일철 하나를 조수석의 남자에게 건네주었다.

그리고 수염이 가득한 턱을 만지작거리며 시시덕거리기 시작했다.

"게이트 안에서 안경을 쓴 동양인 헌터 하나만 찾아서 족치면 되는 일이라잖아. 너무 쉽지? 그런데 천만 유로를 주겠다니!"

"천만? 정말로?"

"그렇다니까. 이건 사업이 잘 풀릴 징조야. 아마 보스도 깜짝 놀라겠지? 크하하하!"

바로 사람을 찾고 폭력을 행사해 달라는 의뢰 요청서였다.

"이놈인가?"

"맞아."

두 남자의 시선은 그 서류철 속에 박힌 남자의 사진에 고정되었다.

그들의 눈으로 보자면 특별할 것이 없는 동양인 남자 하나.

사진을 뚫고 나오는 듯한 강인한 눈빛이 마음에 들지 않았으나 어차피 미개한 동양인에 불과할 터.

"애들 풀어서 찾아. 시청 허가 없이 들어갈 수 있는 E등급 게이트부터 훑어보자고."

"알았어."

폭력배들은 곧바로 움직이기 시작했다.

그때까지도 빅 호세는 전혀 알지 못했다.

얼마 전, 자신이 그토록 유심히 보았던 '게이트 아테나'의 특집 기사.

코레아의 슈퍼 루키 'BAEK', 이집트를 정복하다!

그 기사에 실린 동양인과 서류철 속의 남자가 놀랍도록 닮았다는 것을.

아티팩트의 효과 때문에 미묘하게 다른 인상을 풍기고 있었으나, 묵직한 눈빛만큼은 똑같다는 것도…….

"이봐, 빅! 그 동양인으로 추정되는 놈이 엘카프리초의 게이트에 입장하는 것을 봤다는 녀석이 있다는데!"

"좋았어! 원숭이 사냥 시간이다! 그럼 더 큰 원숭이들이 나에게 돈을 갖다 바치겠지! 크하하하!"

……추호도 알지 못했던 것이다.

빅 호세는 블랙 헌터들 몇 사람을 모아서 E등급 게이트 '소란스러운 악동의 정원' 앞에 도착했다.

험악하게 생긴 남자들의 등장에 관광객들이 수근거리는 가운데, 호세는 짧게 지시했다.

"이놈을 찾아서 죽여 버려."

어차피 게이트 안은 무법지대니까.

그는 돈 방석을 기대하고 있었다.

그건 무척이나 순진한 생각이었다.

[알림 : E등급 게이트 '소란스러운 악동의 정원'에 입장했습니다.]

E등급 게이트 중에서도 쉬운 축에 속하는 게이트였다.

〈소란스러운 악동의 정원〉

[게이트] 함정을 만들어 친구들을 놀려 먹기 좋아하는 악마 소년이 꾸며 놓은 거대한 정원입니다. 함정을 돌파하여 꼬마 악마에게 합당한 가르침을 주십시오.

등급 : E등급

미션 :

1. 모든 함정을 돌파하십시오.(완료됨)

2. 숨겨진 구역을 모두 파악하십시오.(완료됨)

3. 게이트 보스 '수다쟁이 악마 소년'을 제거하십시오.(완료됨)

현재 상태 : 공략이 완료되었습니다.

'사실 함정을 테마로 하는 게이트들이 만만하지 않은데, 여긴 좀 수월한 편이지.'

하지만 그게 바로 함정이었다.

가장 깊은 곳에 숨겨져 있는 이중 게이트.

바로 그것이 이 '소란스러운 악동의 정원'의 진가였다.

'게다가 꽤나 넓어. E등급 주제에 어지간한 C등급 정도?'

그런 덕분에 관광지로 사용되는 부분도 있겠지.

지금 나는 거대한 정원 한복판에 혼자 서 있는 상황이었다.

채윤기는 어디에 떨어졌으려나?

별일 없이 와야 할 텐데.

왠지 모르게 불길한 예감이 든다.

많이 불길한 것은 아니고, 그냥 약간.

그리고 그 예감은 곧 현실이 되어 모습을 드러냈다.

내가 미로 같은 정원을 통과하며 앞으로 나아가고 있던 그때.

[알림 : 특성 '야성'이 직관을 발휘하고 있습니다. '가까운 이의 위기'에 주의하십시오.]

그리 달갑지 않은 메시지가 눈앞으로 떠오른 것이다.

당연히 채윤기의 상황을 말하는 것이었다.

나는 눈을 가늘게 뜨며 생각에 잠겼다.

'다 공략된 E등급 게이트에서 R2급 헌터가 위기에 처할 일이 뭐가 있을까? 알 수가 없군.'

어쨌거나, 나는 이런 돌발 상황에도 대처할 방법을 만들어 두었다.

같은 팀이 된다는 것은 같은 프로토콜을 공유한다는 뜻이고, 구조 요청 신호를 미리 정해 두는 것은 기본 중에 기본이었다.

그리고 다음 순간.

삐이이이이─! 퍼엉!

멀지 않은 곳에서 황금빛의 폭죽이 하늘을 수놓는 것이 보였다.

이따금 솟구쳐 올라오는 평범한 축제용 폭죽과는 조금 다른 패턴의 폭죽.

바로 우리 클랜의 SOS 사인이었다.

"……진짜 구조 신호까지 써야 하는 상황이란 말이지."

나는 곧바로 움직였다.

정원의 안쪽으로 들어가는 것은 조금 시간이 걸리는 일이었지만, 바깥쪽으로 나가는 식으로 움직이는 것은 상대적으로 수월했다.

그렇게 현장에 도달한 순간.

"너 거기서 뭐 하고 있는 거야?"

나는 어안이 벙벙한 표정이 될 수밖에 없었다.

항상 도도한 표정을 잃지 않는 채윤기였는데.

"이런 개자식들이……."

어쩐 일인지 잔뜩 붉어지고 찡그린 얼굴로 땅바닥에 나자빠진 채 욕설을 짓씹고 있었다.

뒷덜미에 흐르는 한 줄기 핏물.

게다가 직접 빌려준 '흐릿한 인상의 모자'까지 나뒹굴고 있었던 것이다.

나는 묻은 흙을 탁탁 털어 낸 뒤 돌려주었다.

"……"

그리고 흙바닥 위에 어지럽게 찍힌 발자국들의 방향을 유심히 살펴보았다.

희미하게 느껴지는 마력의 잔향.

채윤기의 뒤에서 나타난 서너 명이 기습 공격을 감행한 듯했다.

"흠, 이건 설마?"

"그래, 그 설마인 것 같다."

"퍽치기에 당하다니. 약골 자식."

"뭐 인마? 백수현! 아무리 그래도 내가 퍽치기에 당할 것 같아? 그 새끼들 암살자들이었다고!"

뭐? 암살자?

"아닌 것 같은데……."

"그래, 뒤통수에 벽돌 맞은 게 아니란 말이지?"

"아니야! 철퇴였다고!"

"좋아. 믿어 주지. 철퇴와 벽돌, 중간에서 절충해서 알루미늄 야구방망이로 합의 보자."

"뭐?"

"싫으면 볼링공."

"이 자식이 정말……!"

"크크크크."

은근히 타격감이 좋아서 계속 놀리게 된다.

그렇게 채윤기의 약을 올리던 나는 몸을 일으키며 시선을 돌렸다.

그리고 정원 한구석을 향해 입을 열었다.

"나와, 이 양아치들아."

영어도 아닌 한국어.

이런 말은 어떤 언어를 사용하든 아무런 상관이 없는 법이었다.

놈들은 곧바로 모습을 드러냈다.

"(제기랄, 어떻게 알았지?)"

"(다친 놈을 부축하는 틈을 노리는 작전이 꽤 괜찮았는데 말이야.)"

"(뭐 상관없잖아?)"

"(저 커다란 원숭이 놈에게 본때를 보여 줘. 한몫 크게 챙겨 줄 테니까!)"

네 명의 건달들이 어슬렁거리며 다가왔다.

채윤기는 뒷목을 감싸 쥐면서도 어금니를 부드득 갈았다.

"저 새끼들, 청부 살인인 것 같은데? 날 미끼로 쓰려고 했어."

"그렇다면 어느 정도는 성공했네."

일단 날 낚는 것까지는 해냈으니까.

그런데 막상 낚은 것이 물고기가 아니라면 어떨까?

수면 아래에서 끄집어 낸 것이 본인들이 감당할 수 없는 무언가라면?

'낚시꾼은 변사체가 되는 거지.'

신묘발도 같은 스킬을 동원할 필요도 없다.

나는 허리께에서 해청을 뽑아서 그대로 내던졌고─.

스, 스, 슥!

섬광처럼 날아간 칼날은 세 사람의 목을 관통했다.

그러고는 거짓말처럼 나에게 되돌아왔다.

착!

강철의 부메랑이라고 해야 할까.

"……?"

가장 후미에 서 있는, 대장처럼 보이는 놈은 무슨 일이 벌어졌는지도 모르는 듯했다.

추측컨대 레벨은 50 정도.

라이선스로 따지자면 아무리 잘 쳐줘도 R2급에 불과한 블랙 헌터였다.

나는 해청의 칼자루를 쥔 채 놈을 향해 기세를 터트렸다.

쿠웅─.

발밑의 지면이 옅게 진동을 일으키자 비로소 죽은 자의 목이 떨어지고 시체가 쓰러졌다.

채윤기가 눈살을 찌푸렸다.

"단칼에 죽인 건가?"

"보안이 중요하다고 해서. 그리고 등 뒤에서 내 동료에게 볼링공을 후려갈겼으면, 앞에서 칼 쓰는 것 정도는 받아들여야지."

"……철퇴였다니까."

채윤기가 투덜거리는 사이, 나는 해청에 묻은 핏물을 탁 털어 내며 앞으로 나섰다.

드디어 상황을 깨달았는지 서서히 공포에 사로잡히는 상대.

나는 놈을 똑바로 노려보며 입을 열었다.

"Are you a new type?"

이들의 배후가 신인류인지 아닌지 궁금했던 것이다.

몸을 일으킨 채윤기가 스페인어로 부연 설명도 곁들였다.

그러나 놈은 겁에 질린 채 더듬더듬 물러설 뿐이었다.

그 모습에 나는 눈을 가늘게 떴다.

'아닌가?'

어찌됐든 결과는 달라지지 않는다.

적어도 게이트 안에서라면, 나는 싸움을 피할 생각이 없었다.

상대가 신인류라면 조금 더 적극적으로 임할 뿐, 사정을 고려해 주는 것은 애초부터 선택지에 없었던 것이다.

"으아아아악!"

놈은 황급히 몸을 돌려서 뒤로 도망치기 시작했다.

하지만 나는 이미 해청을 떠나보낸 뒤였다.

이번에 녀석은 다른 힘을 사용했다.

[권능 : '해청의 탈피'.]

해청은 외부 세계로 자신의 형태로 재현시켰다.

4구획에서 일본인 헌터들을 상대하던 그때처럼.

일단 허공에 칼날이 박히자, 마치 점을 찍은 것처럼 구멍이 뚝 뚫렸다.

그리고 거대한 해태의 머리통이 성큼 튀어나왔다.

영물이자 맹수인 녀석은 곧바로 무시무시한 이빨을 들이댔다.

와그작ㅡ!

"컥!"

발목 하나가 뜯겨 나갔으니 비명이 터질 수밖에 없었다.

그러나 해청은 인정사정이 없었다.

이번에는 공극 저편에서 발톱을 세운 앞발이 훅 튀어나오더니 그대로 어깨를 후려쳤다.

콰직!

그 충격에 놈은 고스란히 나동그라졌다.

예리한 발톱 끝에 걸린 어깨가 너덜거리고 있었다.

"흐어억······!"

한순간에 걸레짝이 된 남자.

나는 해청을 회수해서 칼끝을 목전에 들이댔다.

마지막으로 한 번.

"말해. 신인류의 지령을 받은 거냐고."

다시 채윤기가 스페인어로 무어라 말했다.

하지만 놈은 미친 듯이 고개를 가로저으며 '노! 노!'라고
소리쳤다.

그저 공포와 분노로 엉망이 된 얼굴로 덜덜 떨고 있을 뿐,
다른 이야기는 늘어놓지 않았다.

목덜미에서 피를 닦아 낸 채윤기가 중얼거렸다.

"신인류는 아닌 것 같은데?"

"……."

아무래도 그런 것 같았다.

[권능 : '보름달 여우의 눈'.]

－뉴타입이 뭔데!

－난 몰라! 살려 줘!

－제발 죽이지 마!

엉망이 된 정신 방벽 너머로 들려오는 생각에서도 그러한
징조는 전혀 보이지 않았다.

"그럼 정말 살인 청부를 받았단 건가?"

"그렇다니까!"

"흠."

나는 조용히 해청을 거두었다.

요 근래 걸핏하면 신인류와 부딪치고 공격을 당하다 보니,

누구든지 의심하고 검증하게 된 것 같다.

뭐, 어쩔 수 없는 일이다.

나에겐 이뤄야 하는 목표가 있고 지켜야 할 사람들이 있었으니까.

'그리고 이놈들이 채윤기를 공격했다는 건 달라지지 않는 사실이지.'

난 피범벅이 된 상대를 향해 오른손을 내밀었다.

일으켜 세우려는 것은 아니었다.

화섬권으로 척추 하부를 완전히 부수어 발을 묶어 놓고, 나를 치라고 한 배후가 누구인지 조목조목 정보를 뜯어낼 생각이었다.

하지만 바로 그때.

"마스터 백. 조심성이 있는 건 좋지만, 굴러다니는 쓰레기에까지 주의를 기울일 필요는 없어요."

순간 번개가 내리꽂혔다.

-!

형언하기 어려운 작열음과 함께 눈앞에서 남자의 몸이 하얗게 점멸하는 것이 보였다.

마력으로 이루어진 초고압의 격류.

상대는 입도 벙긋하지 못하고 산 채로 태워졌다.

나와 채윤기는 고개를 들어 올렸다.

"그리고 초대장에 있는 것처럼 여기선 보안이 생명이에

요. 누구든 수상하게 굴면 즉시 소각해서 없애야 해요.”

어떻게 찾아왔는지, 마력을 휘감은 나디아가 고고하게 떠 있었다.

뒤를 돌아보니 다른 세 사람의 시체 또한 마찬가지로 처리되었다.

땅바닥을 쓸어 가는 돌개바람에, 회백색 입자들이 허무하게 휘날리는 중이었다.

“……꽤나 살벌한 보안 유지로군요.”

“워낙 중요한 사안이다 보니. 갑자기 끼어든 건 이해해 줘요.”

4명을 동시에 재로 만들어 치워 버리는 강력한 전격 마법.

나는 그 위력보다도 거침없는 태도에 혀를 내둘렀다.

‘신인류든 아니든 상관없이 태워 버리겠다…….’

즉, 놈들이 가진 정보에 대해서는 관심이 없다는 뜻이었다.

역시 세븐스타즈는 신인류에 대해 훨씬 많은 것을 알고 있는 듯했다.

‘어쩌면 생각보다도 위험할 수도 있겠어.’

문득 철견이 없다는 것이 아쉽게 느껴졌다.

나는 그 방어구를 철만 아저씨에게 맡겨 두고 스페인으로 왔다.

원래 주인이 될 수 있었던 나디아를 의식해서가 아니라, 앞서 무왕과의 싸움에서 표면이 상당히 손상된 탓이었다.

그리고 아저씨에게 좋은 제안을 받기도 했다.

바로 미완성 상태의 거인갑과 철견을 융합시켜 보자는 이야기.

일명 '거인견' 프로젝트였다.

'완성까지는 꽤 시간이 걸릴 거야.'

그때까지는 공격을 허용하지 않는 것에 주의하며 싸워야할 것이다.

이코가 적당한 방어구를 구해 주긴 했지만 영 미덥지 못했다.

"의도치 않게 세 사람이 모였군요."

나디아가 앞으로 나서며 입을 열었다.

"최대한 빨리 이중 게이트로 진입할 수 있도록 제가 길을 잡을게요. 따라와요, 귀염둥이들."

쏜살처럼 튀어 나가는 그녀의 뒤를 쫓아서 우리는 빠르게 이동하기 시작했다.

그리고 금세 목적지에 도달할 수 있었다.

올노운은 이미 와 있었다.

"……들어갑시다."

어딘지 지쳐 보이는 표정의 그가 작은 오두막을 향해서 손짓했다.

문을 연 순간, 또 하나의 아는 얼굴이 보였다.

올노운의 딸이라고 했던 '겨울공주'.

"한겨울 양?"

이상하게도 그녀가 안락의자에 앉은 채 고요히 잠들어 있었던 것이다.

그녀가 왜 여기서 자고 있는지 알 수 없었던 나는 의아한 표정이 될 수밖에 없었다.

하지만 올노운이나 나디아는 전혀 설명해 주지 않았다.

두 사람은 아무런 말 없이 오두막 한쪽으로 걸음을 옮겼다.

작은 벽난로 안에 게이트가 생성되어 있었다.

[안내 : S등급 게이트 '지옥 만마의 평원'에 입장할 수 있습니다.
입장하겠습니까?]

뭔가 불길하다.

야성 특성조차 아무런 경고를 보내지 않았지만, 나는 왜인지 잠든 한겨울에게서 시선을 뗄 수가 없었다.

대체 뭘 하려는 거지?

내가 묻기도 전에 딸을 안아 든 올노운이 앞으로 나섰다.

"이미 다 공략된 게이트지만 내부는 좀 험악하니 조심하십시오."

역시 생기가 없는 것처럼 느껴지는 목소리.

그리고 두 번째 입장이 시작되었다.

[안내 : 어지러움에 주의하십시오.]

[알림 : S등급 게이트 '지옥 만마의 평원'에 입장했습니다.]

〈지옥 만마의 평원〉

[게이트] 지옥에서 풀려 나온 수많은 악마들이 이 평원을 검거하고 있습니다. 이미 지옥이나 다를 바 없는 평원에서 생존하고 악마들을 정복하십시오.

등급 : S등급

미션 :

1. 최대한 많은 적을 처치하십시오.(완료됨)

2. 미니 보스, 횃불의 악마 '바라스테루카'를 제거하십시오.(완료됨)

3. 게이트 보스, 들불의 악마 '데이오로기스'를 제거하십시오.(완료됨)

현재 상태 : 공략이 완료되었습니다.

스으으으으......

불길이 산맥을 이루고 흩날리는 불씨가 구름을 대신하고 있다.

마치 지옥 한복판처럼 불타오르는 평원.

저 멀리에 사람들이 모여 있는 것이 보였다.

적지 않은 헌터들이 뭔가를 둘러싼 채 우리 쪽을 바라보고 있었다.

"가시죠. 다들 기다리고 있군요."

"오랜만이네. 이런 일로 모이고 싶지 않았지만."

올노운과 나디아가 의미심장한 대화를 주고받았다.

두 사람은 우리를 데리고 사람들의 무리 안으로 들어섰다.

그리고 다음 순간.

나는 이 기이한 불안감의 정체를 알게 되었다.

"제단?"

"그래, 무슨 인신 공양을 하는 제단처럼 생겼는데……?"

붉은 옷을 입은 헌터들의 정중앙에 낮은 단상이 설치되어 있었다.

그 위에 돌을 깎아서 만든 제단까지.

주변을 둘러보던 채윤기가 멍하니 중얼거렸다.

"설마, 설마 아니겠지?"

그러나 올노운은 성큼성큼 단상 위로 올라갔다.

"결사단 집회를 시작하겠습니다."

그는 단원들을 한차례 둘러보더니 자신의 딸을 제단에 내려놓았다.

마치 악마에게 제물을 바치는 것처럼.

그리고 모두를 향해 선언했다.

"저, '두 번째 눈'은 오늘 후계자를 새롭게 지정할 것입니다. 그러므로 기존의 후계자에게서 '디멘션 하트'를 회수하겠습니다. 애석한 일이지만, 저를 포함하여 4명의 눈이 동의했기에 이 절차는 적법하다는 것을 알립니다."

"……?"

무슨 눈? 디멘션 하트를 회수할 거라고?

그 순간 나는 도윤수의 목소리를 떠올렸다.

　-형님. 세븐스타즈는 차원 전쟁을 위해 선발된 정예 요원들입니다. 모두 S등급 이상의 디멘션 하트를 흡수한 괴물들이란 말입니다……!

해청의 도움으로 목소리를 되찾은 윤수는 무척 흥미로운 이야기를 나에게 풀어놓았다.

하지만 녀석의 이야기를 다 들은 뒤, 나는 단호하게 말했다.

　-그럴 리가 없어. 헌터가 디멘션 하트를 흡수하는 건 자살행위야.

왜냐면 그건 전혀 정제되지 않은 힘이니까.

오로지 게이트라는 재앙적인 공간을 여닫는 용도로 사용되는 힘일 뿐이다.

그대로 흡수하는 것은 불가능하다는 것이 중론이었다.

하지만…….

'정말 세븐스타즈가 디멘션 하트를 흡수하는 것에 성공했

다면? 그땐 어떻게 되는 거지?'

나조차도 어떤 상황이 어떻게 흘러갈지 예측할 수가 없었다.

나는 제단 위에 누워 있는 한겨울을 바라보며 거듭 생각했다.

한번 가정해 보자.

'인간의 몸으로 정제되지 않은 디멘션 하트를 흡수할 방법.'

"……."

뭔가 하나 떠오를 것 같기도 하고.

그런데 그게 '후계자'와 무슨 관련이 있는 거지?

"지금부터 디멘션 하트를 회수하겠습니다."

올노운이 칼을 꺼내 든 것은 그때였다.

잠든 소녀의 가슴팍을 향하는 서슬 퍼런 칼끝.

순간 머릿속에 스파크가 튀는 듯했다.

'그거구나. 그거였어!'

무언가를 깨달은 나는 곧바로 해청을 뽑으며 뛰어들었다.

❧

헌터들은 욕심이 많다.

신우의 마력 체계가 망가졌던 것도 그런 이유였다.

더 강해지고 싶어서.

한계를 뛰어넘고 싶어서.

무모한 도박을 벌이면서까지 성장에 골몰한다.

그런 일은 야수계에서도 비일비재했다.

'족장과 장로들이 하지 말라고 하는데도 기어코 디멘션 하트를 통으로 흡수하는 어린 것들이 있었지.'

그리고 모두 광증에 사로잡혔다가 폐인이 되어 그것을 토해 내야만 했다.

인간 헌터들보다 선천적으로 뛰어난 육체를 가진 수인종들이었지만 안 되는 것은 안 되는 것이었다.

그때마다 나는 비슷한 것을 보았다.

딱 절반 정도 소화된 디멘션 하트.

꽤 대단한 자질을 타고난 어린 수인종들도 그 이상을 소화시키진 못했다.

그렇기에 도윤수의 이야기를 들었을 때, 이만하길 다행이라고 생각했다.

"어쩌자고 그런 짓을 한 거야? 아무리 강해지고 싶어도 너무 무모하잖아?"

하지만 윤수는 눈을 감은 채로 고개를 가로저었다.

"형님, 전 강해지고 싶어서 디멘션 하트를 흡수하려고 한 게 아닙니다. 저는 '통로'를 열고 싶었습니다."

"……통로?"

"예, 형님이 계신 차원으로 가는 통로요."

만약 게이트가 다른 차원과 통하는 연결점이라면.

그 근원인 디멘션 하트를 흡수해서 분석하고 자신의 힘으로 체화할 수 있다면…….

"차원 역류의 흐름을 거슬러 올라가서 형님이 계신 곳으로 갈 수 있을지도 모른다고 생각했습니다. 말씀대로 무모한 시도였지만요."

솔직히 말해서, 그건 생각지도 못했던 발상이었다.

윤수는 내가 살아 있음을 확신하며 제 모든 것을 던져서 도박수를 던졌던 것이다.

"누가, 누가 너에게 디멘션 하트와 차원 역류에 대해 알려 준 거야?"

"유럽에 있는 익명의 게이트 연구자입니다. 본인을 '무능력한 차원 과학자'라고 부르더군요."

"……."

차원 과학자.

나는 환상 속에서 보았던 어머니를 떠올리며 입을 다물 수밖에 없었다.

거기까지 말한 뒤 기력이 다한 윤수는 생명 유지 장치에 연결되었다.

그리고 나는 스페인으로 넘어온 참이었다.

'디멘션 하트, 차원 역류, 그리고 익명의 차원 과학자.'

이 정보들이 과연 진실일지 미심쩍은 마음으로 마드리드

에 도착했고…….

"……지금부터 디멘션 하트를 회수하겠습니다."

올노운이 한겨울에게 칼을 들이댄 순간, 머릿속에서 모든 것이 분명해진 것이다.

나는 존속 살해의 살풍경을 그대로 두고 보지 않았다.

[스킬 : '신묘발도'.]

해청이 허공을 찢으며 날아갔다.

단숨에 아음속에 도달한 칼날은 정확히 제단을 노린 것이다.

그와 동시에 나는 땅을 박차고 올노운에게 돌진했다.

펼쳐 낸 것은 '은둔자 오색조의 깃털'.

츠스스스스스스.

공기 속에 녹아들듯 몸을 감추면서 이 미친 아버지의 모가지를 움켜잡으려 했다.

그 순간, 올노운이 검을 움직였다.

놀랍게도 그는 나의 움직임을 눈동자로 좇고 있었다.

반 박자 정도는 느리지만 분명히 내 동선을 추적해 오고 있었던 것이다.

그리고 그의 칼날이 부채꼴의 궤적을 그리며 공간을 양분했다.

차아아앙—!

해청이 튕겨져 나갔다.

그리고 나는 고개를 비틀었고 눈앞이 번쩍하는 것을 느낄 수 있었다.

나도 모르게 미소가 지어졌다.

'그래, 인류 최고의 검객이란 말이지?'

어느샌가 올노운은 한겨울을 품에 안은 채 뒤로 물러난 상태였다.

그리고 나는 이마가 뜨뜻하게 젖는 것을 느꼈다.

눈썹을 타고 아래로 흐르는 피.

쩌적!

제단이 갈라지며 붕괴되었다.

단 한 번의 검을 휘둘렀을 뿐인데, 올노운은 해청의 비행을 무력화시키고, 내 이마를 베는 것에 성공했다.

그 서슬에 잘려 나간 것은 돌을 깎아서 만든 제단뿐.

한겨울은 그야말로 공주처럼 소중하게 안겨 있었던 것이다.

그가 입을 열었다.

"방해하지 마십시오, 백수현 마스터. 이건 반드시 필요한 일입니다."

필요한 일이라······.

"그런 식으로 디멘션 하트를 회수하면 겨울 양이 죽는 것 아닙니까."

"……심장이니까요."

"미친 아버지네."

"어쩔 수 없습니다."

나는 해청을 향해 손을 뻗었다.

그러자 녀석은 스르륵 날아와서 손바닥에 감겨들었다.

─주인! 미친 기력이야! 지금까지 부딪쳐 본 상대 중에 최곤데? 무왕쯤은 개똥만도 못한…….

'조용.'

이쯤에서 정리를 한번 할 필요가 있었다.

"올노운, 지금까지 내가 파악한 걸 요약해 보겠습니다. 틀린 부분이 있으면 지적하십시오."

"예, 알겠습니다."

나는 그를 똑바로 노려보며 입을 열었다.

"첫 번째, 당신을 비롯한 세븐스타즈는 차원 전쟁에 대비하기 위해 힘을 키워 왔고, 그 일환으로 후계자들을 양성해 왔습니다. 디멘션 하트를 흡수시키는 방식으로. 맞습니까?"

"맞습니다. '히든스타 계획'이라는 것입니다. 우리 결사단의 존재 목적 중 하나입니다."

"두 번째, 그리고 내가 당신의 후계자가 되려면 한겨울 양이 흡수한 디멘션 하트를 꺼내서 나에게 주어야 하는 것처럼 보이는군요. 그 과정에서 따님은 죽어야 할 테고."

"……정확합니다."

그렇군.
나는 한숨을 내쉬었다.

이제 더 이상은 화가 나서 못 견디겠다.
"너, 미친놈이냐?"
"예……?"
"미친놈이냐고, 이 새끼야!"
나는 해청을 평범한 장검의 형태로 변화시켰다.
그리고 광성천검을 전력으로 전개하며 달려들었다.
"네가 그렇게 검을 잘 써? 그럼 이것도 받아 봐!"
"백수현 마스터!"
"뭐? '정확합니다'? 아버지라는 새끼가! 그러고도 아빠야?"
위에서 아래로.
다시 위에서 아래로.
서너 번을 연거푸 찌르고 찌른 뒤, 아래에서 쳐 내는 척,
다시 찔러 들어간다.
이어서 칼을 붙인 채로 밀어붙이기.
카가가가각—!
"무슨!"

올노운은 뒤로 물러나며 내 검을 받아 내고는 있었으나, 한겨울을 한 팔에 안고 있었으니 쉽지 않은 상황이었다.

그리고 무엇보다 이 검술은 절대 만만한 것이 아니었다.

인류 최고의 칼잡이?

"넌 그냥 인류 최고의 병신이야!"

"잠깐만! 제 말을 들어 보십시오!"

"닥쳐! 처맞으면 정신이 들겠지!"

그는 나를 밀어냈지만 나는 비상식적으로 자세를 낮추며 그것을 이겨 냈다.

몸의 균형을 잃어버린 것처럼 보일 만큼 괴상한 자세.

하지만 번개처럼 솟구치는 칼끝이 올노운의 뺨을 스쳤다.

핏!

"……!"

올노운의 놀란 눈.

그리고 놈은 내 검의 움직임에 계속해서 상처를 입으며 밀려나기 시작했다.

사실 그럴 수밖에 없는 일이었다.

애초에 이 광성천검은 인간의 형(形)을 가진 검술이 아니다.

내가 예전의 경지를 되찾고 더 많은 에너지를 수복하여 쏟아부을수록.

[알림 : 검로가 9개로 분화합니다!]

[알림 : 검로가 176개로 분화합니다!]

[알림 : 검로가 2,312개로 분화합니다!]

[알림 : 검로가 67,904개로 분화합니다!]

[……]

수도 없이 갈라지고 뻗어 나가고 또 흐드러졌다.

예측할 수 없는 분열.

마치 돌연변이를 일으키는 외계 생명체처럼 꿈틀거리며 상대를 옥죄는 검술.

때로는 검을 버리며 상대의 턱밑을 후려갈기는 파괴술이었다.

빠악—!

물결치듯 몰아닥치던 칼날 사이에서 난데없이 뛰어나온 일권은 올노운의 머리통을 홱 꺾어 놓았다.

그리고 나는 한겨울을 휙 낚아챘다.

이 난리 통에도 곤히 자고 있는 여자아이는 평화롭게 보일 정도였다.

딸을 빼앗긴 올노운은 당혹한 표정이었다.

"이 정도였다니."

"뭐가."

"백수현 마스터, 정말 당신은 뭡니까? 내 후계자가 아니라 내 대체자가……."

"후계자든 대체자든, 아무튼 그딴 거 안 해. 내가 언제 하고 싶다는 이야기나 했냐? 무슨 스페인까지 와서 김칫국을 사발로 퍼마시고 있어?"

하지만 올노운은 고개를 가로저었다.

그는 나를 향해 희미한 웃음을 지으며 이렇게 말하는 것이었다.

"아뇨. 당신도 수긍하게 될 겁니다. 디멘션 하트를 흡수하는 것은 상상하지 못한 기회를 가져다주니까요. 누구든 마다하지 않을 힘이자 자격입니다."

"개소리 마."

나는 한겨울을 조심스럽게 내려놓았다.

그러자 채윤기가 달려와서 상태를 살폈다.

"아직 별문제는 없는 것 같다."

"다행이군."

올노운이 폭탄을 던지듯 입을 연 것은 그때였다.

"내가 죽으면 당신이 내 힘을 계승받게 될 겁니다. 그래도 거부할 겁니까?"

계승.

"……예? 뭐라고요?"

채윤기가 미간을 찌푸리며 되묻자 올노운은 재차 말했다.

"디멘션 하트는 '통로'입니다. 헌터의 힘 또한 주고받을 수 있는 통로지요."

"그게 무슨 말도 안 되는 소립니까!"

불과 며칠 전까지 공무원으로 일하던 평범한 헌터에게는 믿을 수 없는 이야기였다.

"아니, 헌터가 무슨 몬스터들도 아니고! 어떻게 그런 일이 가능하다는 겁니까? 계승이라니요?"

"여러 사람이 '하나의 디멘션 하트'를 공유하게 되면 가능한 일입니다."

번쩍거리는 눈빛으로 나를 직시하는 올노운.

그러던 시선이 한겨울에게로 움직였다.

슬픔이 보인다.

"하나의 디멘션 하트를 여러 개로 쪼개서 여러 사람이 흡수합니다. 그러면 그들은 '하나의 위상'으로 엮이게 되고, 생명을 다할 때 가지고 있는 힘을 전수해 줄 수 있습니다."

"……."

역시 그런 거였어.

깨어난 도윤수의 이야기를 들었을 때.

나는 디멘션 하트의 본질은 '연결'이라는 점을 확인할 수 있었다.

그러니까 이 세븐스타즈가 준비하는 '히든스타 계획' 또한 마찬가지로 이해될 수 있었던 것이다.

'올노운과 겨울공주는 디멘션 하트로 연결되어 있었다……'

그러니 올노운이 중환자실에 누워 있을 때 한겨울은 이미 알고 있었을 것이다.

아버지가 죽으면 자신이 새로운 '올노운'이 되어야 한다는 것을.

그리고 보니 아까 그렇게 말한 것도 나름 의미가 있는 거였구나.

─지금부터는 저를 언노운이라고 불러 주십시오. 그 이름은 생명이 다했으니까요.

딸에게 힘을 물려주려고 했던 아버지는 이제 없다는 뜻이었나 보다.

"절박한 건지, 미련한 건지⋯⋯."

"둘 다입니다."

"뭘 안다고 지껄여? 병신이."

"잔말 말고 디멘션 하트를 받으십시오. 백수현 마스터, 그러지 않으면 당신도 인류의 적이라고 판단해야 합니다. 부디 그러지 않기를 바랍니다."

동시에 결사단원들이 한 발자국 움직였다.

나와 채윤기를 향해서.

"⋯⋯."

"⋯⋯."

"⋯⋯."

붉은 옷을 걸치고 마치 불길처럼 떼를 지은 헌터들의 포위망은 상당히 위협적이었다.

하지만 나는 힘을 끌어 올리기 시작했다.

"딸을 스스로 죽이는 것까지 감수하며 후계자를 바꾸려는 의도는, 내가 더 강하기 때문이겠지?"

"맞습니다. 당신은 내가 보았던 그 어떤 헌터보다도 강합니다. 조금만 더 일찍 등장했다면 좋았겠지요."

"그런가."

"차원 전쟁을 승리로 이끌기 위해서라면 저는 뭐든 할 수 있습니다. 그래야만 합니다."

나를 향해 검을 겨누는 헌터들.

그리고 나디아 또한 머리 위로 거대한 마법진을 전개하고 있었다.

올노운의 눈동자에서 눈물이 흘러내렸다.

"우리는……."

그 눈물은 해청이 찢어 놓은 뺨의 상처를 거치며 피눈물이 되어 턱을 타고 흘러 내려렸다.

마치 처음부터 피눈물이었던 것처럼ㅡ.

"우리는 전쟁에 승리하기 위해 만들어진 결사단입니다."

'그래서 결사단 집회였군.'

"이번에는 질 수 없습니다. 더는 미래가 없단 말입니다. 남은 것은 인류의 멸망과 죽음뿐. 무슨 수를 써서든 놈들이 우리 세계를 집어삼키는 것을 막아야 하……."

바로 그 순간.

"채 과장, 뒤에 애 실어."

나는 에어바이크를 꺼내서 전개하는 것과 동시에 '그 기능'을 작동시켰다.

[알림 : 특수 기능 '비상 탈출'이 전개됩니다!]

철만 아저씨의 역작.

게이트를 찢고 바깥으로 튀어 나가는 오토바이가 굉음을 뿜으며 날아올랐다.

＊

'정말 후계자 지정을 거절하겠다고?'

나디아는 눈가를 가만히 찌푸렸다.

새삼 백수현이 미련해 보였다.

올노운의 후계자가 된다는 것은 특히 특별한 일이었다.

일곱 눈 중에서도, 무려 두 번째 눈.

게다가 이미 초대형 헌터로 부상한 '백수현'이잖은가.

'어딘가에서 올노운이 사망한다면 그가 이룬 업적과 스탯을 그대로 물려받게 된다.'

그럼 존 메이든조차 우습게 다룰 수 있을 만큼 강력한 힘을 얻게 될 텐데.

당황스럽게도 백수현은 그딴 게 다 무어냐는 태도로 화를 내며 거절했다.

오히려 힘을 물려줄 아이를 빼앗아 가기까지 했다.

'대체 어쩌려는 걸까.'

단숨에 공중으로 떠오른 에어바이크는 평범한 마법으로 닿을 수 없는 고도까지 도달한 상태.

결사단의 단원들이 일제히 그녀를 돌아보고 있었다.

"네 번째 눈, 그를 잡아야 합니다."

"공동 마법을 전개하시죠."

"당장. 어서!"

단호하고도 분명한 의지가 느껴지는 눈동자들.

이들은 모두 악마종에 의해 목숨보다도 소중한 것을 잃어버린 헌터들이었다.

처음부터 그런 사람들을 모아서 만들어진 결사단이었다.

올노운에게 선택받을 수 있다면 당장 '진짜 심장'이라도 내놓을 수도 있는 이들.

나디아는 고개를 저었다.

"저 혼자로도 충분합니다."

그리고 그녀는 '두 번째 눈'을 돌아보았다.

대의를 위해 소중한 이를 희생시키려다가 그것을 저지당

하고 거꾸로 빼앗긴 남자는 우두커니 서 있었다.

"……."

망연자실한 눈빛.

하지만 피와 눈물이 뒤섞인 그 얼굴 속에서 일말의 안도감
이 엿보였다.

역시 겨울공주를 잃고 싶지는 않았던 것이다.

'다행이네, 정말로.'

나디아가 결심을 굳히는 것은 오래 걸리지 않았다.

그녀는 즉시 비행 마법을 전개하여 수직으로 솟구쳤다.

목표는 순식간에 가까워졌다.

쿠구구구구구구!

손철만의 발명품은 엄청난 마력을 소모하며 공간을 찢고
어딘가로 빠져나가려 하는 중이었다.

하여, 나디아는 그 뒷바퀴부터 우선 마력으로 움켜잡았다.

대화를 하기 전에 일단 움직임을 잡아 두려 했던 그 순간.

"손 떼."

"……!"

유령처럼 최원호가 눈앞에 나타났다.

그리고 그가 오른손을 높게 들어 올리는 것이 보였다.

순간 남자의 손끝이 짐승의 발톱처럼 날카롭게 변하더니,
곧이어 맹렬한 기세로 내리꽂혔다.

'머리 위!'

나디아는 재빨리 물러나며 마력을 회수했다.

무투 계열 헌터로 알려진 상대가 3차원 기동에 능숙하다는 것은 미처 예상치 못했다.

그녀는 작전을 바꾸어 일단 방어막을 펼치면서 지면으로 후퇴하기로 결정했다.

하지만 내심으로는 여전히 자신만만했다.

"이 정도쯤은!"

방패를 응용해서 움직임을 봉쇄하고, 이어서 상대를 거꾸로 묶어 낼 수 있다는 자신감.

하지만 나디아는 또 한 번 계획을 수정할 수밖에 없었다.

카가가가가각-!

파삭!

"……뭐?"

순식간에 따라붙은 칼날 같은 발톱에 방어막에 구멍이 뚫렸으니까.

그리고 근처로 거미줄 같은 실금까지 일어나기 시작한 것이다.

그 모습에 나디아는 적잖이 당황했다.

'창랑의 방패가 깨졌어?'

주문 영창을 제대로 하지 않았다고는 하나, 이 '창랑의 방패'는 지금까지 무적의 방어율을 자랑하는 마법이었다.

그런데 일격도 제대로 막아 내지 못하다니.

"말도 안 돼……."

프랑스의 대마법사는 어안이 벙벙한 표정을 지었고, 상대는 피식 웃었다.

"안 부서질 줄 알았나? 오만하네."

실드 위에 올라탄 최원호.

그는 방어막에다 손가락을 박아 넣은 채 사냥감의 목줄기를 물어뜯는 맹수처럼 눈빛을 번쩍이고 있었다.

그리고 남자의 어깨 너머로 에어바이크가 자취를 감추는 것이 보였다.

'두 번째 눈'의 후계자가 정말로 사라진 것이다.

"후우."

이쯤 되니 나디아 또한 인정할 수밖에 없었다.

상대는 이미 완벽하게 완성된 헌터였다.

새로운 생각이 떠오른 것도 자연스러운 일이었다.

'조금만 더 싸우고 싶은데. 그런 다음에 대화하자고 해도 되겠지?'

어차피 결과는 정해져 있으니까.

나디아는 인간 헌터 중에서는 거의 적수가 없는 대마법사다.

그렇기에 호적수의 등장은 싸움에 대한 갈증을 채울 절호의 찬스와도 같았다.

그녀는 이 기회를 놓치지 않으리라고 다짐했다.

[안내 : 특수 기능 '비상 탈출'이 성공적으로 전개되었습니다.]

채윤기와 한겨울을 태운 에어바이크는 순식간에 사라졌다.
그리고 나는 자리에 남았다.
어차피 매듭을 지어야 했으니까.
역설적으로 한겨울이 없는 지금 이 상태가 가장 안전했다.
그리고 무엇보다도-.

[알림 : 세비지 에너지가 완전히 충전되었습니다.]
[알림 : 세비지 에너지가 완전히 충전되었습니다.]
[……]

적아를 가리지 않고 사방팔방에서 분노가 쏟아지고 있는
이 순간이, 결판을 지을 최적의 시간이었다.
나는 저 말 같지도 않은 생각들을 죄다 부러뜨려 놓을 생
각이었다.

[권능 : '대적자 재규어의 혈조'.]

세비지 에너지를 투입하여 '처형자 재규어의 발톱'을 한 단

계 끌어 올린 공격 권능.

지상으로 내려온 나는 나디아를 향해 재차 돌진했다.

"......!"

뭔가 생각하는 듯한 여자의 표정이 잡아당긴 듯이 가까워
졌다.

그 순간, 두 번째 방어막이 아래에서 위로 튀어올랐다.

파팍!

좌우를 막고 무릎을 깨트릴 것처럼 교묘한 높이로 세워지
는 장애물들.

인간 형태의 적과 상당히 많이 싸워 본 솜씨였다.

더구나 사람의 눈으로는 제대로 보이지도 않았으니, 처음
당하는 입장에서는 꽤나 곤란해질 수밖에 없는 대인 기술이
기도 했다.

하지만 나는 물 흐르듯이 움직였다.

[안내 : 특성 '통찰'이 반응하고 있습니다.]

다른 권능이나 스킬을 불러낼 필요도 없이, 사물의 이면을
알아보는 통찰의 눈이 나디아의 수법을 모조리 읽어 낸 덕분
이었다.

나는 높게 뛰어올랐다.

그리고 토끼처럼 놀란 눈을 향해 손끝을 내리찍었다.

쾅!

마지노선이나 다름없는 방어막에 재규어의 혈조가 박혀들었다.

그리고 얼굴을 들이댄 채로 쩌적쩌적 갈라지는 표면을 더욱 세게 짓이기며 그녀에게 말했다.

"아까 듣자니 이 결사단 집회에서 뭔가를 결정하려면 일곱 사람 중 네 사람이 동의를 해야 하는 것 같던데, 맞나?"

"맞아요."

"그럼 동의를 취소해. 난 올노운의 후계자가 될 생각이 없고, 한겨울이 무의미하게 죽는 것을 지켜보지 않을 거니까."

"그건 싫어요."

"왜?"

"……."

대답이 없다.

"뭐 어쩌자는 거지?"

나는 손아귀를 움켜쥐듯 모아서 그대로 긁어 내려갔다.

카가가가가각!

방어막을 문자 그대로 찢어발기는 것이다.

그러자 나디아는 황급히 마력을 더 충당하며 방어막을 보완하려 했다.

동시에 나를 밀어내고 손목을 으스러뜨리려는 것처럼 몰려드는 압박감.

하지만 이 정도로는 어림도 없다.

카캉!

두꺼운 유리가 깨지는 소리와 함께 나디아의 방어막이 모조리 튿겨 나갔다.

이 마법의 현상 근원이 되는 중심부에 내 마력을 욱여넣고 비틀어서 깨 버린 결과였다.

눈앞으로 떠오르는 시스템 메시지들.

　[업적 : 강력한 상대의 방어막을 일격에 파훼했습니다!]

　[알림 : 칭호 '브레이커블'이 복구됩니다!]

　[정보 : 근력에 +3만큼 보너스가 주어집니다.]

동시에 야수의 권능을 교체했다.

무력시위에는 이만한 것이 없지.

　[권능 : '해결사 황소의 뿔'.]

머리 위로 돋아난 두 개의 뿔이 틈을 비집고 들어갔다.

즉, 머리통을 들이민 자세.

쌍각에서 흘러나오는 거센 마력은 나디아의 마력 흐름을 폭력적으로 짓누르고 있었다.

여자의 얼굴은 닿을 것처럼 가까워졌다.

이제 알았을 것이다.

자신의 방패가 완전히 깨졌다는 것을.

"정말 괴물이군요……."

헛웃음을 지으며 중얼거리는 나디아를 향해 나는 불쑥 손을 내밀었다.

그리고 팔뚝을 움켜잡은 채 시선을 똑바로 맞췄다.

"당장 철회해. 어차피 무의미한 짓거리니까."

파지지지직!

푸른 눈동자 속에서 창백한 빛이 번쩍인 것은 바로 그 순간이었다.

나는 아까의 전격 마법을 떠올렸다.

너무나 간단하게 사람을 재로 만들어 버리던 파괴력.

그것이 내 머리에 꽂힌다……?

-이건 못 참지!

'못 참는 게 아니라, 못 버티는 거야. 나도 위험하다고.'

하지만 나에게는 이미 생각해 뒀던 대응책이 있었다.

"금군 소환."

-내금위가 부름에 응하였사옵니다!

-모두 주군을 위하여!

-목숨을 걸겠습니다!

바로 금군들이었다.

3기의 소환수가 저마다 목소리를 높이며 등장한 것이다.

그리고 나를 대신해서 번개를 맞아 대기 시작했다.

쾅―!

첫 번째가 하얗게 산화했다.

그사이에 두 번째 금군은 나디아의 목 언저리로 언월도를 깊게 찔러 들어갔다.

마지막 세 번째는 등 뒤에 있었다.

하지만 그녀의 입꼬리는 오히려 싱긋 웃음을 짓는 것이었다.

콰쾅―!

놀랍게도 나디아는 소환수들의 움직임을 하나도 놓치지 않고 연달아 마법을 전개했다.

그렇게 두 번째와 세 번째마저 섬광 속에서 허무하게 사라져 버렸다.

'방어보단 공격이 훨씬 더 강력하군.'

그리고 자신의 손목을 잡고 있는 나를 향해 비릿한 웃음을 띠는 나디아.

나긋나긋한 목소리가 재앙을 예고했다.

"즐겁네요, 마스터 백. 하지만 아직 나에겐 안 돼요."

그 순간, 머리 위로 백색의 전격이 내리꽂혔다.

감각이 증발한다.

몸이 명멸하듯 타오르고, 여자의 팔뚝을 우악스럽게 쥐고 있던 손아귀도 스르륵 떨어져 나갔다.

지옥을 닮은 이 게이트에 가득 담겨 있던 겁화(劫火)를, 흰색으로 바꾸어 불러낸 것처럼 보인다.

나를 내려다보며 여자는 다시 자신만만한 표정을 회복했다.

그 눈빛은 마치…….

'아직은 나에게 안 된다.'

자신의 우위를 재차 강변하는 듯한 오만한 눈빛이었다.

하지만 나야말로 피식 웃었다.

"어딜 보고 있지?"

-그건 제 잔상입니다만!

"……뭐야? 대체 언제!"

나는 나디아의 등 뒤에서 해청을 뽑은 상태였다.

칼끝이 목덜미에 닿자 여자는 오한을 느낀 것처럼 부르르 떨었다.

'금군을 마지막으로 이렇게 썼네. 손실 부분을 회복시킬 수가 없었으니 이만하면 제 역할을 다한 거겠지.'

내가 불러낸 금군은 방패이자 눈가림이었다.

순간적으로 3기의 소환수가 나디아의 사방을 점하며 감각을 교란하며 만든 틈.

나 역시 분신체를 만들며 움직였다.

'화산 원숭이의 분신술.'

이 권능은 그 출처부터가 신화적인 탓에 업그레이드 버전이 존재하지 않았다.

단지 계속해서 수련하며 능숙해져야만 했다.

나에게는 장장 40년의 수련이었고, 이것이 그 결과물이었다.

"뭐? 아직 나에겐 안 된다고?"

나는 피식 웃었다.

"이제 되는 거 같은데?"

"……."

말을 되돌려 준 나는 엄포를 놓았다.

"나디아, 아까 올노운에게 동의했던 걸 철회해. 안 그러면 정말로 피를 봐야 할 테니까."

정말, 단 1초도 망설이지 않고 죽여 버릴 수 있다.

그런 의미로 쥐고 있던 해청의 칼끝을 살짝 눌렀고, 내 뜻을 알아차린 여자의 어깨가 파르르 떨렸다.

칼끝이 스며들듯이 피부를 누르며 붉은 피를 바깥으로 불러내고 있었다.

그런데 그 순간.

"처음부터 그렇게 할 생각이었는데, 이젠 그럴 필요도 없게 됐네요."

"……뭐?"

나디아는 피식 웃으며 던진 말에 나는 뭔가 불안해졌다.

시선을 살짝 옮겨 근처를 돌아보았을 때, 그 불안감은 나에게 정체를 드러냈다.

"결사단의 규칙에 따라 새로운 '눈'이 등극했습니다! 모두 예를 취하시오!"

결사단원들 중 선두에 선 남자 하나가 나를 향해 몸을 낮추고 있었던 것이다.

나는 진심으로 당혹했다.

"뭐야? 이거?"

하지 마. 그러지 말라고!

그들은 인정사정 없이 나를 향해 무릎을 꿇었다.

그리고 크게 소리치기 시작했다.

"새로운 눈을 뵙습니다!"

"세계에 자유를!"

"죽어 간 이들을 위한 복수를!"

"우리의 촛불이 되어 주소서!"

"……."

그때 올노운과 눈이 마주쳤다.

수상스러울 정도로 의미심장하게 나를 바라보는 눈빛.

'아니, 설마.'

저 자식이 처음부터……?

하기 싫은 뉴비

결사단의 집회는 해산되었다.

몸을 일으킨 올노운의 공언.

"오늘 새로운 눈이 등장했음을 엄숙히 선언합니다. 그러므로 후계자 교체에 관한 건은 무효. 결사단 집회는 이만 해산합니다."

그것으로 끝이었다.

모여 있던 단원들은 나를 향해 숭배에 가까운 눈빛을 보내며 사라졌다.

나는 단지 나디아를 꺾었을 뿐인데, 그들은 정말로 날 새로운 우상쯤으로 여기는 듯했다.

일곱 눈에 끼어든 새로운 눈…….

'세상에, 일곱 눈이라니.'

진짜 더럽게 오글거리네!

대체 누가 지은 거지?

아니, 그보다도 그냥 대결에서 한 번 이겼을 뿐이잖아?

그럼 여덟 눈이 되는 건가? 아니면 나디아의 자리를 빼앗게 되는 건가?

'대체 이게 무슨 상황인지 모르겠네.'

나의 이러한 의문들은 머지않아 해소되었다.

"많이 놀라셨겠군요. 하지만 저도 놀랐습니다. 백수현 마스터, 나디아가 봐주면서 한 것은 아닐 텐데요."

올노운이 나에게 걸어오며 건넨 말이었다.

나는 인상을 구기며 그에게 무슨 말이든 쏘아붙이려고 했다.

딸을 죽이려고 했던 아버지.

그 목적이 숭고하다고는 해도, 용서하기는 어려웠다.

하지만 그는 손을 들어 올리며 선수를 쳤다.

"압니다, 절 용납하실 수 없다는 것. 그리고 질문도 많으시겠지요. 하지만 그건 제 몫이 아닙니다. 우리가 알고 있는 모든 것을 백수현 마스터에게 전해 줄 사람은 따로 있습니다. 가서 만나 보십시오."

"당신들이 아는 모든 것? 그게 뭔데?"

"세계 클랜 협의회, 악마 교단, 신인류, 게이트 테러리스트, 우리 결사단까지…….”

올노운은 지친 웃음을 지어 보였다.

“뭐든 그분께 물어보십시오. 답을 얻을 수 있을 겁니다.”

＊

“……존.”

“그래, 세현.”

어둠 속에 앉은 남자가 희미한 웃음을 짓자, 소녀는 인상을 찌푸렸다.

“왜 그 이름으로 날 부르는 거죠?”

“음, 별 뜻은 없는데.”

“그러지 말아요, 화내기 전에.”

“하하, 알았어. 미안하군.”

장세현.

게이트 테러 집단 ‘여섯 형제단’의 총수가 존 메이든과 대면하고 있었다.

험악한 분위기는 아니었다.

오히려 서로를 잘 알고 있던 두 사람은 침묵조차도 익숙하다는 듯이 서로를 대하고 있었다.

하지만 본론이 나오자 공기가 미묘하게 변했다.

“무왕이 한국에서 사고를 치고 다니더군. 올노운을 공격

한 것도 모자라서, 서울 외곽에 있는 게이트를 직접 역류시
켰어."

"맞아요. 갑자기 신경 쓰이는 녀석이 있다면서 그런 짓을
하더라고요. 그냥 두세요. 그러다 말겠죠."

"놈이 이사장에게 어떤 남자에 대한 '서적'을 요구했어."

"……?"

"백수현."

그 이름에 잠시 멈칫했던 장세현이 고개를 끄덕였다.

"아아, 그 사하라에서 모래 미로 기록을 갈아엎었다는 사
람이죠?"

"그래. 그에 대해 알고 있나?"

"물론이죠. 한국에서 화제를 모으고 있는 클로저스 클랜
의 마스터이자 '신인류 조사단'의 특무조장이잖아요. 그렇잖
아도 한번 부딪쳤고, 조직원들을 몇 사람 잃어서 되갚아 줄
기회를 보고 있는데요."

"그렇군. 그럼 백수현의 본명이 '최원호'라는 것은? 그것도
알고 있는 건가?"

"최원호라고요……?"

순간 장세현의 눈동자가 파르르 흔들렸다.

존 메이든은 그것을 놓치지 않았다.

"네가 아는 사람이지? 일전에 듣기로는 첫사랑이라고……."

"그 입 닥쳐요!"

그녀가 소리를 지르자 존 메이든은 입을 꾹 다물었다.

굳이 신경을 긁을 필요가 없었으니까.

잠시 침묵이 이어지는 동안, 장세현은 어둠을 돌아보며 멍하니 생각에 잠겨 있었다.

'최원호, 최원호, 최원호…….'

그리고 클로저스.

우연일 리가 없다는 생각이 들었다.

게다가 그 모래 미로에서 차석을 차지한 헌터는 바로 '한채미'였다.

'빙신우…….'

가슴 속에 묻어 두었던 이름들을 하나씩 들춰내자 그녀는 미쳐버릴 것 같은 기분이 될 수밖에 없었다.

일그러지는 표정에 존 메이든은 피식 웃었다.

"최원호에 대한 '서적'이 필요하면 이야기하도록. 내가 이 사장에게 이야기해 둘 테니까."

그는 소기의 목적을 이루었다.

❧

내 질문에 대답을 줄 사람은 의외로 평범한 곳에 있는 듯했다.

"여깁니다."

"……."

나디아가 나를 데리고 향한 곳은 마드리드 외곽의 작고 낡은 아파트였다.

그곳에 '그 사람'이 있다고 했다.

나는 미심쩍은 표정을 짓고 있었는데 나디아는 슬쩍 물러나더니 심술궂은 미소까지 지어 보였다.

"7층. 704호. 혼자 가야 합니다."

"나 혼자요?"

"네, 원칙이죠. '그분'의 원칙."

대체 그녀가 뭐길래?

나는 별수 없이 느릿느릿 움직이는 엘리베이터를 타고 7층으로 향했다.

704호의 문은 이미 열려 있었다.

마치 내가 오리라는 것을 알고 있었다는 듯이.

"어, Hello? 계십니까? Excuse me?"

나는 되는대로 지껄이며 집안으로 들어섰다.

그러자 웃음소리와 함께 유창한 한국어가 들려왔다.

"들어오세요. 어서."

"……?"

그런데 이상하게도 그 목소리가 낯익었다.

나는 내 착각일 거라고 생각할 수밖에 없었다.

어디선가 만날 수야 있겠지만 스페인까지 와서 우연히 만나게 되는 것은 도저히 상상할 수 없는 목소리였으니까.

하지만 다음 순간.

"안녕하세요, 백수현 군. 아니, 최원호 군. 만나서 반가워요?"

"뭐, 뭐야? 넌……?"

이럴 리가 없는데?

하지만 눈앞에 있는 얼굴은 분명 내가 아는 그 여자애의 이목구비와 전혀 다르지 않았다.

닳고 헤진 소파에 느긋하게 앉은 소녀.

장세현.

구준백, 도윤수와 함께 우리 남매와 함께 살았던 그 아이가 내 앞에 다시 나타난 것이다.

나는 비명 같은 의문을 드러낼 수밖에 없었다.

"너 뭐야? 뭐냐고! 세현이야? 장세현?"

그러자 그녀는 호호 웃으며 이렇게 대답하는 것이었다.

"아뇨, 전 장세현이 아니에요. 단지 그녀를 품은…… 뭐랄까, '더 큰 존재'죠. 지금은 제가 품은 존재들 중에서 당신에게 가장 익숙한 모습을 취하고 있는 것이랍니다."

장세현을 품은 '더 큰 존재'라고?

점점 더 혼란스러워졌다.

'그럼 그 녀석이 이 여자에게 흡수당하기라도 했다는 건가?'

머릿속이 엉망진창이 되어 가는 나를 향해 여자는 다시 호호 웃음을 지었다.

　잠깐 생각하던 그녀는 이렇게 말했고, 나는 이곳이 정신병원이 아닌가 생각하게 되었다.

　"평범한 인간들은 절 '신'이라고 부르죠."

　……신? GOD?

　여기 간호사들은 어디 있는 거야?

　"그리고 옛날의 마력 각성자들 몇몇은 저를 '차원의 보호자'라고 불렀어요. 그게 좀 더 정확한 표현이라고 생각해요."

　순간 머리를 스치는 아버지의 목소리.

　　－너희 엄마는 지구의 '신'과 접촉했다.

　그래, 생각났다.

　4구획의 환상 속에서 보았던 아버지는 그 신적인 존재에 대해 이렇게 설명하셨다.

　　－하나의 차원을 감싸고 있는…… 뭐랄까. 아! 그래, 일종의 '보호막' 같은 것이라고 하더라. 동시에 그 세계의 연속성을 수호하는 '흐름'이라고도 했고.

　……차원의 보호막.

　그때 게이트라는 것은, 사실 이계의 존재들을 한곳에 가두어 두는 검투장 같은 개념이라고 설명하기도 하셨다.

　－우리 지구의 '보호막'과 접촉한 너희 엄마는 몇 가지 미래
를 보고 돌아왔어. 바로 우리 세계의 파멸에 대한 미래…….

　미래 예지까지 가능한 거대 존재.
　나는 눈앞의 여자를 멍하니 바라보았고, 그녀는 머쓱하게
웃었다.
　"그런데 스스로를 신인류라고 규정한 아이들은 저를 '예언
자'라고 부르더군요. 솔직히 그건 좋지 않은 정의라고 생각
하지만…… 어쩔 수 없죠. 그들의 선택이니까요."
　"예, 예언자가 당신이었단 말입니까? 그럼 신인류의 우두
머리라고?"
　그러자 파하하 웃음을 터트리는 여자.
　"설마요! 전 그 누구에게도 군림하지 않아요. 단지 그 아
이들이 제가 나누어 준 힘을 소중히 여기고, 각자 필요한 방
식으로 활용하는 거죠. 기특하지 않나요?"
　"……설마 그 '무능력한 차원 과학자'도 당신입니까?"
　"아, 맞아요. 도윤수 군에게 접근한 것도 저였어요. 비록
잘되지는 않았지만 말이에요."
　"허……."
　쉽게 이해가 되지 않는 이야기였다.

장세현의 얼굴을 한 이 여자가 '지구의 신'이며, '차원의 보호자'라는 사실도 받아들이기 어려웠지만.

신인류의 예언자로서 그 무색무취의 마력을 나누어 준 것도 자신의 소행이라고 하니……

'대체 뭐가 어떻게 돌아가는 거지? 야수계에는 이런 존재가 없었는데, 왜 지구에만?'

어디서부터 뭘 물어봐야 할지도 모르겠다.

이런 생각들이 내 표정으로 고스란히 드러났던 것일까.

"원호 군, 많이 혼란스러운 것 같네요? 괜찮아요. 천천히 하죠. 아주 천천히."

여신은 싱긋 웃으며 낡은 소파 한구석을 가리켰다.

나는 엉거주춤 앉아서 그녀가 주는 코코아 한 잔을 받았다.

그리고 긴 이야기가 시작되었다.

여신이 자아를 가지고 지상에 현현하게 된 것은 1999년의 일이었다.

최초의 게이트가 태평양에 열린 그때.

그녀는 적도 근처 어딘가, 무역풍 속에서 깨어났다.

하지만 당시에는 의지와 의식만 가지고 있었을 뿐, 육체는 존재하지 않았다.

사용할 수 있는 영향력 또한 미미하기 그지없었다.

그러다가 2002년, 시베리아 게이트가 역류하는 것과 함께 '고유한 힘'을 가지게 되었다고 했다.

두 사건의 상관관계에 대한 설명은 이러했다.

"큰 게이트가 차원 역류를 일으키며 마력을 쏟아부으면 잉여 마력이 지구에 공급되죠. 그럴수록 저는 마력의 응집체로서 더 많은 힘을 행사할 수 있게 돼요. 위기가 커지니까, 보호자도 더 강화되는 '규칙'이죠."

규칙.

그것이 바로 최초의 게이트 옆에 있었던 거대 모뉴먼트가 담고 있는 내용이었다.

여신은 규칙의 내용을 간략하게 설명했다.

"조우, 전투, 종속. 쉽게 말해 만나서 싸워 상대를 먹어치우라는 뜻이에요. 패배한 측은 타계의 식민지로 전락한다는 뜻이기도 하고요."

그녀의 말에 나는 묻지 않을 수 없었다.

그럼 이 전쟁을 유도한 것은 대체 누구란 말인가?

여신은 이번에도 간단히 대답했다.

"그는 '진정한 신'이라고 해요."

"예? 진정한 신……?"

"모뉴먼트의 공지에 따르면 모든 우주를 관할했던 어떤 대신격이라고 하네요. 그 부분만큼은 나도 정확히 말해 줄 수가 없어요. 잘 모르거든요."

아니, 오히려 내 머릿속에 떠오르는 이름이 있었다.

영원.

'거짓 사명에서 벗어난 라미아 여왕이 그 이름을 말했었지.'

그리고 나에게는 그의 일부로 추측되는 '거신의 조각'이 하나 심어져 있었다.

생각이 많아진다.

"시베리아 게이트가 터지며 일어난 1차 전쟁의 결과는 지구의 완패였어요……."

설명은 계속되었다.

EX급 게이트가 역류하며 쏟아져 나온 악마종이 인류 사회의 그늘로 숨어들어 영향력을 행사하기 시작했고.

그들이 원한다면 인류 문명이 순식간에 파괴될 수 있는 상황까지 치달았다는 이야기.

"인류 사회는 가지고 있는 힘에 비해서 구조적으로 너무 취약했거든요. 국가, 민족, 종교, 이념…… 다 약점이었죠."

이런 상호 대립을 적당히 이용하기만 하면, 인류와 지구 차원의 자멸은 아주 당연하게 벌어질 순리와도 같았던 것이다.

"그래서 나는 내 사람들을 만들기로 했습니다. 이 세계를 지키려는 내 의지를 대신할 헌터들. 그게 '결사단'이죠."

"그럼 세븐스타즈는……."

"결사단의 선봉대를 일컫는 '일곱 눈'이 외부에서 쓰는 이름이라고 생각하면 됩니다.”

‘도윤수의 말이 사실이었구나.’

세븐스타즈.

결사단의 ‘일곱 눈’.

지금은 존 메이든을 필두로 하여 세계 헌터 협의회까지 장악하고 있지만, 그 시작은 미미했다고 한다.

“당시 존 메이든은 프리랜서 헌터에 불과했답니다. 그리고 클랜들의 집합인 협의회보다도 각국 정부들의 입김이 더 강했고요.”

여신은 그 상황을 바꾸어 놓았다.

일곱 명의 사도를 필두로 한 결사단을 빠르게 성장시키는 동시에, 국가보다 협의회가 게이트를 좌지우지할 수 있도록 만들었다.

“그리고 세계 클랜 협의회는 악마종과 휴전 협정을 체결했어요.”

“휴전 협정……”

나는 그 대목에서 입술을 꾹 깨물어야만 했다.

“지구와 타계를 잇는 기술을 연구하는 ‘차원 과학자’들을 인질로 삼는 불평등 조약이었지요. 그래서 당신의 어머니도 악마계로 압송된 것이랍니다.”

그 말을 듣자 가슴이 턱 내려앉는 기분이었다.

‘그렇구나.’

나의 어머니.

그녀가 이 세상에서 사라진 이유가, 마침내 확실하게 확인되는 순간이었다.

'어머니는 휴전 협정에 따라 악마계로 압송되었다.'

새로운 충격은 아니었다.

이미 내 눈으로 보았던 장면이었다.

오히려 꼬리를 무는 질문과 옅은 적개심이 피어오르고 있었다.

나는 가만히 입을 열었다.

"그게 유일한 협상안이었습니까? 정말 그것밖에 다른 방법이 없었나요?"

"네, 당신에겐 미안하게 생각하고 있어요. 그렇지만 다른 조건은 전혀 수용되지 않았어요. 차원 과학자들을 몰래 숨겨주는 것만이 저와 눈들이 할 수 있었던 유일한……."

뭐? 다른 할 수 있는 일이 없었다고?

나는 머그잔을 내려놓았다.

"그럼 당신의 힘은 대체 뭡니까?"

내가 말을 끊고 들어가자 장세현의 얼굴이 흠칫 굳었다.

하지만 이 여자는 장세현이 아니었다.

그러므로 나는 숨기지 않고 분노를 드러낼 수 있었다.

나에겐 이 부분이 가장 이해할 수 없는 부분이었다.

"당신이 우리 차원의 보호자라면서요? '신'이라고 불리잖아요? 그런데 고작 게이트에서 뛰쳐나온 악마종 몇 마리도 처죽이지 못하는 겁니까?"

"……."

"미래를 예언하고 최강의 헌터들을 거느리고 있으면서? 이렇게 세계의 흑막으로 군림하고 있는데? 도대체……!"

내가 마구잡이로 말을 쏟아 내자 그녀는 고개를 떨어뜨렸다.

"미안해요. 전 게이트에 들어갈 수도 없고 간섭할 수도 없어요. 타계의 존재와 마주칠 수도 없죠."

"그게 무슨!"

"그게 무슨 머저리 같은 신이냐고요? 네, 맞아요. 전 신이 아니에요. 단지 그렇게 불릴 뿐이에요. 설명했잖아요?"

"……."

씁쓸한 웃음에 나는 입을 꾹 다물었다.

징징거릴 생각은 없다.

그저 납득하고 싶을 뿐.

내가 고요히 쳐다보자, 잠시 생각하던 여신이 다시 입을 열었다.

"가장 정확히 말하자면, 전 '마력의 응집체'로서 존재하고 있어요. 그래서 이질적인 마력과 부딪치면 손상을 입게 돼요."

"손상이라고요?"

미안하지만 그딴 건 이유가 되지 않는다.

"아니, 싸움을 치렀으니까 다칠 수도 있는 법 아닙니까? 정말 고작 그런 이유라고요?"

하지만 이어지는 말에는 입을 다물 수밖에 없었다.

"원호 군, 지금 내 말을 전혀 이해하지 못하고 있네요. 저는 단독 존재가 아니에요. '이 세계에 흐르고 있는 마력'을 대표하는 존재죠."

마력을 대표하는 존재?

"쉽게 말해, 제가 다치는 것은 지구 전체의 헌터들이 다치는 것과도 같아요. 그들의 마력이 다치게 되니까."

"......!"

"그러니 지구의 헌터들 전체가 약화되는 거죠. 저는 신이라기보다 도구에 가까워요. 차원을 보호하는 마력적 존재라고 해야겠죠."

"......."

마력적 존재라.......

그 순간, 머릿속에 퍼뜩 떠오르는 것이 있었다.

"그럼 지구의 마력에서 피 냄새가 풍기는 것, 혹시 그게 당신의 특징 같은 겁니까?"

그러자 여신이 놀란 듯이 눈을 크게 떴다.

"으응? 어떻게? 대체 어떻게 그걸 느낀 거죠? 지금까지 제 '고유함'을 느낀 사람은 없었는데?"

'그렇군. 고유한 특징이란 말이지.'

이 강렬한 체취가 온 사방에 흐르고 있음에도 불구하고, 그것을 언급한 이가 없다는 것.

사실 당연한 일이었다.

"하긴. 다들 다른 마력을 경험해 본 적이 없을 테니까요. 비교할 대상이 없으면 아무리 이질적인 특징이라도 깨달을 수가 없겠죠. 그냥 자연스럽게 받아들이게 될 테니."

내가 수긍하며 중얼거리자 여신은 눈동자를 반짝였다.

"흥미롭네요. 그럼 신인류 아이들이 사용하는 '순수 마력'에 대해서도 느꼈나요?"

그 무색무취의 마력?

"그걸 '순수 마력'이라고 부릅니까?"

"네! 제 힘을 최대한 정제해서 뽑아낸 건데! 어때요? 쓸 만한가요?"

여신은 갑자기 돌변해서 아이처럼 눈빛을 반짝거리고 있었다.

순간적으로 세현이의 표정이 겹치는 것 같아서 나는 눈살을 찌푸리며 고개를 가로저었다.

그 마력에 대한 평가라면…….

"불완전하게 느껴집니다. 지나치게 위력적이기도 하고.

게다가 악용되고 있잖습니까? 신인류는 그걸 이용해서 세계를 전복시키려고 하고 있습니다."

하지만 여신의 입가에서는 의미심장한 미소가 흐르고 있었다.

"상관없어요."

"네? 뭐가요?"

"이 세계가 전복되더라도 상관없다고요."

"상관없다뇨! 어째서……?"

"다른 차원에 지배당하는 것보다는 전복되는 게 나아요. 모두가 죽고 단 한 사람만 살아남더라도, 그렇게 해야 해요. 어쩌면 종속되는 것보다 멸망하는 게 나을지도 모르죠."

극단적인 말에 나는 조용히 여신을 바라보았다.

단호한 의지를 담고 번쩍이는 눈동자.

"저는 뭐든지 할 수 있어요. 무슨 수를 쓰든 이 세계를 지키는 것, 그게 제 의무니까요. 결사단, 신인류, 테러리스트들……. 모두 각자의 역할이 있는 아이들이에요. 제가 그렇게 만들었어요. 이제 결과를 보고 있고요."

그리고 마지막 이야기가 시작되었다.

지금 세계 각지에서 서로 싸우고 있는 헌터들이 어쩌다가 그렇게 되었는지에 관한 이야기였다.

꽤 놀랄 만한 정보들도 많았다.

"김서옥 청장이……?"

"지금 그 아이는 우리에 대해 전혀 기억하지 못하죠. 결사단에서 파면되었기 때문이에요. 존이 마법을 이용해서 서옥의 기억을 제거했죠."

'그런 거였어.'

이 대화의 말미에서, 나는 옛 친구의 이름 또한 확인할 수 있었다.

지금 내 눈앞에 있는 얼굴의 진짜 주인.

"흠. 장세현, 이 아이는……."

채윤기는 머릿속이 하얗게 된 채 무작정 스로틀을 당기고 있었다.

'어디로 가야 하지? 마드리드 시내로 가야 하나? 아니면 한국 대사관? 상주하는 헌터는 없을 텐데?'

한겨울을 뒷자리에 태우고 게이트를 탈출한 직후까지는 좋았다.

대체 어떤 위대한 마법이 작동하는 건지는 모르겠지만, 게이트를 찢고 바깥으로 나왔다는 것 자체가 놀라웠다.

그러나 다음 상황을 깨닫는 것까지는 몇 초 걸리지 않았다.

[알림 : 연료 탱크의 마력석을 모두 소진했습니다.]

[경고 : 추락에 주의하십시오!]

날개 없는 고공낙하가 시작된 것이다.

비행 마법도 쓸 줄 모르는데!

'이런 빌어먹을.'

채윤기는 빠르게 손을 움직였다.

왼손은 사타구니 근처의 연료통 뚜껑을 열고, 오른손은 아 공간 주머니 안을 뒤적였다.

그리고 손에 걸리는 대로 하급 마력석 두어 개를 꺼내 연료통에다 쑤셔박았다.

"제발!"

뒷자리에는 조카뻘의 여자애가 의식이 없는 상태로 타고 있으며, 이 바이크는 성격이 몹시 더러운 마스터의 물건이었다.

여기서 마드리드 도로 한복판에 처박히는 것은 정말 상상도 하기 싫은 일이었다.

다행스럽게도, 에어바이크는 제대로 작동했다.

[경고 : 비상 착륙합니다!]

[알림 : 연료 탱크의 마력석을 거의 다 소진했습니다.]

……하급 마력석 2개쯤은 간에 기별도 가지 않는다는 건가.

"허, 무슨 이런 말도 안 되는 미친 연비가 다 있어?"

어쨌거나 비상 착륙은 작동했다.

부웅—!

간신히 땅바닥에 발을 대고 한숨을 돌린 채윤기는 연료통의 뚜껑을 닫았다.

그리고 문득 고개를 들어 올렸다가 흠칫 굳었다.

"......"

"......"

사방에서 시선이 쏟아지고 있었다.

발걸음을 멈춘 마드리드의 여행객들이 쳐다보는 눈빛에 얼굴이 따가울 지경이었다.

하긴 난데없이 하늘에서 뚝 떨어져서는 등 뒤에 잠든 여자애까지 태우고 있으니, 눈길이 쏠리는 것은 아주 당연한 일이었다.

'어서 움직여야겠다.'

[안내 : 비행 기능이 비활성화됩니다.]

[안내 : 연비 주행 모드가 설정되었습니다.]

재빨리 에어바이크를 조작한 채윤기는 스로틀을 감으며 달리기 시작했다.

구속 마법을 이용해서 등 뒤에다 결속해 둔 아이는 흔들리지 않았다.

하지만 머릿속이 금세 텅 비었다.

"대체 어디로 가야 하는 거야?"

최원호와 채윤기는 어디서 만나자는 이야기 따위는 전혀 해 두지 않았다.

일단 저지르고 본 것이었다.

그러므로 게이트를 찢고 나온 에어바이크는 딱히 갈 곳이 없었다.

하지만 다음 순간.

"채윤기 사무관님……?"

등 뒤의 여자아이가 눈을 뜨며 중얼거렸다.

채윤기는 인적이 없는 골목 안쪽으로 들어서서 뒤를 돌아보았다.

"정신이 드십니까? 겨울공주 님?"

"네에, 그 민망한 콜네임을 들으니까 다시 정신이 나가 버릴 것 같지만요."

"다행입니다, 겨울공주 님."

"제발요. 이제 다들 제 이름 아시잖아요."

"하하."

잠에 덜 깬 듯한 표정.

그러나 한겨울은 침착한 몸짓으로 에어바이크에서 내려왔다.

그리고 사방을 둘러보며 상황을 파악하려 노력했다.

채윤기는 주저하며 입을 열었다.

"저, 한겨울 헌터님, 지금부터 제 이야기를 잘 새겨들으십시오. 이건 거짓말 같지만 진실입니다. 당신의 아버지인 올노운 마스터가……."

그가 딸을 죽여서 디멘션 하트를 꺼내려고 했다는 이야기를 전해야만 했기 때문이다.

하지만 턱을 긁적이며 한겨울은 이렇게 말하는 것이었다.

"음, 아무래도 아버지의 '플랜 A'가 들어맞은 모양이네요. 그 피자집으로 돌아가요. 아마 이미 사람들이 모여 있을 거예요."

"……예?"

순간 채윤기는 멍청한 표정이 되었고.

비대칭으로 구겨진 그 눈썹을 보며 한겨울은 푸흡, 웃음을 터트렸다.

그러나 내심 깊게 안도하고 있었다.

'덕분에 살았네.'

불행인지 다행인지, 최원호는 그녀가 생각했던 것만큼 다정한 사람이었다.

◆

"끝났나요?"

"네."

"갈까요?"

"그러시죠."

낡은 아파트를 나와서, 나는 조용히 나디아의 뒤를 따라 갔다.

나를 이끄는 그녀 또한 말없이 작은 미소만 지을 뿐.

택시를 타고 엘 카프리초 지하철역 근처로 돌아온 우리는 자연스럽게 피자집으로 향했다.

딸랑.

문을 열고 들어서자 헌터들의 모습이 보였다.

잔뜩 당황한 표정의 채윤기, 무표정한 얼굴의 올노운, 안면 인식 방해 아티팩트로 얼굴을 가리고 있는 두 사람…….

마지막으로 한겨울까지.

침묵 속에서 이쪽을 바라보는 사람들을 향해 나는 그냥 뚜벅뚜벅 걸어갔다.

그리고 주먹을 휘둘렀다.

빠각!

"……."

"으왓!"

상대는 피하지 않았다.

놀라서 고함을 지른 사람은 채윤기였다.

나는 바닥에 나자빠진 올노운을 향해 입을 열었다.

"왜 죽통을 맞았는지는 알고 있을 거라고 생각하는데. 혹시 아니라면 말하고. 좀 더 얻어터지다 보면 깨닫는 게 있겠지?"

그러자 그는 입안에서 터진 핏물을 퉤 뱉으며 고개를 끄덕였다.

"압니다. 하지만 이렇게 한 대 맞는 것으로 당신을 검증하고 우리 안으로 포섭할 수 있다면…….."

"미친놈."

"칭찬 고맙군요."

……에라이, 관두자.

올노운은 정말로 미친놈이었다.

이런 작자는 최대한 상대하지 않는 것이 정신 건강에 이롭다.

"어이가 없군. 뭐, 이런 일이 벌어지는지."

나는 모두의 시선을 받으며 테이블 의자에 털썩 앉았다.

새삼스럽게 찾아온 격렬한 피로감에 숨이 막힐 지경이었다.

하지만 채윤기를 제외한 헌터들이 격렬한 눈빛으로 내 대답을 요구하고 있었다.

결국 나는 멍하니 입을 열 수밖에 없었다.

"내 입으로 이런 말을 하게 되다니, 허 참……. 예, '눈의 회의'를 시작합시다. 오글거려 죽겠네. 젠장."

정말이지 하기 싫어서 미칠 것 같다.

여신과 대면하던 마지막 순간.

그녀는 나를 지그시 바라보며 이런 이야기를 했다.

"이 지구에서 마력을 이용하여 벌어지는 사건이라면 거의 대부분 파악하고 있답니다. 위대한 마법사가 아니라면 내 이목을 속이기는 거의 불가능해요. 미래 역시 마찬가지죠."

꽤나 오만한 이야기였지만, 인간이 아닌 마력의 응집체인 여신이었기에 그리 허무맹랑하게 들리지는 않았다.

그녀는 나를 흥미롭다는 듯이 바라보았다.

"하지만 당신에 대해서는 모르겠어요. 내 품을 떠났다가 돌아왔기 때문인지 보이질 않아요. 미래도 현재도 파악할 수가 없네요."

"그렇습니까?"

피식 웃음이 나왔다. 듣던 중 반가운 소리였으니까.

나는 코코아 잔을 내려놓았다.

"내가 이 세계를 떠나서 무엇을 경험했는지 궁금하십니까? 그걸 알려 드리면 우리 세계의 생존에 도움이 될까요?"

만약 그렇다면 나는 기꺼이 이야기해 줄 생각이었다.

내가 파악한 바에 따르면 여신은 '방관자'에 가까웠고, 내가 아는 것들이 악용될 가능성은 0%였다.

하지만 가만히 고개를 젓는 그녀.

"아뇨, 전 지금의 당신이 궁금할 뿐이에요. 그저 원호 군이 우리 세계의 구원자가 될 수 있는지. 다른 건 전혀 궁금하지 않아요."

"구원자…… 말입니까?"

황금빛으로 반짝이는 눈동자가 나를 직시했다.

"결사단의 지휘권을 당신에게 줄게요. 세계 클랜 협의회를 무너뜨리고 싶다면 그렇게 하세요. 신인류와 대결하고 싶다면 그렇게 해도 돼요. 단……."

잠시 말을 멈췄던 여신은 오직 하나의 조건만 내걸었다.

"이기세요. 수단과 방법을 가리지 말고 침략자들을 찢어 발기세요. 그리고 지구의 모든 게이트를 폐쇄시켜 주세요. 제가 원하는 건 그뿐입니다."

"……."

나로서는 받아들일 수밖에 없는 제안이었다.

내가 이루고자 하는 목표와 완벽하게 같았으니까.

자비 없는 뉴비

한국으로 돌아오는 비행기 안.

"이거."

"……?"

옆자리에 앉은 올노운이 나에게 뭔가를 슬며시 내밀었다.

종이를 슬쩍 훑어본 나는 입안에 머금고 있던 아메리카노를 죄다 뿜어낼 뻔했다.

〈입사 지원서〉

이름 : 한성우

나이 : 36

콜네임 : Unknown

전투 타입 : 근접 딜러/근접 탱커/원거리 딜러

현재 레벨 : 97

주요 공략 성과 : EX급 게이트 '진녹색 대요정의 안개 숲', EX급 게이트 '투명 마녀의 소리 없는 개활지', EX급 게이트 '황금 미라미드 폐허' 외 다수.

자기소개 : 짠바람이 부는 바닷가 시골 마을에서 엄하지만 따뜻한 성품의 아버지와 상냥하고 귀여우신 어머니 슬하에서 장남으로 성장한 저는…….

이런 미친?

"뭐, 뭡니까? 이게?"

"입사 지원서. 그렇게 썼잖습니까?"

"농담이시죠?"

"예, 농담입니다."

"어휴, 깜짝 놀랐네……."

"아, 그 '자기소개'만 농담입니다. 나머지는 다 진담입니다."

"예에?"

"아시다시피 가장으로서 부양해야 할 자식이 있어서 말입니다. 결격 사유가 없으면 좀 받아 주십시오, 마스터."

"……."

나는 어처구니가 없는 기분으로 올노운의 얼굴을 바라보았다.

그는 웃고 있었지만 눈빛은 진지했다.

그래도 얼떨떨한 기분이었다.

'올노운의 입사 지원서라니.'

이름은 한성우. 나이는 서른여섯.

혹시 장난일까 싶었으나 방금 자기소개를 제외한 나머지는 다 진담이라고 했다.

좀 음흉한 구석이 있긴 해도 이런 걸로 거짓말을 할 사람은 아니었다.

딱히 얻을 것도 없잖아.

하지만 불과 지난주까지 한국 최고의 헌터이자 여신의 심복 중 하나였던 사람을 거두는 것은 별개의 문제였다.

일단 더럽게 부담스러웠다.

"……한번 생각해 보겠습니다."

"그러지 말고 여기서 확답을 주십시오."

"아! 왜! 사람을 곤란하게 하십니까!"

"중요한 일이니까요. 저는 백수현 마스터와 함께 악마종을 몰아내고 모든 게이트를 폐쇄시킬 겁니다, 반드시."

잔잔하지만 묵직한 눈빛.

잠시 할 말을 찾던 나는 여신의 이야기를 떠올렸다.

결사단의 '눈'들은 중대한 결정을 하기 위해서 과반수의 동의를 얻어야만 한다고 했다.

후계자를 교체하는 것이나 지지하는 세력을 바꾸는 것이

그런 중대 사안이었다.

나는 입을 열었다.

"3명의 동의를 더 얻어서 오십시오. 다른 눈들이 동의하면 저도 그렇게 하겠습니다."

일단 이걸로 시간을 벌어 보자.

본인도 다시 한번 생각해 보겠지.

하지만 올노운은 생각보다 더 용의주도한 사람이었다.

"이미 나디아, 카라바크, 넌크리드가 동의했습니다. 그럼 앞으로 잘 부탁드리겠습니다, 마스터."

"예? 잠깐! 그건 아니죠!"

"네. 여긴 비행기 '안'이지요."

"허."

이 아재가 정신 공격을……

터키의 카라바크, 호주의 넌크리드.

피자집에서 함께 '눈의 회의'를 진행했던 헌터들이었다.

하지만 그들은 정말 최소한의 할 말만 하고 사라져 버렸다.

세븐스타즈는 월드 스타이기 때문에 무척 바쁘고, 여덟 번째 '눈'이 결사단의 지휘를 맡았으니 알아서 하라면서 낄낄거리더니 도망친 것이다.

그런데 그 사이에 올노운과 그런 이야기까지 해 뒀다니.

'당했다, 당했어.'

나는 별수 없이 서류를 넣어 두었다.

모르겠다. 헌드레드가 올노운과 잘 아는 사이니까 알아서 설득하겠지, 뭐.

서류에 뭔가 이상한 점이 하나 있다는 것을 깨달은 것은 그 순간이었다.

'……나이가 서른여섯이라고?'

하지만 한겨울은 슬슬 소녀의 태를 벗어나기 시작한 나이였다.

올노운이 10대에 과감한 사고를 저지른 것이 아니라면, 두 사람의 나이 차이가 좀…….

'이 사람, 생각보다도 더 용감한 건가?'

아, 모르겠다.

나는 생각하기를 그만두었다.

그렇지 않아도 생각해야 할 문제가 너무 많았다.

❧

관악산의 클랜 하우스로 돌아온 나는 간부 회의를 소집했다.

나를 포함해서 모두 8명.

"첫 회의로군요."

"할 얘기가 많아서, 이거 참…….."

두 개의 테이블이 꾸려졌다.

왼쪽 테이블에는 세컨드 헌터이자 타격팀장인 헌드레드, 언론 홍보를 총괄하는 석형우, 수색팀장 곽승우와 돌격팀장 송대욱이 앉아 있었다.

이에 비해 오른쪽 테이블은 상대적으로 나에게 더 익숙한 얼굴들이었다.

"……."

"……."

비서이면서 명목상 경호원인 채윤기.

정보와 재무를 함께 맡고 있으며, 이 자리에서 유일하게 마력 각성자가 아닌 이코.

그리고 마지막으로…….

"와! 그 차원통제청 조사관이셨던 분 맞죠? 여기서 뵙네요!"

"……네, 맞습니다. 이직했습니다."

"오오! 잘 부탁드려요! 전 봄향이에요!"

다리를 꼬고 앉아서 호들갑을 떨고 있는 춘향 선배까지.

그녀에게는 무려 대외협력팀장이라는 직함이 주어진 상태였다.

대체 왜!

나는 눈살을 찌푸리며 입을 열었다.

"뭡니까? 춘, 아니, 봄향 헌터? 저는 아직 계약서에 도장 안 찍었습니다만."

"찍었잖아요?"

"무슨 헛소릴. 그쪽만 하나 찍으면 땡이에요? 이봐요, 계약이란 건 상호적인 겁니다. 외부인은 나가 주세요."

"나 외부인 아니라니까!"

우리가 으르렁거리고 있는데 헌드레드가 머쓱한 웃음을 지으며 끼어들었다.

"저, 마스터, 제가 도장을 찍었는데요."

……뭐라고?

"어째서!"

"마스터께서 영어에 능하고 유럽 사정에 밝은 SR급 마법사를 구하라고 하셨잖습니까……? 근데 봄향 헌터님 말고는 다른 대안이 없었습니다."

"그래도 그렇지, 팀장직을 덜컥 주면 어떡하자는 거야?"

"크흠, 그게 사실 경재현 팀장님과 한채미 헌터님이 강력하게 추천하셨습니다. 실은 두 분이 난입해서 도장 찍은 거나 다름없습니다."

아, 혈압…….

배시시 웃고 있는 춘향과 이코를 보고 있자니 더욱 더 그랬다.

'최신우, 이 기집애가 날 엿 맥이려고 일부러?'

이따가 땅의 정령력을 입에다 쑤셔 박아야겠다.

하지만 사실 이들의 판단 자체는 정확했다.

일단 춘향 선배는 SSR급에 근접한 마법사였고, 내가 요구한 대로 영어를 완벽하게 구사하며 유럽 현지에 대해서도 굉장히 잘 아는 헌터였으니까.

'그 올리버 앤더슨이라는 영국인 헌터를 정석진 마스터에게 추천한 것도 선배라고 했지.'

장래성이 있고 무엇보다 가성비가 좋다는 이유였다.

그만큼 유럽 클랜들에 대해 빠삭했다.

잘못된 판단이라고 문책할 수도 없는 노릇.

나는 한숨을 푹 내쉬었다.

'젠장, 비행기 타느라 급하게 지시한 내 탓이다.'

사실 대외협력팀의 업무는 해외에서 활동하고 있는 결사단 세력과 소통하는 것이었다.

어쩌면 내 과거에 대해 잘 알고 있는 선배에게 맡기는 쪽이 잘된 일일지도 모르겠다.

……그래도 한 가지는 확실히 해 둬야지.

"헌드레드, 한채미 헌터는 외부인이야. 아무리 내 동생이더라도 의사 결정에 개입시키면 안 돼. 알겠어?"

"옙, 죄송합니다."

나는 고개를 끄덕였다.

실력파 헌터들을 블랙홀처럼 빨아들이고 있는 상황이긴 해도, 클로저스는 이제 막 걸음마를 떼기 시작한 신생 클랜이었다.

'다들 손발을 맞추고 업무에 적응할 시간이 필요해.'

특히 프리랜서로 일하다가 세컨드 헌터로 선임된 헌드레드에겐 익숙해질 기간이 더 많이 필요했다.

그런데 머뭇거리던 그가 어색한 미소를 지었다.

"저, 마스터. 그런데 죄송한데 드릴 말씀이 있는데."

"응? 뭐야?"

"한채미 헌터도 입사 지원서를 냈는데요? 하하하!"

"……."

다들 왜 이러지.

세컨드 헌터 안 한다고 할 때는 언제고!

올노운의 입사 지원서랑 같이 찢어 버릴까.

"못 들은 걸로 해. 아니, 지원서를 못 받은 걸로 해!"

"예에……."

헌드레드는 어쩐지 불길하게 웃고 있었지만, 더 지체할 수 없었던 나는 본격적인 회의를 시작했다.

크게 세 가지의 안건이 있었고.

"흐음…… 시베리아라니, 쉽지 않겠는데요?"

"그 아티팩트에 대해서는 경재현 팀장님의 지휘를 따라가겠습니다."

"예, 그럼 퀸퀴러스의 동향 파악은 최대한 공격적으로……."

전부 꽤나 늦게까지 격론이 이어질 수밖에 없는 심각한 이야기들이었다.

회의가 끝나고 간부들이 모두 돌아간 뒤, 나는 홀로 생각했다.

'내일은 세현이를 찾아봐야겠어.'

마력의 여신에 의해 여섯 형제단의 총수로 성장한 옛 친구.

도대체 무슨 일인지 테러리스트가 된 그녀를 찾아갈 작정이었다.

전화가 울린 것은 그때였다.

"음?"

최신우는 도윤수를 바라보고 있었다.

백십자 클랜이 제공한 수조 형태의 생명 유지 장치는 마력으로 작동되며, 설령 환자의 심장이 멈추더라도 전신에 혈액 순환이 가능하도록 도와준다.

즉, 이 안에 들어가 있으면 사망할 일은 없다는 것이다.

"……."

하지만 최신우의 표정은 우울했다.

도윤수와 대화라도 하게 된 게 어디냐 싶었지만-.

'그래도 상태가 너무 나빠. 오히려 말을 하게 된 뒤로 기력이 소진되는 속도가 지나치게 빨라졌어.'

10분 동안 이야기를 하고 나면 하루 종일 회복해야 한다.

이 생명 유지 장치가 없었다면 현상 유지도 힘들었을 만큼 체력의 하락세가 가팔랐다.

그렇기에 최신우는 계속해서 생각하고 있었다.

'윤수를 회복시킬 방법. 직접 흡수한 디멘션 하트를 제거할 방법…….'

하지만 이렇다 할 해결책이 떠오르지는 않았다.

디멘션 하트라는 아티팩트는 지구는 물론이고, 야수계에서도 정체를 제대로 밝혀내지 못한 미지의 영역에 있는 물건이었으니.

그나마 잘 알고 있는 사람은 다름 아닌 도윤수 자신이었다.

이러니 한숨이 나올 수밖에.

"……아냐. 잘되고 있어. 잘되고 있는 거야."

그래도 현실에 감사해야만 한다.

최신우는 애써 그렇게 생각했다.

'벌써 이게 어디냐고. 입도 뻥긋 못하던 애랑 이야기를 할 수 있게 됐잖아. 안 그래?'

전부 오빠와 해청 덕분이다.

'특히 해청이 아니었다면 디멘션 하트와 뒤섞인 의식을 분리하는 건 절대 불가능했을…….'

어라? 해청?

생각하던 최신우가 흠칫 굳었다.

"잠깐, 잠깐만."

잠시만 생각을 좀 해 보자.

해청은 E등급 게이트 '중세 좀비의 창궐지'의 디멘션 하트에 깃들어 있다가 수혼검에 흡수되었다.

그리고 도윤수가 흡수한 디멘션 하트에도 비슷한 존재가 깃들어 있었다.

'C등급 게이트인 실종 무사의 소나무 숲에서 얻은 디멘션 하트라고 했지.'

도윤수는 최원호를 찾을 목적이었으므로, 당시에 차원 역류를 일으킨 '고대 무사의 대나무 숲'과 최대한 비슷한 게이트를 찾아 헤맸다.

그렇게 어렵사리 디멘션 하트를 확보해서 흡수한 결과가 이것이었다.

'생각해 보면 해청의 경우가 크게 다르지 않아. 윤수의 몸 안에 디멘션 하트의 영혼이 여전히 남아 있는 거라면?'

……다시 옮겨 가면 되지 않을까?

일전에 해청이 그랬듯이 말이다.

다른 수혼검으로.

아니, 지금 그녀가 가지고 있는 수혼갑으로!

최신우는 재빨리 전화를 걸었다.

"어, 오빠! 회의 끝났지? 미안한데 지금 윤수 방으로 좀 내려와 줄 수 있어?"

-지금? 왜?

"상의하고 싶은 게 있어서! 엄청 중요한 거야!"

-뭔데?

"일단 좀 내려와! 내려와서 얘기하자! 응?"

-뭐, 그래. 나도 너한테 중요한 볼일이 하나 있거든.

"응! 고마워!"

오빠의 용건이 뭔지는 별로 궁금하지 않았다.

전화를 끊고, 쿵쾅거리는 가슴을 진정시키며 최신우는 다른 곳으로 다시 전화를 걸었다.

"네, 네! 철만 아저씨! 여쭤보고 싶은 게 있는데요. 제가 갖고 있는 수혼갑 있잖아요? 아저씨가 만든 거요! 혹시 이거 '반사 증폭 기능'을 개조할 수도 있을까요?"

-개조? 음, 못할 건 없지. 어떤 기능을 원하는 거냐?

손철만의 물음에 그녀는 지체하지 않고 외쳤다.

"여과 기능! 필요한 것만 걸러내는 그런 기능이 있었으면 좋겠어요!"

-갑옷에…… 여과 기능……? 아니, 그게 무슨 소리야? 너 수혼갑을 어항에 넣기라도 할 생각이냐?

마법 갑옷에 여과 기능을 장착한다?

어디서도 들어 보지 못한 요청이었으니, 명장이 얼떨떨한 목소리로 의문을 표하는 것도 당연했다.

그러나 최신우는 열심히 고개를 주억거리고 있었다.

"부탁드려요! 그거면 윤수를 회복시킬 수 있을지도 몰라요!"

"……그러니까 수혼갑을 필터를 겸하도록 재구성하고! 한정 영역 안에서 마력의 계위를 특정 짓는 거야! 그 다음에는 두 가지의 존재값을 천천히 분리시키는 거지! 물론 영혼체가 아니기 때문에 육체의 내구에 무리가 갈 수도 있지만……!"

"알았어. 알아들었으니까 조용히 해 봐."

처음에는 무슨 소린가 싶었다.

흥분한 여동생의 설명이 워낙 두서가 없었기 때문이다.

하지만 조금 듣다 보니 대충 알아들을 수 있었다.

"그러니까, 네 수혼갑을 이용해서 디멘션 하트에 도사리고 어떤 존재와 윤수의 영혼을 분리해 보겠다, 그거지?"

"맞아! 바로 그거야! 근데 주의해야 되는 게, 이미 육체와 연결점이 단단하게 유착되어 있잖아? 그래서 윤수도 감각 호응이 제대로 일어나지 않을 정도니까……!"

어휴, 무슨 귀에다 따발총을 갈기는 것 같네.

"알았다니까. 인마, 무슨 말인지 알겠으니까 제발 진정해. 이런 일은 침착하게 접근해야 하는 거야. 흥분하지 말라고."

"아, 응. 알았어."

머쓱한 표정으로 뺨을 긁적거리는 신우.

나는 피식 웃으며 녀석의 머리통을 슥슥 문질렀다.

"그래, 잘했다. 아주 잘 생각해 냈어. 위험하긴 해도 시도

해 볼 만한 가치가 있는 일이야."

"그, 그렇지? 될 것 같지? 오빠가 보기에도 가능성 있지?"

"가능성 충분히 있어. 같이 연구해 보자."

"고마워……!"

감격한 얼굴이 된 여동생을 보며 나는 조용히 웃었다.

사실은 이 가능성에 대해서는 이미 고려해 본 적이 있었다.

디멘션 하트에 갇혀 있던 해청을 끄집어내서 수혼검에 집어넣은 사람이 바로 나였다.

그러니 윤수가 비슷한 물건을 흡수했다가 사단이 났다는 것을 안 뒤로, 비슷하게 접근할 수 있지 않을까 따져 보기도 했던 것이다.

'하지만 윤수의 영혼까지 빨려들어 갈 가능성을 배제하기가 어려워서 잠정 보류 상태였지.'

그런데 생각지도 못한 '여과 기능'이 나왔다.

야수계에서 완전히 검증된 방식에 익숙해진 나로서는 미처 떠올리지 못했던 독특한 착상이라고 할 수 있었다.

꽤 흥미로운 일이다.

'지구인 마법사라서 떠올릴 수 있는 생각이었다고 해야 할까? 아니면 간절함이 만든 천재적인 발상이라고 해야 할까?'

뭐 어쨌거나, 정말 시도해 볼 만한 가능성이라는 것은 사실이었다.

특히 이렇게 모든 신경을 기울이는 연구자가 옆에 딱 붙어 있다면 더더욱 그랬다.

이 문제에서 신우는 자신의 능력 이상을 발휘할 것이다.

그러니까…….

"이 건은 네가 맡아서 술식을 설계하고 마법 진행해 봐."

"내, 내가 직접? 오빠가 안 하고?"

"너도 충분히 잘할 수 있을 거야. 대신에 가능성 검토는 꼬박꼬박 같이 해 줄 거니까 겁먹지 말고, 과감하게. 알겠지?"

꿀꺽.

녀석은 비장한 얼굴로 고개를 끄덕였다.

"알았어. 내가 해 볼게."

"좋아."

나는 허리께에서 해청을 풀어 신우에게 건네주었다.

녀석에게 직접 작동 원리를 들으면서 연구하는 것이 좋겠다는 생각이었다.

"해청, 이틀 줄게. 완벽하게 전수해."

-옛썰! 최선을 다하게쓥다!

"수고해라."

"응! 진짜 고마워! 오빠!"

"내가 뭘 했다고."

"그래도오……."

"간다."

그리고 방을 빠져나와서 엘리베이터를 난 나는 내 용건을 이루지 못했음을 뒤늦게 깨달았다.

'아, 땅의 정령력 먹이려고 했는데.'

쯧.

기특하니까 한번 봐주자.

그나저나 입사 지원서는 어떡하지?

"……."

봄향은 도시락을 들고 출근했다.

무려 14가지의 서로 다른 반찬을 7개의 통에 나누어 담고.

3종류의 과일 후식과 민트 초코맛 아이스크림을 동결 마법으로 보존하고 있는 웅장한 규모의 도시락.

이 성대한 대접을 받을 주인공은 당연히 한 사람이었다.

쿵!

"자, 맛있게 먹어! 맛있으니까 맛있게 먹을 수밖에 없을 거야!"

"……선배, 이건 또 무슨?"

"나 이제 네 선배 아닌데? 부하 직원인데? 근데 어디 가려고? 같이 갈까?"

집무실을 막 떠나려고 하던 최원호는 실소를 지을 수밖에 없었다.

"외부 출장 있어요."

"그럼 같이 가!"

"무슨 소리야? 선배는 제 비서가 아니라 대외팀인 거 아시죠? 그것도 팀장이라고요. 아직은 한 사람밖에 없지만."

"'외부' 출장이라며? 그럼 '대외'팀의 업무와도 관련이 있다고 할 수 있지 않을까?"

"개소리를 그럴싸하게 하시네요."

"내가 좀 강아지상이긴 해."

"한마디를 안 지네……."

자리에서 일어나려고 했던 최원호는 잠시 생각에 잠겼다. 그리고 고개를 끄덕였다.

"그래요. 그럼 오늘은 같이 가요. 어차피 오늘 철밥통은 따로 할 일이 있었으니까 업무 땜빵해 주면 고마워하겠네요."

"내가 고맙지! 그럼 이건 우리 둘의 소풍 도시락이네? 루룰룰루!"

"소풍 도시락이라……."

도무지 그럴 포인트가 아니었는데 최원호가 낮게 웃음을 흘리자, 왠지 등골이 오싹해지는 느낌.

봄향은 입을 헙 다물었고 최원호는 외투를 집어 들며 중얼거렸다.

"미안하지만 그렇게 즐거운 소풍은 아닐 것 같은데. 그래도 직접 자원하셨으니까, 도망가진 않으시겠죠?"

"도, 도망? 아니, 대체 무슨 출장인데? 뭐, 무슨 지옥이라
도 가는 거야?"

"지옥 비슷한 곳. 가기 싫으면 지금이라도 관두시고."

"아니! 지옥이라도 같이 갈 건데!"

"그럼 그러시든가요."

봄향은 마른침을 꼴깍 삼키면서도 최원호의 뒤를 따라나
섰다.

지옥과 비슷한 곳. 솔직히 조금 무섭긴 했지만 단둘이 외
출을 할 수 있는 절호의 기회를 놓칠 수는 없었던 것이다.

⌄

세 사람을 태운 검은색 세단이 올림픽대로를 타고 서울의
동쪽으로 달리고 있었다.

'천호동.'

그곳이 오늘의 목적지라고 했다.

뒷좌석에 최원호와 함께 나란히 앉은 봄향은 열심히 머리
를 굴리는 중이었다.

팔불출처럼 구는 것 때문에 좀처럼 그렇게 보이지 않았지
만, 사실 그녀는 상당히 머리가 잘 돌아가는 축에 속했다.

'천호동에 뭐가 있더라? 좀 유명한 장비 전문점 몇 군데가
있고, 괜찮은 식당들도 있고……. 그게 아니면 거기밖에 없

는데. 설마 아니겠지?'

마법사로서 천재는 아닐지라도, 수재라고 부르기에는 부족함이 없는 수준.

그러나 지금 최원호의 행보는 쉽게 이해가 가지 않았다.

'진짜 거긴 아니겠지? 그치만 아무리 생각해봐도 천호동에서 지옥과 비슷한 곳은…….'

아냐, 아닐 거야.

봄향은 머릿속에 축적된 다양한 정보를 바탕으로 행선지를 추측하느라 여념이 없었다.

그런데 문득 목소리가 들려왔다.

"마스터, 오늘 동행을 데리고 오실 줄은 몰랐습니다만."

"……?"

고개를 들어 올리자 목소리의 주인이 눈에 들어왔다.

바로 앞자리에서 운전대를 쥔 운전기사가 한 말이었다.

뿔테 안경을 쓴 처음 보는 얼굴의 남자.

'뭐지? 이런 클랜원이 있었나?'

봄향은 고위급 마법사로서 상대의 마력 패턴에 무척 민감한 편이었다.

두 번 이상 마주칠 사람이라면 그 패턴을 세심하게 기억해 두기도 했다.

마침 어제부로 클로저스의 클랜의 채용이 끝났고, 모든 신입 헌터들이 한 자리에 모였다.

그러므로 봄향은 대부분의 클랜원들을 기억하는 것이나 마찬가지였다.

그런데 처음 느끼는 패턴이었다.

아니, 정확하게 말하자면…….

'이거 다른 곳에서 느껴 본 듯한 패턴 같은데? 무진? 붉은 손? 이스케이프는 아니고…….'

대체 어디서 이 사람을 만나 본 거지?

이상하게도 제대로 떠오르질 않았다.

봄향이 고개를 갸웃거리자 룸미러 속의 운전기사가 피식 웃는 것이 보였다.

최원호가 입을 열었다.

"요즘 제 뜻대로 되지 않는 일이 많습니다. 아시다시피요."

"말에 뼈가 있으십니다."

"말은 동물이니까요."

"예?"

"농담입니다."

"……음, 한 방 먹었군요."

"후후후."

'지금 내가 뭘 들은 거지?'

최원호가 이런 몹쓸 농담하는 것을 본 적이 없었던 봄향은 충격에 휩싸일 수밖에 없었다.

한편 올노운에게 아재 개그로 복수하기에 성공한 최원호

는 차창 밖을 바라보며 다시 입을 열었다.

"그, 따님과 '전 직장'에 대한 일 말입니다."

"예."

"우리 재무팀과 홍보팀이 도와서 수습하고 있습니다만, 상황이 그리 좋지 않다고 합니다. '돌아가신 분'의 영향력이 워낙 지대했던 탓에 말입니다."

하루아침에 구심점을 잃고 와해되고 있는 무진 그룹의 사후 정리 작업을 논한 것이다.

실제로도 상당히 골머리를 썩이는 일이었다.

무진이 가지고 있던 부동산, 각종 권리와 투자 지분들은 어마어마한 양이었고.

어린 한겨울에게 그것이 상속된다는 이야기가 나돌자 사방팔방에서 승냥이들이 뛰어들고 있었다.

그 때문에 경재현과 석형우는 클랜 간의 분쟁을 전문으로 하는 로펌과 계약을 맺고 상당한 지출을 감수하면서 업무를 처리하는 중이었다.

최원호에게는 전혀 즐겁지 않은 상황이었다.

"최대한 도움을 드리려고 합니다만, 제 입장도 고려해 주시기 바랍니다, 기사님."

"음."

"사실 재무팀장 말에 의하면 본인이 살아 돌아와서 정리하는 방법이 가장 좋을 것 같다고 합니다. 저도 그렇게 생각하고요."

"……쉽지 않겠다는 말씀 잘 알겠습니다. 아무쪼록 잘 부탁드립니다."

"무슨 말씀인지 잘 이해를 못 하신 것 같은데……."

"잘 이해했습니다만……."

거울 속에서 최원호와 올노운의 시선이 치열하게 부딪쳤다. 그들 대화에 숨겨진 의미는 이러한 것이었다.

'올노운, 나한테 빌붙지 말고 무진 그룹을 직접 수습해라!'

'백수현, 그러지 말고 대신 좀 해 줘라!'

서로 귀찮은 작업을 맡기 싫어서 벌이는 치열한 기 싸움이었던 것이다.

핸들에 손을 올린 채 최원호의 얼굴을 바라보던 올노운이 새로운 이야기를 꺼냈다.

"그럼 이건 어떻습니까?"

"뭡니까."

"제가 올해 연봉을 내놓겠습니다."

"……예?"

"그러면 제 딸의 일을 맡아 주실 수 있겠습니까? 본의 아니게 폐를 끼치게 됐으니까 이렇게라도 하고 싶습니다만."

"아니……."

이렇게까지 하겠다고?

최원호는 속으로 헛웃음을 지을 수밖에 없었다.

올노운의 연봉은 물론 적지 않은 돈이었다.

하지만 그건 명목상의 금액에 불과했다.

대한민국 1위 클랜의 마스터 헌터이자 세계 최강자들 중 하나인 올노운이었으니, 아무리 많은 연봉을 책정하더라도 부족했다.

본인도 그것을 잘 알고 있었기에 연봉 협상 따윈 하지도 않았다.

그런데 지금 그걸 내놓겠다고 제안한 것이다.

'이러면 내가 뭐가 돼? 이 능구렁이 같은 인간.'

말 한마디로 단숨에 불한당이 된 것 같다.

내심 이를 박박 갈던 최원호는 한숨을 푹 내쉬었다.

"됐습니다. 그걸 어떻게 받습니까? 따님이랑 알아서 처리하겠습니다."

"아닙니다. 급여 반환은 경재현 팀장님과 이야기해서 진행하겠습니다."

"하지 마세요."

"할 겁니다. 그리고 대가도 충분히 지불하겠습니다. 딸아이에게 이야기해 두죠."

"아오, 그럼 맘대로 하십쇼!"

그런데 순간 옆에서 노호 같은 고함이 터져 나왔다.

"그, 그러면 안 돼……죠!"

"……?"

봄향이 붉으락푸르락하는 얼굴로 최원호를 노려보고 있었다.

두 남자는 물음표를 띄운 채 그녀를 바라보았고, 이어지는 새된 호통에 나란히 말을 잃고 말았다.

"운전기사님 월급이 얼마나 된다고! 그걸 반환받습니까! 따님이랑 어렵게 사시는 분을……! 벼룩의 간을 빼먹어도 유분수지!"

"잠깐만, 선배……."

"나 네 선배 아니라고! 그게 얼만데! 내 연봉에서 까! 그럼 돼? 와, 진짜! 그렇게 안 봤는데! 아주 못된 사람이네! 도시락 내놔!"

"허, 참내."

"ㅋㅎㅎㅎㅎ!"

"기사님은 왜 웃어요!"

아, 엉망진창이다.

최원호는 한숨을 길게 내쉬며 이마를 짚었다.

그러는 사이, 세단은 천호동으로 들어섰다.

최원호와 봄향은 여전히 웃음기를 지우지 못한 올노운의 배웅을 받으며 골목 안쪽으로 들어섰다.

그곳에 나이트클럽으로 위장한 '가게'가 있었다.

"너, 정말……!"

비로소 목적지를 확인하고 인상을 구기는 봄향.

그러나 최원호는 안쪽으로 성큼성큼 들어섰다.

산 같은 덩치의 헌터 한 사람이 앞을 가로막으며 입을 열었다.

"어이, 뭐야? 안 꺼져?"

봄향은 자연스럽게 최원호의 등 뒤로 숨었다.

그럴 수밖에 없었다.

무서웠으니까.

'여기 암시장의 가드들은 모두 SR급 이상의 블랙헌터 출신이라고 하던데!'

천호동 블랙마켓.

마력 각성자들이 이용하는 암시장은 전 세계적으로 퍼져 있었고, 그중 서울에서 가장 거대한 암시장의 입구가 바로 이곳 천호동에 위치했다.

불법으로 유통되는 각종 무기와 정보들부터, 제3세계의 게이트에서 남획한 몬스터까지…….

없는 것이 없으며, 또한 있어서는 안 될 상품들을 취급하는 시장.

당연히 폐쇄적으로 운영될 수밖에 없는 곳이었다.

"뭐야? 어린놈의 새끼가……. 여기가 어딘 줄이나 알아?

저리 꺼져."

가드는 파리를 쫓듯이 손을 휘휘 내저었고, 봄향은 상대의 험악한 인상에 바짝 얼어붙었다.

본능이 시키는 대로 최원호의 등허리를 쿡쿡 찌르며 돌아가자고 신호하기도 했다.

하지만 최원호는 봄향의 손을 탁 쳐 냈다.

그리고 블랙마켓의 가드를 향해 주먹을 날렸다.

빠각! 쾅!

단숨에 머리통이 벽면에 처박히고 허리가 낫처럼 꺾였다.

"흐어어억."

일격에 턱이 돌아간 가드는 자신이 어떻게 당했는지도 깨닫지 못한 상태였다.

상대는 어정어정 허리춤으로 손을 옮겨 무기를 뽑으려 했으나 결과적으로 전혀 소용이 없었다.

꾸욱.

최원호가 오른발을 들어 어깨를 짓눌렀기 때문에.

그는 상대가 버둥거릴수록 힘을 더했다.

놈이 마력을 일으키자 똑같은 양의 세비지 에너지로 짓눌렀다.

결국엔 비명이 터져 나올 수밖에 없었다.

"그아아악! 너 뭐야! 누구야!"

그 소란에 안쪽에서 서너 명의 가드들이 더 뛰쳐나왔다.

난장판이 된 상황을 남자들의 얼굴이 일제히 굳어졌다.

봄향 역시 마찬가지였다.

'×됐다……'

틀림없이 전투가 일어날 것이라는 생각이었다.

물론 최원호가 여기서 패배하리라는 걱정은 하지는 않았다.

단지 암시장과 험악하게 엮였다가 좋게 끝나기가 어렵다는 것을 알고 있었을 뿐.

'젠장. 어쩔 수 없지. 싸움이 일어난다면 최대한 압도적으로 찍어 눌러야 돼!'

그녀는 잔뜩 긴장하며 마법을 전개할 준비를 마쳤다.

하지만 다음 순간.

"죄송합니다, 손님!"

"이 친구가 새로 출근한 지 얼마 안 돼서!"

"부디 용서해 주십쇼!"

남자들이 최원호에게 일제히 머리를 숙였다.

내부로 들어가는 길이 활짝 열린 것은 물론이었다.

전투에 대비하고 있던 봄향은 맥이 탁 풀렸다.

'뭐야? 어떻게 된 거야?'

그에 반해 최원호는 익숙한 듯이 고개를 끄덕이며 안쪽으로 걸음을 옮기고 있었다.

"잘 교육시키세요. 진짜 나이트클럽도 아닌데 얼굴만 보고 손님인지 아닌지 어떻게 압니까?"

"엡! 즐거운 쇼핑 되십쇼!"

"……."

순식간에 어둑어둑한 내부로 들어선 두 사람.

최원호에게 바짝 따라붙은 봄향이 잔뜩 낮춘 목소리로 물었다.

"뭐야? 뭘 어떻게 한 거야?"

"뭐가요?"

"아까 그 '기도'!"

"선배, '기도'는 일본말. 가드."

"아무튼! 혹시 펀치를 꽂는 게 통과 의례 같은 거야? 펀치만 꽂으면 소개장 없어도 돼?"

"설마요."

원칙적으로 이 암시장은 '소개장'을 가지고 온 사람에게만 출입이 허가된다.

대부분의 국가에서 금지된 불법 유통망이기에 정부의 추적을 차단하기 위한 목적이었다.

하지만 그건 어디까지나 '원칙'에 불과했다.

차원통제청도 암시장의 존재를 알고도 묵인하고 있고, 큰 사고만 치지 않는다면 거래를 용인하고 있는 실정.

특히 어느 국가에서든 법 위의 존재로 군림하는 고위 헌터들은 자유롭게 암시장을 드나들 수 있었다.

즉, 힘의 논리였다.

"원래 SSR급은 초대장 없어도 들어갈 수 있어요."

"너 SSR급이야?"

"아뇨, R1요."

"근데?"

"보여 줬잖아요, 직접."

"음…….."

그런가.

암시장이란 게 이렇게 들어올 수 있는 곳이었나.

봄향은 새삼 혀를 내두르며 뒤를 따라갔다.

하지만 내심 꺼림칙한 기분은 여전했다.

아까 운전기사와 나눈 대화도 그렇고, 여기를 찾은 것도 그렇고…….

'내가 알던 원호랑은 좀 다른 것 같아.'

새삼스럽게 거리감이 느껴진 탓이었다.

그때였다.

"선배, 여기서부터는 저랑 멀어지면 안 돼요. 무조건 다섯 걸음 안에 있으세요."

"으응? 아, 그래. 알았어."

이유는 알고 있었다.

코너를 돌자 나타난 선홍색 광채의 게이트.

[안내 : A등급 게이트 '무뢰배 난쟁이의 새벽 난전'에 입장할 수

있습니다. 입장하겠습니까?]

   바로 이 게이트가 암시장이었다.

   3개 이상의 다중 출입구를 가진 '교차 게이트'.

   서울, 오사카, 홍콩, 푸켓에 교차되어 열려 있는 초대형 게이트였다.

   그러니 진입한 순간부터 한국 차원통제청의 관할을 벗어나는 것은 물론, 세계 각지에서 모여든 위험인물들과 마주하는 셈이었다.

   그렇기에 떨어지지 않고 바짝 붙어 있어야만 했다.

   "들어가죠."

   아공간 주머니에서 새로운 검 한 자루를 꺼내서 허리에 찬 최원호가 걸음을 옮기기 시작했다.

   "어? 그 칼은 또 뭐야?"

   그의 뒤를 따라가던 봄향이 고개를 갸웃했다.

   사선으로 삐죽 나온 흰색 칼집 때문이었다.

   "혹시 그거 무진 그룹의 지급품 아니야? 뭐더라? 아, '무명검'이라고 불리는……."

   "맞아요. 근데 잡담은 이따가."

   [안내 : 어지러움에 주의하십시오.]

   [알림 : A등급 게이트 '무뢰배 난쟁이의 새벽 난전'에 입장했습

니다.]

꽤나 긴 현기증이 지나간 뒤, 두 사람은 왁자지껄한 사람들 사이에 서 있었다.

새벽 별빛이 쏟아지는 가운데에 세워진 거대한 시장 통.

사방 어디를 둘러보아도 몬스터는커녕, 물건을 사고파는 헌터들밖에 보이지 않는다.

"우와아……."

끝없이 이어지는 장대한 시전(市廛)의 행렬은 생전 처음 보는 것이었으니 입을 딱 벌릴 수밖에 없었다.

그러다가 봄향은 퍼뜩 정신을 차리고 최원호에게 찰싹 따라붙었다.

"너 진짜 무진 그룹에서 수련하기라도 했어?"

"무슨 소릴. 선배는 내가 어디서 무슨 일을 겪었는지 대충 알잖아요."

수락산 게이트에서 서로 내면세계를 공개한 덕분이었다.

하지만 봄향은 고개를 저었다.

"아니야. 난 진짜 일부분밖에 못 봤어. 책으로 따지면 목차 정도만 본 정도?"

그녀는 최원호가 야수계에서 적지 않은 시간을 보냈다는 것은 알게 되었지만, 그리 많은 것을 보지는 못했다.

그의 내면세계가 지나치게 광활한 데다 파괴 마법에 비해서 정신 마법에는 익숙하지 않은 탓이었다.

"무명검은……."

잠시 생각하던 최원호는 이내 마음을 정했다.

어차피 이판사판이니 사실을 말해 주자는 결심.

"방금 올노운에게 빌린 거예요."

"응? 무슨 소리야? 방금이라니? 올노운 마스터는 죽었……."

"그 운전기사죠."

"……에?"

어차피 봄향은 결사단 관련 업무를 맡게 될 것이니 조금씩 알아 가야만 했다.

암시장의 인파를 헤치고 걸으며 최원호는 올노운이 죽지 않았으며, 오히려 클로저스 클랜에 합류하게 되었음을 알려 주었다.

당연히 봄향은 믿지 않았다.

"오늘 만우절 아닌데."

"거짓말 아닌데."

"……."

그녀는 후다닥 앞으로 달려 나와서 최원호의 진로를 막고 그의 눈동자를 뚫어지게 바라보았다.

상대가 거짓말을 하는 기색인지 아닌지 살피는 것이다.

관조 특성도 없으면서.

그 모습에 최원호는 피식 코웃음을 쳤고, 설마 하던 봄향은 경악에 빠졌다.

"지, 진짜야?"

"진짜라니까."

"구라 치다 걸리면 주말에 데이트 신청한다?"

"주말이 뭐죠……? 먹는 건가?"

"그, 그럼? 아까 '전 직장' 어쩌고 했던 게 무진 그룹 얘기였다고?"

"네, 아주 골치가 아프네요."

"와 씨, 말도 안 돼."

하긴 좀 이상하다는 생각을 하긴 했다.

명색이 한국 최강의 헌터인데, 그깟 폭탄 테러 따위에 사경을 헤매다가 죽다니.

'역시 그런 거였구나.'

그러다가 그녀는 직접 소리쳤던 것을 문득 떠올렸다.

그게 얼마냐고. 자신의 연봉에서 까라고.

하하하하.

"사람은 입을 조심해야 돼……. 나 따위가 어디서 감히……. 올노운 님의 연봉을……."

"동감입니다."

"그럼 올노운 헌터님은 왜 같이 안 들어온 거야? 진짜 운전기사로 쓰려는 건 아니지?"

"무슨. 아직 계약서에 사인도 안 했어요."

"왜애?"

"부담스러워서요."

"음, 그렇긴 하네."

돌아가는 상황으로 봐서는 결국 도장을 찍게 될 것 같다.

헌드레드에게 올노운을 잘 거절해 보라고 하려 했으나, 두 사람은 오히려 감동의 재회를 했다.

정말이지 눈물 없이 볼 수 없는 감격의 상봉.

최원호는 포기한 상태였다.

"와, 무슨 일이 벌어지고 있는 거야, 진짜?"

상대의 속도 모르고 조잘거리기 시작한 봄향.

"클랜 마스터는 외계의 귀환자고! 그에게 협력하고 있는 헌터들은 한국 최고의 헌터들이야! 심지어 한 사람은 죽은 척하며 위장 중⋯⋯!"

"다른 간부들한테는 비밀로 하세요."

"알았어. 근데 우리를 '퀸쿼러스'라는, 그 호로 자식들 같은 기득권 세력이 방해하는 상황 아니야? 우와, 지금 히어로 영화 찍는 것 아니지?"

"히어로 영화였으면 좋겠네요. 여기서 컷 하고 말 많은 사이드킥 좀 바꾸게."

"그 말 많은 사이드킥이 설마, 나⋯⋯?"

"네."

"아! 왜!"

"진짜 농담은 이제 그만. 일합시다."

최원호는 앞으로 저벅저벅 걸어갔다.

다시 쪼르르 달려온 봄향은 마력을 살짝 흩뿌리며 주변을 살피기 시작했다. 당장 별다른 것은 보이지 않았다.

최원호는 발걸음을 늦추며 주변을 유심히 살피고 있었다.

"그럼 이제 말해 주나? 암시장에는 왜 왔는지?"

그러자 정말로 예상하지 못했던 대답이 나왔다.

"우린 테러리스트를 찾아내기 위해서 온 겁니다."

테러리스트라고……?

"그 여섯 형제단?"

"네, 정확하게 말하자면 여섯 형제단의 총수와 만날 '수단'을 확보하려고요."

"……!"

❧

모두의 흑막이나 다름없는 여신과 대면한 뒤, 나는 여섯 형제단에 대해 '거의 다' 알고 있었다. 특히 조직 상황에 대해서는 99% 이상 꿰고 있는 상황이었다.

다만 모르는 것이 있다면, 그 우두머리.

즉, 장세현에 대해서는 완벽하게 알지 못했다.

이건 여신조차도 어쩔 수 없는 일이었다.

―말했다시피, 이 땅의 마력이 아니라 다른 마력을 사용하는 경우에는 제 눈을 벗어날 수 있어요. 원호 군이 사용하는 그 뜨거운 에너지나 악마들이 사용하는 사악한 힘 그리고 그 '순수 마력'도 마찬가지랍니다?

장세현은 점점 더 지구의 마력을 사용하지 않는 중이었다.

내가 퓨리 에너지와 세비지 에너지의 비중을 더 많이 사용하는 것처럼, 무언가 다른 힘을 사용하고 있었다.

그러므로 마력이 사용되는 곳이라면 어디든지 관찰할 수 있는 여신의 시야에서도 벗어난 상태.

'하지만 추적이 전혀 불가능한 것은 아니지.'

이제 나는 자체적인 정보력은 물론이고, 결사단의 정보 자원까지 가지게 되었다.

여신의 눈을 쓸 수 없다면 다른 커넥션을 이용해서 장세현의 발걸음을 뒤쫓으면 되는 일이었다.

그리고 여기가 바로 최근 장세현이 자주 방문하는 장소였다.

그녀는 이곳에서 '어떤 상품'을 구매하려고 노력하고 있었다.

"이랏샤이마세!(어서 옵쇼!)"

허름한 가게 앞에 서자, 애꾸눈의 소년이 일본어로 외치며 안쪽으로 문을 열었다.

내부는 칼과 방패를 적당히 걸어 둔 평범한 가게로 꾸며져 있지만 이건 위장에 불과했다.

나는 아공간 주머니에서 손톱만 한 마력석 하나를 건네며 말했다.

"노예 상인을 만나고 싶은데."

딸꾹!

이상한 소리에 뒤를 돌아보자 춘향 선배가 턱이 빠져라 입을 벌리고 있었다.

'노예'라는 말에 깜짝 놀란 모양이다.

솔직히 처음엔 나도 그랬다.

세현이가 노예 거래에 손을 대다니.

'그 녀석, 대체 무슨 생각으로…….'

내가 차원 역류에 휘말린 이후, 세현이가 겪은 우여곡절에 대해서는 여신에게 들어서 알고 있었으나, 지금 속내까지는 알 수 없었다.

이건 직접 만나서 물어봐야 할 일이었다.

할 수 있다면 설득하고, 내 편이 되어 달라고 요청할 생각이었다.

"흐음, 노예 판매책 말씀이시죠?"

일본어가 능숙한 한국어로 바뀌었다.

소년은 손 안에 든 마력석을 한참이나 살펴보더니 만족스럽게 고개를 끄덕였다.

"좋습니다! 소개해 드릴게요! 들어오시죠!"

당연히 좋겠지.

조그맣긴 해도 S등급의 마력석이니 천만 원은 훌쩍 넘는 것이었다.

애꾸눈 소년은 가게 안쪽으로 우리를 이끌었고, 나는 조용히 그 뒤를 따라갔다.

그리고 어느 순간, 지독한 냄새로 가득한 공간으로 들어섰다.

"......"

사방이 쇠창살이었다.

짐승을 가두기 위해 만든 조악한 케이지들이 양쪽으로 행렬을 이루며 길게 늘어선 모습.

마치 싸구려 서커스단이 부리고 있는 동물들을 점검하기 직전의 순간처럼 보였다.

그리고 어딘가에서 소녀 한 명이 쪼르르 달려 나왔다.

마찬가지로 애꾸눈을 한 소녀였다.

"이랏샤이마세!"

"로지, 한국인이셔."

"아하! 안녕하세요! 손님! 특별히 찾으시는 물건이 있으신가요? 아니면 제가 추천을 해 드릴까요?"

못해도 수십 종류의 몬스터들이 갇혀 있는 상태였다.

하지만 나는 그들의 도움이 필요하지 않았다.

들어선 순간부터 시선을 빼앗긴 곳이 있었으니까.

멀지 않은 케이지 내부에, 인간 남자의 형상 하나가 대단히 어울리지 않는 꼬락서니로 쪼그려 앉아 있었다.

"……젠장."

나는 아득한 기분을 느끼며 그 앞으로 다가갔다.

설마 이런 짓을 하려고 여길 들락날락하고 있었던 건가.

아니, 확실해졌다.

'구준백.'

우리에 갇힌 생명체는 내가 아는 그 녀석의 모습을 취하고 있었다.

절대로 인간은 아니었지만.

❧

내가 입을 꾹 다물고 있으려니 춘향 선배가 살짝 다가왔다.

그러더니 설명을 시작했다.

"하위 악마 몬스터인 형악마종이네. 별다른 전투 능력은 없는데, 상대의 마음을 읽어서 모습을 바꿀 수 있는 특이한 스킬을 가지고 있는……."

"어머나! 아주 잘 알고 계시네요? 이거, 인간처럼 보이지만 절대로 인간은 아니고요! 혹시 그 포×몬스터에 나오는 메타× 아시나요? 딱 그런 녀석이랍니다!"

'형(形)악마종.'

그래, 나도 안다.

이 악마종은 B등급 게이트에서 발견되는데, 게이트 등급에 비해서 전투 능력이 턱없이 부족했다.

무기가 없다면 격투기를 적당히 배운 일반인에게도 이기지 못할 수준이었다.

하지만 적지 않은 헌터들이 형악마종에게 목숨을 빼앗기곤 했다.

스르륵!

이렇게 모습을 바꾸어 헌터들을 심리적으로 현혹하는 것이 이 악마종의 특기였기 때문이다.

한순간에 뒤바뀐 사람의 모습은 나에게 향수를 불러일으키는 것이었다.

"……."

영하 누나.

놈이 취한 것은 내 기억 속에서 끄집어낸 바로 그녀의 얼굴이었다.

아주 똑같은 것은 아니지만, 옛 기억을 떠올리기에는 부족함이 없었다.

"앗, 그, 음……. 물러서는 게 좋을 것 같은데에……."

옆에서 춘향 선배가 안절부절못하는 것이 느껴졌다.

내가 '영구'라는 콜네임을 사용하던 이유를 잘 알고 있었으니, 자연스레 내 눈치를 살피는 모양이다.

하지만 사실 난 조금도 동요하지 않았다.

그냥 혀를 차고 말았다.

"보아하니 그다지 성숙한 형악마는 아닌 모양이군. 정신 방벽을 넘어오는 속도도 느리고, 이미지 구현율도 9할이 안 되는 것 같아. 게다가 말은 전혀 못하고. 아주 어린 개체지?"

"아, 예…… 뭐, 그렇죠?"

노예상이 머쓱한 표정으로 머리를 긁적였다.

나는 잠시 낮춰 두었던 정신 방벽을 끌어 올렸다.

그러자 형악마종의 모습이 이리저리 무너지더니, 그냥 평범하게 예쁜 여자의 얼굴이 되고 말았다.

노예 상인 소녀가 애써 웃음을 지어 보였다.

"손님, 형악마종이 마음에 안 드시면 다른 녀석들을 보여 드리겠습니다. 요정들은 어떠세요?"

"요정? 엘프 말인가?"

"네! 기본적으로 외모가 출중하고! 물을 주지 않으면 쉽게 굴복시킬 수 있거든요! 길들이는 재미가 아주 쏠쏠하답니다! 마력 금제와 '몬스터 포켓'은 저희가 서비스로……."

하지만 나는 형악마를 가리켰다.

"이 녀석은 얼마지?"

"미숙한…… 형악마 말씀이십니까?"

"응."

그러자 노예상의 웃는 낯에 살짝 금이 갔다.

뭐, 그리 즐거운 기분이 아니라는 것은 쉽게 알 수 있었다.

누구라도 그럴 것이다.

상품에 대놓고 트집을 잡더니 그것을 사겠다고 하는 것.

"……상당히 배짱이 있으시네요, 하하."

상품의 가격을 후려치기 위해서 부린 술수라고 오해를 받더라도 이상할 것이 하나도 없었다.

잠시 고개를 숙이고 머릿속에서 계산기를 두드린 녀석이 입을 열었다.

"죄송하지만 이 형악마는 지금 한국에서 찾기 어려운 종류랍니다. 미숙한 개체라도 협상 중인 분이 계시고요. 그러니까 50억 원 이하로는 내드릴 수 없어요."

50억. 50억이라…….

어이가 없군.

"25억으로 하지."

"예? 방금 말씀드렸잖아요? 최하 50억이라고요."

"20억."

"그럼 40억!"

"15억. 현찰로."

"……왜 자꾸 5억이 거꾸로 깎이는 건가요!"

"싫으면 그 협상 중인 분에게 50억에 팔아. 그 절반이나 지불할 여력이 있을지나 모르겠지만 말이야."

그러자 상인 소녀는 입을 꾹 다물었다.

하지만 쉼 없이 흔들리는 눈동자는 머릿속을 다 읽혔음을 알리는 증거물이나 다름없었다.

'50억 같은 소리 하고 있네.'

나는 속으로 피식 웃었다.

결사단의 정보 조직이 파악한 바에 따르면, 요즘 여섯 형제단은 현금을 끌어 모으기에 정신이 없는 상태였다.

그 규모가 정확히 20억 원.

이래서야 속아 줄 수도 없었던 것이다.

'애초에 이런 저급한 악마종을 노예로 삼기 위해 그런 거금을 쓰는 것 자체가 어처구니없는 일이지만……'

오죽하면 이런 짓까지 하고 있나 싶기도 했다.

녀석은 분명 옛 친구들을 그리워하고 있었다.

"이제 보니 그냥 오신 손님들이 아니었군요. 그 손님과 악연이라도 있는 모양이죠?"

눈을 가늘게 뜬 채 내 얼굴을 바라보는 애꾸눈 소녀.

나는 삐딱하게 고개를 기울였다.

"만약 그렇다고 한다면 거래에 지장이 생기나?"

"아뇨, 그럴 리가요. 저흰 그냥 물건만 팔면 되니까요."

"그럼 빨리 결정해. 그 가난한 손님이 돈을 모아 올 때까지 기다릴지, 아니면 지금 부자 손님에게 돈을 받고 물건을 팔지."

"……."

내가 이 형악마종을 가져가면 장세현은 자연스럽게 반응할 것이다. 어떤 식으로든 물건을 되찾고 싶어서 반드시 뒤쫓아 오리라는 것이 내 예상이었다.

난 가만히 팔짱을 낀 채 대답을 기다렸다.

조그만 입술이 부들부들 떨리며 열렸다.

"사, 사……."

"사 딸라?"

"아뇨! 30억! 현찰로! 대신 최신형 '몬스터 포켓'도 챙겨 드릴게요! 딜?"

"딜."

그렇잖아도 몬스터 포켓은 하나 필요했기에, 나는 그 자리에서 아공간을 열어서 현금 뭉치를 꺼내 주었다.

쇼핑백에는 이미 30억이 담겨 있는 상태였다.

처음부터 이렇게 될 줄 알고 있었으니까.

"받아."

"화끈하시네요!"

50억에서 30억으로 깎아 놓고 화끈은 무슨…….

그리고 어차피 이 정도 돈은 곧 회수될 예정이었다.

어쨌거나 거금을 쥔 꼬마의 눈동자는 반달처럼 휘어졌다.

"감사합니다! 손님! 또 오세요!"

또 올 일은 없을 것이다.

'여긴 오늘이 마지막이니까.'

나는 곧바로 등을 돌려 그곳을 벗어났다.

그러자 춘향 선배가 형악마의 두 팔을 등 뒤로 결박한 채로 나를 따라왔다.

어설프게 걷는 인형과 동행하게 된 것이 꺼림칙한 눈빛이었다.

"원호야, 몬스터 포켓에 넣고 가면 안 돼?"

나는 고개를 저었다.

"아뇨, 지금부터 할 일이 하나 있어요. 선배가 해야 할 일이에요."

"응? 그게 뭔데?"

소란스러운 야시장 속으로 돌아온 우리는 간단한 작전을 교환했다.

그러자 그녀의 눈이 화등잔처럼 커졌다.

"야, 이래도 되는 거야? 뒷수습은?"

"흔적도 없을 텐데 무슨 수습 걱정을."

"……너 진짜 무서운 애구나."

"레벨 업은 이렇게 하는 겁니다. 이따 봐요."

나는 빙긋 웃으며 그녀를 보내 주었다.

그리고 인파 속에서 형악마가 모습을 바꾸는 것을 지켜보았다.

스르륵.

묘하게 익숙하면서도 낯선 뒤통수.

그건 바로 나의 뒷모습이었다.

암시장을 품고 있는 A등급 게이트 '무뢰배 난쟁이의 새벽난전'의 천호동 측 출입구.

"이 새끼, 턱이 완전 돌아갔던데?"

"으어, 형님! 진짜 별이 번쩍하더라니까요?"

"응, 그게 네 인생이 번쩍했던 거지. 지옥으로 번쩍!"

출입구 경비를 맡고 있다가 최원호에게 된통 당했던 가드들이 낄낄거리고 있었다.

머리가 벽에 처박혔던 블랙 헌터는 어느 정도 회복된 상태로 턱을 만지작거리고 있었다.

개중 가장 나이가 많은 남자가 진지한 표정으로 충고했다.

"야마, 이 바닥에서 제일 조심해야 되는 게 표정 없는 놈들이다. 무슨 생각을 하는지도 모르고, 얼마나 강한지도 알수가 없다니까?"

그건 아주 정확한 이야기였다.

마력 각성자는 어떤 힘을 감추고 있는지 알 수 없다.

평범해 보이는 아이가 원숙한 전투 마법사일 수도 있고, 가녀린 여인이 쌍칼을 휘두르는 광전사일 수도 있었다.

"조심해라. 손님들한테 괜히 시비 걸지 말고, 누구든지 소개장부터 보자고 해. 그러면 다짜고짜 얻어맞을 일은 없을 거다."

"옙."

"만약에 마력 각성자가 아니고, 길을 잘못 든 일반인이라면…… 뭐, 그때 죽여 버려도 늦지 않으니까."

"크흐흐흐. 그건 그렇겠네요."

남자들이 그런 이야기를 하고 있을 때.

터벅, 터벅.

누군가 통로를 걸어 올라오는 소리가 들렸다.

가드들은 자연스럽게 몸을 일으켰다.

자주 있는 일은 아니지만, 암시장 내부에서 분쟁이 해소되지 않은 상태에서 외부로 도망치는 손님들도 간혹 있었다.

그렇기 때문에 사람들이 들어오고 나가는 상황을 항상 예의주시하는 것이 남자들의 업무였다.

이윽고 모습을 드러낸 이들은 아까 두 남녀였다.

"흠, 흐흥, 흥."

"……."

왠지 몹시 부자연스러운 콧노래를 부르는 여자와 여전히 무표정한 얼굴을 유지하고 있는 남자.

상대에게 일격으로 제압당했던 가드는 본능적으로 시선을 내리깔며 길을 터 주었다.

한 사람이 슬쩍 나서면서 넉살 좋게 말을 붙였다.

"일찍 나오셨네요? 뭐 쓸 만한 것 좀 건지셨습니까? 하하!"

그러나 돌아오는 대답은 없었다.

남자는 아무런 말없이 그저 멍한 시선으로 가드들을 바라볼 뿐이었다.

봄향이 얼른 나섰다.

"아, 재밌었어요! 볼 것도 많고! 먹을 것도 많고! 장사꾼들도 다들 친절해서 좋았달까요! 별점 100개!"

"……예?"

암시장에 군것질거리가 있었던가?

게다가 다들 친절하다고?

'그럴 리가 없는데.'

영 이상한 소감에 가드들은 고개를 갸웃거렸다.

또 자신이 괜한 소리를 했다는 사실을 깨달은 봄향은 서둘러 걸음을 옮기기 시작했다.

"아, 아무튼 또 올게요! 이제 단골이니까 웃으면서 웰컴해 주기! 안녕히 계세요!"

"아, 예……. 살펴 가십쇼."

묘한 텐션의 여자다.

두 사람이 떠난 뒤, 가드들은 눈빛을 교환하며 킥킥 웃었다.

"형님, 남자는 눈이 동태 눈깔이 됐던데요?"

"안에서 약을 거하게 빨았나 보네."

"그러다가 뼈 삭는데 말이야."

"하, 씨바, 부러운 새끼. 나도 여자나 하나 끼고 놀러 다니고 싶구먼……."

돌연 사건이 벌어진 것은 가드들이 한번 교대를 한 뒤였다.

어둑어둑해진 저녁노을 위로.

[안내 : 곧 게이트가 폐쇄됩니다. 마력 폭풍에 주의하세요!]

전혀 예상치 못한 메시지가 모두의 눈앞으로 툭 떠오른 것이다.

"……?"

"형님? 제가 헛것이 보이는데……."

"아, 아니야. 나도 보여."

"뭐야, 이게!"

펄쩍 뛰어오른 가드들이 황급히 통로 안쪽으로 달려 들어갔다.

그곳에 서 있는 선홍색의 게이트.

콰구구구구구구─!

암시장으로 들어서는 입구가 불길한 마력을 줄기줄기 뿌려 대고 있었다.

그들로서는 난생처음 보는 광경일 수밖에 없었다.

"이거 어떡합니까! 형님!"

"소화기! 소화기 없냐!"

"무슨 병신 같은 소리야! 도망쳐! 빨리!"

"터, 터진다! 그와아아아악!"

게이트가 폐쇄되면 '마력 폭발'이 일어난다고 믿고 있던 한 놈이 먼저 뛰기 시작했다.

그것을 기점으로 모두가 바깥으로 허겁지겁 달려 나갔다.

바로 그 순간.

[알림 : A등급 게이트 '무뢰배 난쟁이의 새벽 난전'이 폐쇄되었습니다.]

[안내 : 모든 정산이 완료되었습니다. 지금 보상을 확인해 보세요!]

콰가가가가가가ㅡ!

마력 폭풍.

나이트클럽으로 위장하고 있던 입구가 갈가리 분해되며 건축물의 일부를 가루로 만들어 토해 냈다.

그리고 재앙적인 급류가 등 뒤를 후려쳤다.

소리마저 먹어치우는 격랑에 암시장의 가드들은 단말마의 비명조차 내지르지 못한 채 천호동의 길바닥으로 튕겨져 나갔다.

다음 순간에는 웬 헌터들이 온 사방으로 비산하고 있었다.

빵빵하게 부풀어 오른 팝콘 봉투를 콱 눌러 밟아서 뻥 터트린 것처럼.

"으아아악—!"

"갑자기 이게 무슨 일이야!"

"대체 어떤 미친 새끼냐! 누가 암시장의 디멘션 하트를 건드렸어!"

쿵, 쿵, 쿵……!

낙진이 되어 흩뿌려진 이들은, 방금까지 암시장을 거닐던 헌터들이었다.

아스팔트에 얼굴을 처박은 가드들 중 하나가 퍼뜩 깨달았다.

지금쯤 오사카, 홍콩, 푸켓에서도 똑같은 일이 벌어지고 있으리라는 것.

"조졌다……."

아시아에서 가장 큰 규모의 암시장 중 하나가 하루아침에 폐쇄된 사상 초유의 사건이었다.

도대체 누가 디멘션 하트를 부수고 게이트 폐쇄를 유도한 것일까?

가드들은 엉거주춤 몸을 일으켰지만 아수라장이 된 거리를 보며 망연자실할 수밖에 없었다.

행동에 나선 것은 오히려 손님들이었다.

"이 새끼들이 뭘 넋 놓고 있어! 어서 공간 기억 능력자부터 불러! 출입자 전체 대조해!"

"다른 지점에도 연락 넣으라고! 어서!"

"내, 내 돈! 내 돈은 어디 있지? 끄아아악!"

"끄으으, 대체 어떤 새끼야? 한창 좋았는데, ×같네!"

암시장 안에 마법 계열의 헌터들이 적지 않게 있었던 만큼, 범인을 찾아낼 방법을 빠르게 강구하고 실행에 옮기기 시작한 것이다.

가드들은 희망을 품었다.

이 악에 받친 손님들의 도움을 받으면 용의자가 추려질 것이라고.

하지만 그때, 범인은 유유히 현장을 벗어나고 있었다.

[권능 : '은둔자 오색조의 깃털'.]

최원호.

그는 창덕궁 게이트를 폐쇄시켰을 때와는 비교도 되지 않을 만큼, 완벽한 은신 상태로 모두의 이목을 속이는 것에 성공했다.

그리고 작은 충격에 휩싸인 상태였다.

[알림 : A등급 게이트 '무뢰배 난쟁이의 새벽 난전'이 폐쇄되었습니다.]

[안내 : 모든 정산이 완료되었습니다. 지금 보상을 확인해 보세요!]

'이런 미친.'

방금 받은 보상이란 것이, 자신의 예상을 아득하게 뛰어넘는 어마어마한 수준이었기에.

　　[알림 : 레벨이 올랐습니다!]
　　[보상 : 게이트 규칙에 따라 내부에 숨겨져 있던 화폐들이 귀속됩니다!]
　　[정보 : 정산된 금액은 약 796,257,862,500원입니다!]

좀처럼 그런 일이 없는 최원호조차도 양심의 가책이라는 것을 느끼고 있었다.

'이거, 이래도 되나?'

천호동 블랙마켓이 폐쇄되었지만 언론은 잠잠했다.

그저 석연찮은 사건에 의문을 표하는 기사들만 몇 개 올라왔을 뿐.

　　[더 게이트](속보) 천호동 인근에서 정체불명의 마력 폭풍 발생.
　　[영웅일보] 외인 헌터들, '극도의 흥분 상태'… 무엇이 그들을 화나게 했는가?

[헌터 포커스] 차원통제청, '수상하지만 별다른 점 발견하지 못해, 전원 귀가 조치' 의문점 남아.

당연한 일이었다.

그곳은 말 그대로 암시장이었다.

설령 정보력이 좋은 기자들 몇 사람이 암시장의 존재를 알고 있다고 하더라도, 그걸 기사로 내는 것은 거의 불가능한 일이었다.

'암시장을 운영하는 은둔 조직들에게 무슨 험한 꼴을 당하려고.'

음습한 블랙 헌터들 중에서도 가장 엑기스만 모아 두었다고 할 수 있는 종자들이다.

나 또한 괜히 상대하기보다는 트릭을 이용해서 알리바이를 만들기로 결정했고, 이 계략은 꽤나 잘 먹힌 듯했다.

'게이트 내부에 있던 손님들 중에 범인이 있다고 생각하고 있겠지.'

어디 한번 실컷 찾아봐라.

"흠."

클랜 하우스의 집무실로 돌아온 나는 의자에 몸을 깊게 묻었다.

비로소 긴장이 풀렸는지 춘향 선배는 한쪽 구석에 마련된 소파에 길게 누운 채 꾸벅꾸벅 졸기 시작했다.

그리고 형악마종은…….

"……."

아무런 말도 없이 나를 바라보고 있었다.

잠시 그 시선을 마주보던 나는, 춘향 선배가 확실히 잠들 었다는 것을 확인하고 정신 방벽을 살짝 누그러뜨렸다.

이윽고 머릿속으로 영하 누나의 모습을 상상하기 시작했다.

그러자 나의 상상을 거울처럼 구현시키는 형악마.

스륵, 슈르르륵.

곧바로 완성되지는 않았다.

여자의 얼굴은 계속해서 변화하고 있었다.

이놈은 미숙한 개체였기에 외견을 구현하는 능력이 그리 대단치 않았다.

그 부분을 보완하기 위해서는 내가 의식적으로 세부적인 외견들을 떠올리는 방식으로 수정을 가할 필요가 있었다.

이 과정을 네댓 번 반복하자 악마는 완벽한 모습을 갖추게 되었다.

'손영하.'

내가 기억하는 그녀의 모습이 그대로 재현된 것이다.

단정하게 빗어 내린 검은 머리.

까무잡잡한 윤기가 흐르는 이마.

부드러운 눈썹과 콧날.

유난히 깊은 곳에서 반짝거리는 눈동자와 연분홍색 입술

까지.

"……."

아무런 감정이 없는 얼굴이었기에 마네킹처럼 묘한 이질감을 주는 느낌이기도 했다.

그러나 이목구비만큼은 영하 누나가 내 앞에 다시 나타난 것처럼 보일 만큼 완벽하게 구현되었다.

잠시 멍하니 그 모습을 바라보던 나는 한숨을 푹 내쉬었다.

'세현이도 이렇게 했겠지.'

머릿속으로 옛 친구들의 모습을 몇 번이고 떠올리며 악마의 외모를 조금씩 수정하는 작업.

내가 발견했을 때 형악마종이 취하고 있던 구준백의 외견은 분명 그렇게 만들어졌을 것이다.

"……불쌍한 녀석."

잠깐 동안은 위안이 되었을지도 모른다.

나도 지금 그런 느낌을 받고 있으니까.

하지만 이건 도피에 불과했다.

'현실을 외면하고 도망치는 거나 다름없지. 이런다고 사람들이 살아 돌아오는 것은 아니니까.'

깊게 한숨을 내쉰 나는 머릿속에 있던 영하 누나의 모습을 비틀었다.

생생하게 그려 낸 그림을 스스로 망가뜨리는 것과도 같았다.

그러자 형악마종의 외양이 와르르 무너졌다.

이윽고 엉뚱한 사람의 모습으로 바뀐 악마.

이젠 영하 누나라기보다는 이규란과 한겨울이 뒤섞인 것처럼 보이는 얼굴이었다.

바로 그때였다.

"마스터!"

"루왁!"

노크도 없이 문이 벌컥 열리자 쇼파 위에서 졸고 있던 춘향 선배가 벌떡 기함했다.

나타난 사람은 헌드레드와 채윤기.

내가 부르긴 했지만 아직 들어오라는 말도 하지 않았는데, 두 사람은 잔뜩 흥분한 표정으로 성큼성큼 들어왔다.

"마스터, 방금 보내신 메시지가 정말……."

그런데 나에게 다가오던 발걸음들이 순간 멈칫했다.

내 옆에 우두커니 서 있는 인영을 뒤늦게 발견한 것이다.

"이분은 누구십니까?"

"처음 보는 얼굴인데……?"

나는 간단히 대답했다.

"이건 사람이 아니라 '형악마종'이야. 뭔지 알지?"

그러자 두 사람은 잠시 눈을 끔뻑거리며 시선을 교환했다.

곧이어 터져 나오는 경악성.

"마, 마스터!"

"야! 너 미쳤어?"

"뭐."

"게이트 밖으로 몬스터를 빼내 오시다뇨! 이 정도는 적발되면 우리 클랜의 등록이 취소될 수도 있단 말입니다!"

"적발 안 되면 되지."

"백수현! 아무리 그래도 난 차원통제청에서 조사관 출신이다! 내가 이런 범법 행위를 눈감아 줄 거라고 기대했나!"

"……."

이런 성급한 놈들.

나는 고개를 가로저었다.

"내가 꺼내 온 게 아니라, 암시장에서 사 온 거야."

그러자 입이 한 번 더 쩌억 벌어지는 두 사람.

"아, 암시장이라고요?"

"세상에! 그럼 더 큰 불법이군! 대체 무슨 짓을 하려고?"

"맞춰 봐."

"설마 너, 저걸로 추악한 그런 짓을 할 생각은 아니겠지? 만약 그런다면 난 당장 사표를……!"

"……이 자식이."

사람을 뭘로 보고.

하긴, 형악마종은 그렇게 악용될 여지도 있는 몬스터였다. 벌써 지구 어딘가에서는 그렇게 쓰이고 있을지도 모르겠다.

나는 춘향 선배에게 형악마를 다른 방으로 데려가도록 지시한 뒤 설명을 시작했다.

"이건 미끼야."

"미끼라뇨?"

"뭘 낚으려고?"

"테러리스트 집단 '여섯 형제단'의 총수."

"……!"

비로소 두 사람의 눈동자에 빛이 돌아왔다.

의문은 여전히 있었으나 조금은 수긍했다는 눈빛들.

정말 날 뭘로 보는 거야?

"그리고 그 암시장도 조져 놨으니까 걱정 마. 아까 천호동 기사 뜬 거 봤어? 그게 암시장이었어."

"오오, 그건 정말 잘했군."

"저도 동감입니다! 암시장 놈들, 인간의 탈을 쓴 악마들이거든요."

흐음.

애초에 '협의(俠意)'라는 특성을 가진 채윤기야 그렇다 치는데, 헌드레드 또한 나름의 정의를 중시한다는 것은 상당히 의외였다.

"그런데 저 악마가 어떻게 미끼가 됩니까?"

"형악마종이 테러리스트를 끌어 모으는 효과가 있기라도 한가?"

"뭐, 대충 비슷해."

나는 상황을 간추려서 설명했다.

"저 형악마종은 원래 테러리스트의 총수가 구매하려고 하던 물건이었어. 저 한 마리를 사기 위해서 어렵게 돈을 모을 정도로. 그런데 내가 가로챘단 말이야. 그럼 이제 어떻게 될까?"

내가 질문하자 헌드레드와 채윤기에게서 서로 다른 대답이 튀어나왔다.

"그러면 새로운 형악마종을 찾지 않을까요?"

"……물건을 가로챈 우리를 찾아오겠군, 반드시."

마법사다운 답변과 범죄 조사관다운 답변.

"난 후자라고 생각해. 일단 다른 국내 암시장에서는 형악마종 매물이 없는 상황이고, 형악마종은 상당히 희귀한 축에 속하는 몬스터거든?"

형악마종을 탐구할 목적으로 은밀히 구하는 것이라면 시간이 걸리더라도 다른 개체를 찾으려고 할 수도 있다.

하지만 장세현은 테러리스트고, 애초에 그런 순수한 목적이 아니었다.

그러므로 채윤기의 말대로 어떻게든 나를 추적해서 몬스터를 도로 강탈해 가려고 시도하리라는 것이 나의 예상이었다.

"흐음, 그럼 클랜 하우스의 경계를 강화해야겠군요. 관악산 일대에 걸려 있는 경비 마법도 확장시켜야겠습니다."

헌드레드의 말에 나는 고개를 끄덕였다.

그리고 채윤기는…….

"대단하군."

"내가?"

"아니, 결사단의 정보력 말이야."

"예? 무슨 사단요?"

놈이 멍청하게 중얼거린 말에 헌드레드가 반응한 것이다.

나는 눈살을 팍 찌푸렸고 채윤기는 헙, 하며 입을 다물었다.

아직 결사단의 존재는 간부들에게 공개하지 않은 상태.

난 재빨리 주제를 바꾸었다.

"헌드레드, 너 돈 이야기 하려고 온 것 아냐?"

그러자 녀석의 눈동자에서 불꽃이 튀었다.

아주 찬란한 황금색의 불꽃.

"예! 새로운 예산을 주시겠다고 하셨죠! 액수가 얼마나 됩니까?"

……이 녀석에게서 왜 이코의 그림자가 보이는 걸까?

"많으면 많을수록 좋습니다! 이건 당연한 건가? 아무튼 그렇잖아도 돈 나갈 곳이 많아서 빨리 레이드 입찰을 시작해야 하나 고민이었거든요!"

나는 아공간을 열었다.

그냥 전부 꺼내자.

콰르르르르르!

홍수처럼 쏟아져 나오는 엄청난 양의 현금.

두 사람의 입이 쩌억 벌어졌다.

"세상에."

"컥, 돈 냄새가⋯⋯!"

한화, 달러, 엔화, 위안화, 바트화.

세계 각국의 고액권 지폐 뭉치들이 내 집무실 한구석을 작은 산처럼 채워 버린 것이다.

채윤기가 중얼거린 것처럼 지폐에서 뿜어져 나오는 냄새 또한 어마어마했다.

"당장 경재현 팀장님 호출하겠습니다! 아, 근데 아까 외근 나가셨는데?"

"천천히 오라고 해. 어디 가는 거 아니니까."

"그래도 빨리 모셔 오겠습니다!"

"채 과장, 가서 환율 좀 확인해."

"아, 알았다."

황급히 달려 나가는 두 사람.

나는 피식 웃었다.

"하긴 나도 이렇게 많은 돈은 처음 보네."

⋯⋯약 8천억 원.

A등급 게이트인 '무뢰배 난쟁이의 새벽 난전'을 폐쇄시킨 결과였다.

내가 원래 알고 있던 보상의 수천 배에 달하는 값어치다.

이 노다지는 내가 대수롭지 않게 생각했던 게이트 규칙에 의한 것이었다.

〈무뢰배 난쟁이의 새벽 난전〉

[게이트] 인의라는 것을 모르는 야만적인 난쟁이 장사꾼들이 새벽 어스름을 빌려 시장을 열었습니다. 그들의 지저분한 시장을 송두리째 파괴하십시오.

등급 : A등급

미션 :

1. 특별한 상품 '난쟁이 지갑'을 확보하십시오.

2. 모든 상점을 찾아내고 파괴하십시오.

3. 게이트 보스 '탐욕스런 상인회장'을 제거하십시오.

특수 규칙 : 디멘션 하트를 파괴하는 경우, 난쟁이들이 숨겨 둔 금전을 획득할 수 있습니다.

분명 '난쟁이들이 숨겨 둔 금전'이라고 했다.

그런데 그 결과―.

[정보 : 정산된 금액은 약 796,257,862,500원입니다!]

제대로 자리를 잡은 중견급 클랜의 1년 매출에 해당하는 거액.

대체 어떻게 된 일일까?

추측해 보자면…….

'암시장을 찾아온 헌터들이 물건을 구매할 때 지불한 대금이 전부 나한테 들어온 것 같은데?'

규칙에 명시된 '난쟁이들이 숨겨 둔 화폐의 일부'라는 대목.

아무래도 이 부분이 암시장에서 오고 간 판매 대금까지 포함되는 것으로 시스템의 판정이 이루어진 듯했다.

'내 입장에서야 완전 횡재한 거니까 나쁠 건 전혀 없지.'

그렇잖아도 돈이 좀 필요한 시점이었다.

나는 암시장의 상인들과 각국에서 찾아온 고객들에게 깊은 감사의 인사를 올렸다.

'다 좋은 데다 써 주마, 호구들아.'

잠시 뒤, 헐레벌떡 도착한 이코가 환호성과 비명을 내질렀다.

"우와아아아아! 미친! 돈 ×나 많아! 근데 이거 세금 처리 어떡하지? 자금 출처 내놓으라고 하면 뭐라고 하냐! 으아아아아!"

……이 자식, 좋아하는 것 맞지?

❧

"암시장이 폭발했다고?"

전화기를 쥔 장세현이 멍하니 중얼거렸다.

그러자 어둠 속에서 그림자가 꿈틀거리며 올라왔다.

"아가씨, 폭발이 아니라 폐쇄된 것 같습니다. 다수의 목격자들이 있습니다. 암시장 측에서 범인을 추적 중입니다."

"……."

그러나 그녀는 대답하지 않았다.

오로지 전화 너머에서 떠들어 대는 노예 상인의 목소리에 집중할 뿐이었다.

ー그래서 저희 상품들도 전부 증발해 버렸어요! 심지어 출금하지 못한 현금들도 다 사라져서 손해가 이만저만이 아니네요!

"전부 증발했어……?"

ー저, 손님, 그래서 말인데요? 혹시 형악마종을 다시 구해 오면 구매할 의향이 있으신가요? 남아프리카 쪽에서 형악마종을 발견했다는 정보가 있어서, 추가 비용이 조금 발생해도 괜찮으시다면 저희가 공수해 올까 하는데요!

장세현은 어금니를 부드득 갈았다.

'젠장, 어제까지 눈앞에 있었는데.'

이젠 아프리카에서 구해 와야 한다니.

그녀는 떨리는 목소리로 물었다.

"그럼 얼마지? 내가 돈을 얼마나 더 내야 하는 건가?"

잠시 정적이 흐르고……

ー크게 7장 정도면 될 것 같습니다만!

그럼 70억이라고?

"이런 젠장."

이 더러운 도둑놈들!

'그게 어째서 조금이야?'

저절로 욕설이 나왔던 장세현은 가까스로 뒷말을 삼키는 것에 성공했다.

도저히 말이 안 되는 금액이었다.

어제까지 20억이었던 것이 어떻게 하루아침에 70억이 된단 말인가?

형제단은 그렇지 않아도 빠듯한 상황이다.

여기서 더 쥐어짜는 것은 불가능했다.

"……."

-저, 손님? 여보세요오?

장세현이 침묵하자 노예 상인이 헛기침을 하며 다른 이야기를 꺼냈다.

-흠흠, 사실은 말이죠? 그 형악마종이 게이트가 터지기 직전에 판매가 됐거든요.

"……!"

-그 정보를 구입하는 건 어떠세요?

"구매자의 정보……?"

-네! 사실 저희도 이런 거래는 하지 않는데, 지금은 워낙 비상사태라서요. 현금 회전을 위해서 어쩔 수가 없네요. 흑흑!

"그럼 그 정보의 가격은?"

-작게 다섯 장만 받겠습니다!

5억 원.

살 만하다.

'그다음에 그 사람한테서 빼앗든 따로 사든 알아서 해라?'

실은 상대가 눈독을 들이고 있던 상품을 다른 사람에게 팔아 치운 상황이었으나, 능숙한 노예상은 그런 내색 따윈 전혀 하지 않았다.

그저 새로운 상품을 팔아 치워서 오늘 입은 손실을 조금이라도 만회하기 위해 최선을 다할 뿐.

"좋아. 그렇게 하지."

─감사합니다! 손님! 즉시 관련 자료를 보내 드릴게요! 현장을 다녀간 탐지 마법사님이 보증한 몽타주니까 확실한 것이랍니다!

"……그 사람이 형악마를 가지고 있는 것도 확실한 정보겠지?"

─물론이죠! 그럼 건승을 빌게요!

무슨 수를 써서든지 '그 악마'를 손에 넣을 생각이었다.

통화를 종료한 장세현은 어둠을 향해 눈을 돌렸다.

"모든 그림자들에게 명령을 하달한다. 기간은 일주일. 그놈을 찾아!"

요정들과 뉴비

암시장으로 사용되던 A등급 게이트 '무뢰배 난쟁이의 새 벽 난전'을 폐쇄시키면서 레벨 한 단계가 올랐다.

'레벨 78.'

이제 슬슬 레벨 업이 느려질 시기였다.

레벨 80부터는 게이트 공략과 게이트 폐쇄를 다 독식하더라도 한 단계를 올리기가 어렵다.

그래도 게이트를 두세 개씩 박살 내면서 꾸역꾸역 올라가는 것은 가능한데.

'레벨 90부터는 진짜 피똥이 나온다고 할까?'

이 구간에 도달한 헌터들에게는 A등급 이하의 게이트들이 무의미하다.

아무리 공략하고 폐쇄 작업을 진행하더라도 레벨 업 메시지를 볼 수가 없었다.

즉, S등급 또는 EX급 게이트, 아니면 등급 외 게이트에 도전해야만 레벨 업을 노릴 수 있었던 것이다.

어째서일까? 왜 이런 규칙이 있는 걸까.

'하위 게이트에 머무르지 말고 상위 게이트에 도전하라는 것 같잖아?'

상세는 불명.

하지만 나와 수인종 헌터들은 이 암묵적인 가이드라인을 충실히 따랐다.

그리고 우린 그 결과를 확인할 수 있었다.

[알림 : 이 세계에 배당된 EX급 게이트의 50%가 공략됨에 따라, '2페이즈'가 시작됩니다!]

[안내 : 레벨 제한이 제거됩니다. 지금부터 '촉진 규칙'에 따라 성장 구간이 재배열됩니다.]

[안내 : 새로운 속성의 게이트들이 추가됩니다. 주의하여 공략하세요!]

바로 2페이즈의 시작이었다.

변비 걸린 것처럼 막혀 있던 헌터들의 레벨 업에 다시 속도가 붙고, 어린 마력 각성자들은 더 빠르게 초반 구간을 탈출할 수 있게 된다.

그리고 안내받은 대로 새로운 게이트가 등장하기도 했다.

'마치 해묵은 온라인게임에 대규모 콘텐츠 패치를 한 것처럼 고인물과 뉴비에게 골고루 혜택을 베푸는 느낌이지?'

당시에는 이 짓거리를 얼마나 더 해야 할지 꽤 낙담하기도 했었다.

그러나 결과적으로는 도움이 되었다.

다시 또 한 번의 페이즈 변화를 겪고, 결국 마지막 END급 게이트까지 함락하는 것.

레벨 제한이 해제되지 않았다면 영영 불가능했을 일이었다.

그러니 지금의 지구 또한 상위 게이트들을 빠르게 공략하고 폐쇄하며, 2페이즈를 향해 가야 한다는 것이 내 생각이었다.

"하지만 그게 안 되는군……."

헌드레드가 클랜 하우스의 방어 마법들을 재정비하고 강화한 뒤.

그 첫 번째 수확물을 확인한 나는 눈살을 찌푸릴 수밖에 없었다.

"이름."

"……."

"소속."

"……."

"마스터, 어떡할까요? 이 자식이 묵비권을 아주 제대로 쓰는데요."

우리 클랜 하우스에 침입하려던 두 남녀.

헌터들은 불과 10초 만에 마비 마법에 직격당해서 개구리처럼 뻗었고, 지금은 타격팀에 의해 심문당하고 있었다.

좀처럼 입을 열지 않는 모습에 다들 난감한 기색이 역력했다.

하지만 나는 조금 달랐다.

"문영건, 양수진. 소속은 스노잉패닉 클랜이고 퀸퀴러스에 가담한 클랜 마스터의 지시를 받고 왔네?"

"뭐, 뭣!"

"……!"

만개한 보름달 여우의 눈이 그들의 머릿속을 훤히 읽어 냈으니까.

지금껏 입을 꾹 다물고 있던 헌터들의 눈빛이 와르르 흔들린다.

나는 거침없이 말했다.

"둘 다 잠입 특성이 6레벨이라면 그리 나쁘진 않네. 그래도 좀 더 조심했어야지. 환풍구를 뚫고 들어오는 뻔한 수법은 너무 심했어. 쉰내가 나는 것 같은데?"

"다, 닥쳐라!"

"아니야! 우린……!"

"응, 닥칠게. 그럼 끌고 가. 지하 감옥에 백만 년 동안 가

둬 버려. 물만 줘."

"그아아악!"

"아니라고오오오!"

자존심이 잔뜩 긁힌 채 끌려가는 이들은 고함을 내질렀다.

사실 우리 클랜 하우스에는 지하 감옥도 없고, 굳이 가둬 놓고 의식주를 제공할 생각도 없었다.

'기껏해야 우리 클랜의 편성 정도나 염탐하려고 했던 것 같은데.'

적당히 겁이나 주다가 협상 카드로 써먹으면 될 일이다.

문제는 오히려 저쪽에서 이 수색대를 토사구팽하는 것.

내 생각엔 충분히 그러고도 남을 놈들이었다.

나는 뒤를 돌아보았다.

"채 과장, 퀸쿼러스에 어떤 클랜이 가담했다고 했지?"

대답은 즉시 돌아왔다.

"붉은손, 블랙나이트, 스노잉패닉, 아이언팩토리, 디엘 컴퍼니, 오성 그룹, 909여단. 총 7개다."

"10대 클랜 안에서만 7개?"

"그래. 그들과 긴밀하게 협력하고 있는 중소 규모 클랜들까지 계산에 넣자면…… 사실상 대한민국 클랜의 열에 아홉은 퀸쿼러스 소속이라고 봐야겠지."

'퀸쿼러스'는 신인류 조사단의 후속 단체를 자처하고 있다.

하지만 웃기는 소리였다.

'신인류 조사단 자체가 한 게 없는데, 후속이 왜 필요해?'

그들의 목적은 따로 있었다.

올노운이 사망한 뒤, 무진 그룹이 해체를 겪고 있는 지금.

그 1위 자리를 그대로 이어받을 것처럼 보이는 나와 클로 저스를 견제하겠다는 속셈이었다.

'그리고 내가 게이트가 언제든지 차원 역류를 일으킬 수 있다는 사실을 대중에게 알린 것 또한 눈엣가시였겠지.'

놈들은 어떻게든 날 찍어 누르려고 한다.

저들이 그 증거였다.

'그리고 게이트를 폐쇄시키지 않고 유지하면서, 어떻게든 마력석을 더 캐낼 궁리를 하고 있고.'

이런 식이라면 지구가 2페이즈로 넘어가서 레벨 제한을 늘리는 것은 요원한 일이었다.

수를 내야 한다.

퀸퀴러스를 상대하면서, 게이트에 대한 여론을 완전히 몰 아붙여서 반론의 여지가 없도록 만들 방법.

'이 상황을 타개하지 않으면 내 목표를 이루는 것은 영영 불가능하니까.'

머릿속으로 꽤 많은 아이디어들이 떠올랐다가 사라졌다.

각자 장단점이 있는 구상들.

내 고민은 그리 길지 않았다.

'그래, 쓸 수 있는 자원은 다 써야지.'

마음을 정한 나는 채윤기와 헌드레드를 불러서 몇 가지 지시를 내렸다.

그리고 나흘 뒤, 러시아 시베리아로 향하는 비행기에 올랐다.

⌄

세종시, 차원통제청 청사.

김서옥 청장의 집무실에서는 거대한 회의가 진행되고 있었다.

그 때문에 박수경 비서관은 정신이 하나도 없는 상태였다.

이렇게 많은 숫자의 거물 헌터들이 한 자리에 모인 것은 여태껏 단 한 번도 없었던 일이었다.

"그러니까 대안을 말해 보시란 말입니다!"

"어허! 누구에게 소리를 지르는 겁니까? 여기가 스노잉패닉의 클랜 하우스인 줄 아십니까?"

"조용히 하세요!"

"당신이나 조용히 하십시오! 어디 급도 안 되는 헌터가 꼴랑 마스터 달았답시고 여기 끼어서 시끄럽게 말이야!"

"뭐? 내가 급이 안 된다고? 이 새끼가 정말!"

"……."

아수라장 속에서 박수경은 정신을 잃지 않기 위해 최선의 노력을 기울이고 있었다.

그래도 모두가 시끄럽게 떠들고 있는 것은 아니었다.

"자자, 마스터 여러분! 저희가 여기에 모인 이유를 생각해 주세요!"

온화하면서도 단호한 목소리로 장내를 휘어잡는 자신의 상사, 김서옥 청장.

그리고 그녀의 곁에서 말없이 눈빛을 번쩍이고 있는 유광명 대변인.

"……."

"흐음."

가만히 눈을 감은 채 생각에 잠긴 붉은손의 진세희와 흥미로운 눈으로 장내의 소란을 지켜보는 아이언팩토리의 김주석까지.

회의장은 소란과 침묵이 공존하고 있었다.

조금 조용해지기를 기다렸다가 김서옥이 입을 열었다.

"오늘 오전, 백수현이 러시아로 가는 비행기를 탔다고 합니다."

그녀가 툭 던진 화두에, 마치 들판에 불이 번지듯이 클랜 마스터들의 표정이 차례차례 일그러졌다.

클로저스 클랜과 백수현.

이 자리에 모인 이들로서는 좀처럼 듣고 싶지 않은 이름들이었다.

이들을 필두로 한 퀸쿼러스는 클로저스 클랜을 견제하기 만들어진 연합체나 다름없었다.

"김서옥 청장님, 차원통제청에서 클로저스와 백수현을 좀 눌러 주시면 안 되나요? 면허 취소, 자격 철회…… 뭐, 이런 거 있잖아요?"

디엘 컴퍼니의 마스터 헌터 '헤미르'가 붉게 립스틱을 칠한 입술을 오물거리며 말했다.

김서옥은 고개를 저었다.

"마땅한 명분이 없습니다. 사하라사막 이후, 수락산 게이트 역류 사건과 여의도 병원에서 기자 브리핑까지 겪으면서 여론은 백수현을 완전히 떠받들고 있어요."

"그 정도인가요?"

"이미 대중에게는 올노운의 후계자로 여겨지고 있어요. 잘못 건드렸다가는 역풍만 불겁니다."

그러자 오성 그룹의 '오성재' 마스터가 자신의 검을 테이블 위에다 탕 내려놓으며 소리쳤다.

"니×럴! 그놈은 그럴수록 우리 마스터들 눈 밖에 난다는 건 알고나 있답니까? 새파랗게 어린놈이 하늘 높은 줄 모르고 기어오르는……!"

"여기서 '어린놈'이 무슨 상관이야? 그 어린놈한테 재갈도 물리지 못하면서!"

"그럼 네놈이 물리고 오든지!"

"나한테 전세기라도 빌려주든지!"

오성재의 멱살을 잡을 듯이 달려들어 투닥거리기 시작한 인물은 909여단의 마스터 헌터로, '여단장'이라는 콜네임을 쓰는 헌터였다.

10대 클랜 중에서도 9위, 10위를 나란히 차지하며 앙숙으로 알려진 오성재와 여단장.

두 사람이 잠시 신경전을 벌이는 사이, 블랙나이트 클랜의 '헤비이스트'가 묵직한 목소리로 이렇게 말했다.

"김 청장님, 백수현이 갑자기 러시아로 가는 목적에 대해서는 전혀 모르십니까? 따로 파악된 정보가 없습니까?"

헤비이스트의 질문에 김서옥은 천천히 고개를 끄덕였다.

"예, 아직은 모르겠습니다. 한 가지 분명한 건 시베리아 방향으로 날아가고 있다는 겁니다. 신고된 목적지가 모스크바 공항이 아니에요."

"시베리아라고요……?"

"네."

마스터들의 눈빛에 의문이 깃들었다.

그들로서는 최원호의 의도를 이해할 수가 없었던 것이다.

그건 김서옥마저도 마찬가지였다.

'시베리아, 시베리아……. 뭐였지? 분명히 뭔가 있었던 것 같은데. 그게 뭐지?'

한때는 그녀 또한 '결사단'의 일원으로서 시베리아 EX급 게이트와 악마종의 침입에 대해 잘 알고 있었다.

하지만 지금은 달랐다.

김서옥은 모종의 이유로 결사단에서 이탈하게 되었고, 여신의 안배에 의해 관련 정보를 까맣게 잊은 상태였다.

"흐음……."

"무언가 짚이는 거라도 있습니까, 청장님?"

"아, 아닙니다. 저는 오히려 마스터 여러분의 고견을 듣고 싶은데요. 다들 세계적인 수준의 헌터들이시잖아요? 호호호!"

차원통제청장의 공치사에 클랜 마스터들은 잠시 서로의 눈치를 살피다가 일제히 껄껄 웃기 시작했다.

"하하하! 우리가 세계적인 수준이라기보다는 세계 무대를 노리는 거라고 해 둡시다!"

"청장님이 이렇게 말씀하시는데, 조금 알아보기는 해야겠네요."

"아! 마침 러시아에 제가 아주 잘 아는 후배 헌터 하나가……."

사실은 모두 알고 있다.

한국의 레이드 클랜들은 얼마간 과대평가를 받는 경향이 있으며.

그것은 다름 아닌 무진 그룹과 올노운의 공로라는 것.

자존심 강한 마스터들이기 전에, 헌터들이었다.

그렇기에 선뜻 긍정할 수 없었고, 부정할 수도 없었던 것이다.

"……시베리아라면, 저에게 짚이는 게 하나 있어요."

입을 연 사람은 바로 진세희.

원거리 딜러로서 동급 헌터들에게 비해 존재감이 부족했
으나 그녀는 명실상부 대한민국 2위 클랜의 수장이었다.

자연스레 모두의 눈과 귀가 집중되었다.

"고견을 부탁드리겠습니다, 진세희 마스터. 여기 계신 모
두에게 큰 도움이 될 겁니다."

김서옥 청장의 말에 가볍게 고개를 끄덕인 진세희가 설명
을 시작했다.

최근 시베리아에 생겨난 다수의 고위급 게이트들.

현재 러시아 소속 클랜들의 부진.

그리고 국내에서 아직 데뷔전을 치르지 않은 클로저스의
상황까지.

"……백수현은 처음부터 한국에서 레이드를 벌일 생각이
없었고, 바로 해외로 눈을 돌리려는 것 같습니다. 그러니까,
작은 물에는 발도 담그지 않겠다는 거겠죠."

그녀의 요약에 마스터 헌터들은 눈을 부릅떴다.

분노를 터트리기에 더없이 좋은 타이밍이었으니까.

"그, 그런 건방진!"

"허! 처음부터 큰물에서 놀겠다?"

"한국인이면 국내 게이트들부터 차근차근 공략할 생각을

하지 않고……!"

"그러니까."

진세희는 팔짱을 끼우며 나름대로 생각해 두었던 결론을
제시했다.

"우리도 이걸 기회로 삼으면 좋을 것 같습니다."

"기회요?"

"네, 국내에서 수행하기 어려운 '공작'을 수행할 절호의 찬
스잖아요?"

"……."

"……."

눈치 빠른 마스터들은 그녀가 무엇을 에둘러 말하는지 금
세 알아차렸다.

'이건 백수현이 러시아에 있을 때 직접 뒤통수를 때리자는
말이군.'

'하긴…… 테러 공작을 국내에서 하긴 어려우니까.'

'그럼 누가 총대를 멜지, 그게 문젠데?'

그 순간, 지금껏 침묵을 지키던 금발의 백인 여자가 손을
들어 올렸다.

붉은 입술 사이로 유창한 한국어가 흘러나왔다.

"우리 스노잉패닉에게 지원해 주십시오. 제가 직접 러시
아로 가겠습니다."

나흘 전, 클로저스의 클랜 하우스에 비밀 수색조를 집어넣

었던 클랜 마스터가 출정을 자처한 것이었다.

설원이다.

구름처럼 끝없이 펼쳐진 눈밭이 대지를 하얗게 점거하고
있다.

이곳에서 눈발은 오히려 날리지 않고 고요했다.

여기저기 그어진 개썰매의 자국들만 요란할 뿐.

그러다가 문득 느껴지는 이물감에 나는 뒤를 돌아보았다.

슈우우우우-!

누군가 설원 저편에서 내가 있는 곳을 향해서 날아오고 있
었다.

인간이 아닌 듯 엄청난 속도로 다가온 그는 거짓말처럼 부
드럽게 멈춰 섰다.

"마스터."

"올노운 헌터."

"언노운입니다."

"하, 그냥 본명으로 합시다. 우리끼리 굳이 콜네임 써야
합니까? 어차피 아무도 없는데요."

잠시 고민하던 남자는 고개를 끄덕였다.

"……알겠습니다, 최원호 마스터."

러시아로 오기 전 고용 계약이 성립되었다.

'올노운'으로 불리던 결사단의 두 번째 눈 '한성우'.

그는 내 휘하의 특공대장이 되었고, 내 본명과 지난 역사까지 알게 되었다.

그리고 나 또한 한성우의 과거를 알게 되었다.

꽤나 굴곡진 인생이었다.

한겨울과의 인연은 더더욱 그랬다.

'전부 곧이곧대로 믿기는 어렵지만 말이야.'

어쨌거나 우리는 두 가지 목표를 세우고, 30명 규모의 1군급 공략대를 꾸려서 이곳 시베리아 설원으로 날아왔다.

첫 번째 목표는 게이트 독식.

"보고드리겠습니다. 목표 1번, 2번, 4번, 7번, 9번, 10번까지. 오늘 총 6개 게이트의 공략 및 폐쇄 작업을 완료했습니다."

"부상자는요?"

"없습니다."

"다행이군요. 내일부터는 B등급 게이트들이니까 조금 더 신경 써서 부탁합니다."

"예, 주의해서 진행하겠습니다."

지금 이 근방에는 10여 개의 게이트들이 열려 있는 상태였다.

E등급부터 A등급까지 다양한 난도의 게이트들이었다.

나는 러시아 정부와 접촉해서 그 게이트를 전부 입찰받았는데, 게이트 폐쇄 권리까지 포함해서 상당한 고가를 제시한 덕분이었다.

사실, 다른 레이드 클랜이었다면 절대 시도하지도 않았을 짓거리였다.

이래서야 돈이 안 되니까.

'하지만 내 목적은 게이트로 돈을 버는 게 아니지.'

……오로지 공략하는 것.

그게 내가 해야 할 일이었다.

그렇기에 마력석 채취 따위는 신경도 쓰지 않았고, 무엇보다 안전하게 빠르고 게이트를 공략하고 폐쇄하는 것에 집중했다.

공략대 입장에서는 게이트 미션과 몬스터 사냥에 집중하며 쏟아지는 경험치만 챙기면 되는 일이다.

게다가 나와 한성우가 공략 방향까지 아주 정확하게 제시하고 있으니 어려울 것도 없었다.

"오늘은 여기까지 하고 휴식 시간 부여하세요."

"알겠습니다."

게이트들은 엄청난 속도로 공략되어 가고 있었다.

이제 남은 것은 서너 개의 고위급 게이트들.

내 계획은 간단했다.

'A등급까지는 한성우와 공략대에게 맡겨 두고, S등급은 나 혼자 처리한다.'

저 북쪽 숲속에 있는 S등급 게이트 '요정 왕녀의 은빛 숲'.

이 게이트는 나 혼자 공략하는 것이 좋겠다는 판단이었다.

그게 가장 효율이 좋았다.

금세 해가 저물고, 공략대 헌터들이 휴식을 취하고 있는 것을 확인한 나는 장비를 착용했다.

지금쯤 들어가면 이 일대의 공략이 마무리될 때쯤 나올 수 있을 듯했다.

그런데 그때, 한성우가 스윽 다가오더니 입을 열었다.

"마스터, 본단에서 연락이 왔습니다. 경재현 팀장의 긴급 보고입니다."

"그래요? 뭐랍니까?"

나는 둘 중 하나를 예상하고 있었다.

테러리스트, 또는 퀸퀴러스.

전자이길 바랐는데 아쉽게도 후자였다.

"스노잉패닉의 헌터들이 우리 뒤를 쫓기 시작했다는 소식입니다. 빠르면 24시간 안에 조우할 가능성이 있습니다."

"그래요? 생각보다 좀 빨리 왔군요."

"일반 여객기가 아니라 공군에서 수송기를 빌렸다고 합니다. 이건 러시아 정부 측에도 뒷돈을 좀 먹였다는 얘기겠죠."

"오호."

그렇다면 스노잉패닉 클랜 단독 작전은 아니라는 뜻이다.

적어도 김서옥 청장 정도는 분명히 가담하고 있다.

나는 피식 웃었다.

'이제 슬슬 퀸퀴러스의 공세가 시작됐다고 봐도 무방하겠네.'

예상했던 움직임이었다.

한국 내에서야 보는 눈이 많으니까 게이트 바깥에서 할 수 있는 패악질에 한계가 있었을 것이다.

'어떻게든 내가 게이트 안으로 들어갈 때를 노리려고 했겠지.'

그런데 내가 한국 게이트를 공략하지 않고 러시아로 향한다면?

뻔하다.

'오히려 이게 좋다고 정신 승리를 시전하면서 아득바득 따라와 날 치려고 할 거야.'

그것이 내 노림수였다.

하나만 알고 둘은 모르는 것이다.

보는 눈이 없는 해외니까 거리낌 없이 손쓸 수 있다는 것은 나 또한 마찬가지였다.

그들이 날 뒤쫓아 와서 기어코 칼을 뽑는다면, 먼저 휘두르는 쪽은 내가 될 것이다.

"24시간?"

"예, 대충 예측했던 대로 될 것 같습니다. 저희는 게이트 입장 정원을 꽉 채우는 방식으로 놈들이 밖에서 들어오는 것을 막을 수 있겠지만, 마스터는 혼자니까 놈들은 반드시 요정 왕녀의 게이트로 진입할 겁니다."

"흠."

"그럼 마스터는 게이트 안에서 놈들을 정리하시면 됩니다. 그러고 나서 다음 단계로 들어가시죠."

마치 디저트를 먹은 뒤에 메인 요리가 나온다는 사실을 알리는 것처럼 아무렇지도 않게 말하는 올노운.

나는 피식 웃었다.

"한성우 헌터, 내가 위험할 수도 있다는 생각은 안 합니까?"

그러자 그는 평온한 눈동자로 작은 의문을 표했다.

"혹시 위험할 것 같으십니까?"

"……."

거참 사람 무안하게.

"아뇨, 그냥 해 본 말입니다."

"저도 그냥 여쭤본 겁니다. 마스터께선 위험할 일이 없을 것 같습니다."

"칫."

사실 나도 내가 당할 수도 있다는 생각 따위는 전혀 들지 않는다.

단지 게이트 공략에 작게나마 지장이 생기는 것은 피할 수 없겠다는 걱정 정도.

올노운은 마치 내 속내를 다 알고 있다는 듯이 희미한 미소를 지어 보였다.

"위험한 건 도리어 그놈들입니다. 마스터가 위험하지 않게 만들어 주십시오."

"……은근히 으스스하게 말하는 것에 재주가 있으십니다."

"감사합니다."

"수고하세요. 약속 장소에서 봅시다."

나는 그대로 돌아섰다.

모든 게이트 공략이 끝난 뒤, 내가 올노운과 함께 수행할 두 번째 임무.

그것은 이 지구로 악마들이 기어 나오게 된 원인인 EX급 게이트 '대악마의 흑색 지옥'의 차원 역류 흔적을 조사하는 일이었다.

내 추측이 맞다면, 그곳에 '무왕'이라는 무척 모자란 놈이 숨어 있었다.

이만하면 충분했다.

이제는 끝장을 볼 때였다.

공군 수송기 내부.

50여 명의 헌터들이 안락함과는 거리가 먼 좌석에 앉아 있었다.

대부분 스노잉패닉의 클랜원들이었다.

이들의 마스터인 '퀸그레이'는 그리 상쾌한 기분이 아니었다.

'Sh×t. 한국 지사로 발령받았을 때부터 느낌이 좋지 않았는데. 이런 일까지 하게 되다니.'

스노잉패닉은 전 세계에 지사를 둔 글로벌 레이드 클랜이다.

특히 미국, 일본, 중국, 한국에 깊게 뿌리를 박고 있는 조직.

본사는 미국에 있는데, 그 헤드 마스터인 '킹화이트'는 그녀에게 상당히 문제적인 지시 사항을 하달했다.

'한국 클랜들이 올노운을 적대시하는 분위기를 최대한 부채질할 것. 그리고 백수현을 어떻게든 끌어내릴 것.'

무척 괴상한 명령이었다.

물론 한국 내에서도 스노잉패닉은 대형 클랜에 속하지만 비교적 하위권에 속하는 처지였다.

그러니까 여기서 더 치고 올라가기 위해서는 올노운과 무진 그룹과 손을 잡는 것이 나을 텐데…….

'왜 올노운을 깎아내리라고 하는 거지? 백수현은 또 왜 경계해야 하는 걸까?'

이런 의문을 품고 있던 차에 갑자기 올노운이 사망하더니 퀸쿼러스가 만들어졌다.

그리고 클로저스의 클랜 하우스에 수색조를 들여보낸 것.

이 또한 퀸쿼러스라는 조직 안에서 스노잉패닉의 발언권이 줄어들 것을 염려한 본사의 지시 사항이었다.

'그런데 둘 다 억류당했다…….'

제기랄.

클로저스는 침입자들을 잡아냈음에도 불구하고 잠잠했다.

아직은 살려 둔 것 같은데, 아무런 내색이 없었다.

마치 배부른 고양이가 쥐새끼를 가지고 놀 듯 별일 아닌 것처럼 치부당하는 느낌.

"오만해……."

퀸그레이는 그 느낌을 참을 수가 없었다.

붙잡힌 수색조는 그녀가 특히 신용하는 후배들이기도 했다.

그래서 본사의 지침이 따로 없었음에도 불구하고 러시아행을 자처한 것이었다.

퀸그레이는 퀸쿼러스의 공동 대표 격인 진세희와 김주석에게 자신들을 보내 달라고 요청했다.

그래, 분명 그랬는데…….

"흐음, 슬슬 다 온 것 같군."

블랙나이트의 '헤비이스트'가 고개를 끄덕이고 있었다.

"퀸그레이! 이제 내려갑시다! 답답해 죽겠어!"

시끄럽게 떠드는 오성 그룹의 '오성재' 마스터까지.

'제기랄, 난 분명히 우리 클랜만 보내 달라고 했는데…….'

본의 아니게 두 명의 마스터 헌터까지 함께 데리고 오게 된 퀸그레이는 인상을 찌푸리고 있었다.

본사의 헤드 마스터가 이 상황을 그리 좋아하지 않으리라는 것은 너무나 당연했다.

하지만 지극히 상식적인 조치였다.

  ─상대는 사하라사막에서 역대 순위 1위를 차지한 헌터입니다. 원래 전투에 대단한 재능을 가지고 있다고 알려져 있었고, 어마어마한 레벨 업까지 이뤘지요…….

진세희는 단호하게 말했다.

그녀가 자신의 남동생을 잃은 사하라사막을 언급할 때는 모두가 숙연해졌다.

  ─최상위권의 SSR급 헌터라고 가정하고 공격하세요. 반드시 그래야 합니다.

전력을 맞춰야 한다는 결론.

그러므로 두 명의 마스터 헌터와 보좌관들이 따라붙은 것이다.

덕분에 원정대의 규모는 상당했다.

"전원 강하 준비!"

"강하 준비 완료!"

수송기의 후면부가 열리고 시베리아의 새하얀 풍경이 발밑으로 드러났다.

동시에 노호처럼 거세게 몰아닥치는 소음 속에서 퀸그레이는 마력을 담아 헌터들에게 소리쳤다.

"강하!"

"강하!"

복명복창과 함께 차례차례 아래로 몸을 던지는 스노잉패닉의 헌터들.

퀸그레이를 비롯한 이들은 자신들이 목표를 달성할 수 있을 것이라고 확신하고 있었다.

백수현은 이 시베리아 땅에 묻힐 것이다.

"……마스터들, 이번 작전의 지휘권은 저한테 있다는 것. 절대 잊지 않아야 합니다. Okay?"

퀸그레이가 헤비이스트와 오성재에게 힘주어 말했다.

한데 두 남자는 각기 다른 반응을 보였다.

"알았다니까! 강하! 와호오오오─!"

"……."

오성재는 잔뜩 흥분한 얼굴로 지면을 향해 사라졌다.

그러나 헤비이스트는 퀸그레이를 물끄러미 바라보고 있었다.

"나에게 할 말이 있습니까?"

검은색의 의복과 방어구를 칭칭 휘감아 얼굴을 숨긴 남자는 천천히 고개를 끄덕였다.

"나도 퀸그레이 마스터만큼이나 백수현에게 갚을 것이 있는 사람입니다. 최선을 다할 테니, 걱정하지 마시오."

휙.

그러더니 오성재를 따라서 아래로 몸을 던지는 헤비이스트.

'블랙나이트에서도 갚을 게 있다고?'

잠시 그 말을 곱씹던 퀸그레이는 얼마 전의 사건을 떠올렸다.

'아, 그래. 그때 그 이야기로군. 올노운과 백수현이 블랙나이트에 신인류의 세작이 숨어 있다고 해서 한바탕 난리가 났었지.'

용인 라미아 게이트에서 사살된 '영검'이라는 헌터를 두고 하는 이야기였다.

하지만 이제 올노운은 없다.

든든한 뒷배가 되어 주었던 무진 그룹도 의문의 세력에 의해 빠르게 청산되고 있다.

"뿌린 대로 거두는군. 이런 걸 동양에서는 카르마, 업보라고 하던가?"

피식 웃음을 지은 그녀는 수송기에서 마지막으로 몸을 던졌다.

바람을 찢고 지표면을 향해 떨어지면서도 미소가 가시지

않았다.

여기서 백수현까지 침몰시킨다면 본사와 킹화이트는 분명 자신을 미국으로 불러들일 것이다.

'어쩌면 본사의 수뇌부로 임용될지도 모르지.'

퀸그레이는 그런 즐거운 상상과 함께 마력을 쏟아 냈다.

"Air control!"

[스킬 : '기류 조정'.]

돌개바람이 그녀의 몸을 감싸더니 지면을 향해 부드럽게 인도했다.

일명 '백수현 원정대'는 벌써 상황을 파악하기 위해 움직이고 있었다.

잠시 후.

"퀸그레이, 아무래도 놈이 S등급 게이트에 입장한 것 같다."

"이거 입장 인원이 딱 1명만 채워져 있는데? 혼자 들어갔다는 거지? 햐, 무모한 거야, 미친 거야? 크크크!"

헤비이스트와 오성재가 각기 다른 표정으로 그녀에게 손짓하고 있었다.

침엽수림 사이로 은백색으로 번쩍이고 있는 게이트.

퀸그레이는 모두를 집결시켰다.

[안내 : S등급 게이트 '요정 왕녀의 은빛 숲'에 입장할 수 있습니다. 입장하겠습니까?]

대답은 정해져 있었다.

"Yes."

뿜어져 나온 거대한 빛이 모두를 집어삼켰다.

퀸그레이와 헌터들은 자신만만한 표정으로 내부로 진입했다.

그러나 바로 다음 순간.

콰아아아아아ㅡ!

시작과 동시에 몰아닥친 화염의 폭풍에 어처구니없이 휘말리고 말았다.

믿을 수 없는 일이었다.

❦

거대한 자작나무 숲이 은백색 얼음 입자들의 운무를 가득 머금고 있다.

나에게는 익숙한 풍경이었다.

[알림 : S등급 게이트 '요정 왕녀의 은빛 숲'에 입장했습니다.]

눈앞으로 시스템 메시지들이 연달아 떠올랐다.

이번 게이트에 대한 정보 공지였다.

〈요정 왕녀의 은빛 숲〉

[게이트] 요정왕의 셋째 딸은 치명적인 아름다움을 가졌다고 합니다. 그러나 더욱 치명적인 것은 그녀의 궁술입니다. 침입자들에게 자비를 베풀지 않는 요정 왕녀에게 승리하고 숲을 정복하십시오.

등급 : S등급

미션 :

1. 숲의 중심부에 있는 '어떤 보물'을 획득하십시오.

2. 미니 보스 '궁수대장 니다르'를 처치하십시오.

3. 게이트 보스 '요정 왕녀 이엘린'을 제압하십시오.

현재 상태 : 공략을 기다리고 있습니다. 남은 시간은 18일 9시간 45분입니다. 입장 가능 인원은 49명입니다.

보물? 별것 아니었다.

'실버 퀴버'라는 이름을 가진 화살집이었다.

대상을 응결시키는 마법 스킬이 귀속되어 있긴 하지만, 아공간 주머니를 능숙하게 부릴 수 있는 수준의 헌터라면 거추장스러워서 쓰지 않을 아티팩트였다.

그러니 1번 미션은 업적 수집의 의미 정도였다.

하지만……

'요정 왕녀와 궁수대는 상당히 까다로운 상대란 말이지.'

게이트의 등급이 올라가면 게이트 몬스터들의 수준도 올라가는 것은 당연한 상식이다.

이른바 '엘프'라고도 불리는 요정들.

이들은 지금처럼 S등급 이상의 게이트에서 진정한 위력을 발휘하는 종족이었다.

조심스럽게 움직이지 않으면 나 또한 순식간에 벌집이 될 터였다.

'뭐, 여차하면 에어바이크로 게이트 탈출을 시전할 수도 있겠지만…….'

그래도 그럴 일이 없길 바라야지.

마드리드에서 채윤기와 한겨울을 탈출시킬 때 소모된 마력석은 어지간한 중형차 한 대 가격이었다.

무엇보다 게이트 중도 실패는 상황을 꼬이게 만들 것이다.

'그리고 이건 내 자존심이기도 하니까.'

실패는 없어야 한다.

나는 자작나무 숲 안쪽으로 천천히 들어섰다.

"보자, 저쪽인가?"

내가 길을 잡았다는 것이 이 근처가 안전하다는 뜻은 아니었다.

정확히 말하자면 그 반대였다.

'요정족 수색병들이 설치해 둔 함정들.'

S등급 게이트답게, 강력한 마법 장치가 대거 포함된 함정들이 이곳에 깔려 있었다.

하나하나에 알람까지 설정되어 있어서 일단 발동되기만 하면 추격자들이 따라 붙을 가능성이 컸다.

그야말로 지뢰밭.

아무리 조심해서 걸음을 옮긴다고 발목을 잡힐 가능성이 큰 곳이었다.

하지만 나는 과감하게 들어섰다.

'함정을 제대로 지나가기만 하면, 오히려 이 루트가 빠르고 안전해.'

나는 요정족이 다루는 모든 종류의 함정을 전부 파악하고 있었다.

그러니 탐지는 물론이고, 함정을 역이용하는 것도 가능했다.

'즉, 일석이조를 거둘 수 있는 루트란 말이지.'

나는 이 지역의 마법 함정을 개조하여, 내 뒤를 따라올 불청객들에게 축포를 쏴 줄 생각이었다.

말하자면 이 지뢰지대에 들어가 뒤 지뢰를 죄다 끄집어내서 내 마음대로 쓰겠다는 것이다.

[알림 : 특성 '야성'이 직관을 발휘하고 있습니다. '발 밑의 위험'에 주의하십시오.]

적당한 위치에 도착했으니 방어 수단부터 챙겨야지.

나는 마침 완성되어 있던 철만 아저씨의 새 작품을 착용하고 왔다.

바로 '거인견' 프로젝트의 결과물이었다.

〈융견(戎肩)〉

[방어구][S등급] 명장의 손끝에서 시작되어 고대 종족의 마법 정수까지 더해진 갑옷.

마력을 불어넣어 다양한 기능을 활성화시킬 수 있다.

효과 : 체력 +4, 마력 +4

귀속 스킬 : 철견 돌격, 영역 확장, 권능 기억.

아저씨가 만들었던 '철견'이 어깨를 보호하고 마력을 더해서 무투의 파괴력과 방어력을 더하는 물건이었다면.

내가 주문했던 '거인갑'은 마법 공학을 통해 형태와 크기를 자유롭게 조절할 수 있는 만능형 아티팩트였다.

공교롭게도 두 장비 모두 공격과 방어에 두루 사용할 수 있다는 공통점이 있었다.

……그래서 하나로 합쳐볼 수 있겠다는 생각을 해보았다.

나는 새 장비를 향해 명령했다.

'융견, 활성화.'

그러자 갑옷은 곧바로 반응했다.

어깨에 부착된 본체에서 새로운 금속 부속들이 차곡차곡 연결되며, 몸을 타고 흐르듯 하체까지 휘감았다.

완벽한 메카닉 슈트.

마치 영화 속 히어로처럼 손바닥이나 가슴에서 광선이라도 쏟아 낼 것 같은 느낌이었다.

하지만 이 갑옷은 어디까지나 '기반'이었다.

'내 힘과 결합되어야 진가를 발휘하는 물건이지.'

나는 곧바로 세비지 에너지를 이끌어내어 구석구석으로 밀어 넣기 시작했다.

융견(戎肩)과의 융합(融合).

철만 아저씨와 머리를 맞대고 설계한 융견이 진정한 값어치를 드러내기 시작했다.

[안내 : 지금부터 융견이 세비지 에너지를 따로 저장할 수 있습니다.]

[안내 : 개시된 권능에 따라 융견의 형태가 변화할 수 있습니다.]

[정보 : 융견의 형태 유지에는 소모값이 없습니다.]

"좋아."

즉, 내가 사용하는 야성 특성의 일정 부분을 더 확장시켜 사용할 수 있도록 안배한 것이다.

이런 어마어마한 장비를 개발하느라 바빴던 철만 아저씨는 우리 클랜 하우스로 작업실을 옮기는 것까지 미뤄야만 했다.

'아마 지금쯤은 이코와 헌드레드의 도움을 받아서 들어오셨겠지.'

나는 필요한 권능을 전개했다.

우선 이 루트의 구석구석에 빼곡하게 설치되어 있는 함정들을 정확하게 꿰뚫어 볼 수 있도록…….

[알림 : 권능 '탐색자 고양이의 수염'이 결합할 준비를 마쳤습니다.]
[안내 : 권능 '추적자 들개의 집념'이 결합할 준비를 마쳤습니다.]
[권능 : '네발짐승의 육감'.]

두 가지의 탐지 권능을 융합했다.

눈에 보이지 않도록 숨겨진 모든 요소를 찾아낼 강력한 조합이었다.

육감 권능은 최대한 넓은 범위까지 펼쳐져 마법 함정들을 색출하기 시작했다.

다음으로는 이 함정들의 메커니즘에 개입하고, 설령 폭발을 일으키더라도 감당할 수 있는 지배력이 필요했다.

[권능 : '해결사 황소의 뿔'.]

이마에서 돋아난 뿔에서 강력한 마력 파장이 쏟아져 나

왔다.

모든 타격을 상쇄시키는 날카롭고도 단단한 힘.

'이거라면 탐침봉이면서 방패가 될 수 있지.'

나는 이 위력을 전신으로 전이시켰다.

즉, 융견이라는 아티팩트 전체에다 '해결사 황소의 뿔'의 효과를 뒤집어씌우는 것이다.

'특히 손끝으로.'

슈욱!

양손의 융견이 변이하며 손가락 끝에서 뾰족한 가시 형태가 만들어졌다.

그리고 내가 여기서 황소의 권능을 꺼 버리더라도……

[안내 : 권능의 효과가 유지되고 있습니다.]

[안내 : 권능의 효과가 유지되고 있습니다.]

[……]

방어력과 손끝의 가시는 그대로 유지된다.

"됐다."

이거면 어마어마한 세비지 에너지를 아낄 수 있을 것이다.

나는 본격적으로 걸음을 옮기기 시작했다.

그리고 발밑에서 감각을 건드리고 있는 함정들에게 접근했다.

무엇보다 조심스럽게 해야 하는 데다가 꽤나 번거로운 작업이었지만…….

'훌륭한 환영 인사가 되겠지.'

스노잉패닉에게 패닉을 안겨 줄 선물이 될 예정이었다.

❦

최원호의 이러한 노림수는 완벽하게 들어맞았다.

탐지 범위가 현격하게 늘어난 마법 함정들은 스노잉패닉의 헌터들이 뭔가를 알아차리기도 전에 폭발을 일으켰다.

아니, 폭발 이상의 폭발이었다.

"기습이다! 막아라!"

"아, 아니야! 모두 물러서!"

"크아아악!"

사방에서 화염과 함께 화살, 단검, 표창 따위의 날붙이들이 쉴 새 없이 쏟아지고 있었다.

교묘한 궤적과 각기 다른 빠르기에 헌터들은 혼비백산할 수밖에 없었다.

퀸그레이는 악몽이라도 꾸는 기분이었다.

"어째서! 왜!"

헌터들이 이제 막 게이트에 진입한 타이밍이다.

특히 게이트의 정보가 공지되는 순간이라면 어떠한 이벤

트도 발생하지 않는다는 것.

깨진 적이 없는 게이트의 불문율이었다.

물론 규칙으로 공지된 적은 없었지만, 그래도 여태껏 이런 일은 단 한 번도 없었는데…….

"대체 이게 뭐냐고!"

퀸그레이는 비명을 내지르면서도 손을 들어 올렸다.

동시에 분수처럼 사방으로 뿜어져 나오는 마력.

"펼쳐라!"

[스킬 : '이머전시 실드'.]

말 그대로 긴급 방어막이었다.

소모되는 마력은 어마어마하지만, 그만큼 위력이 강력하며 마법 공격이든 물리 공격이든 가리지 않고 배제시키는 강력한 방어막이었다.

그녀로부터 힘의 장막이 펼쳐진 순간.

"굳건하게. 타이탄 실드……!"

"여기서 일어나라, 철의 장벽!"

남헌터들의 주문까지 연달아 이어지며 불길이 훅 밀려 나갔다.

헤비이스트와 오성재.

두 사람은 순수 마법사가 아니었으므로 주문 영창이 상대적으로 길었고, 위력 또한 퀸그레이의 것과 비교하기는 어려운 수준이었다.

하지만 그들 덕분에 스노잉패닉의 헌터들 서너 사람이 목숨을 건졌다.

"고맙습니다, 마스터들!"

"별말씀을."

"고마우면 돈으로 계산하시든가!"

세 마스터는 각자의 마법 방어막을 강화하고 움직이며 불길을 더 먼 곳으로 밀어냈다.

잠시 뒤.

스윽.

의문의 공세가 멎었고, 쏟아지던 화염도 가라앉았다.

하지만 퀸그레이는 여전히 악몽을 꾸는 듯했다.

욕설을 참을 수가 없었다.

"……F×ck."

무려 다섯 사람이 무의미하게 죽어 버렸으니까.

모두 SR급의 1군 헌터들로 꾸린 '백수현 원정대'였기에 몰살당하는 일은 없었다.

하지만 이건 그만큼 고급 인력에 속하는 다섯 명을 허무하게 잃었다는 의미이기도 했다.

"F×CK……!"

그녀느 분노와 의문을 참지 못하고 고함을 내질렀다.

하지만 지금은 절망에 빠져 있을 때가 아니었다.

뭐가 어떻게 됐는지는 모르겠지만, 공격을 당했다는 것은 지금의 위치가 발각되었다는 뜻과도 같았다.

그렇다면 최대한 빠르게 다른 장소로 이동해야만 한다.

"뭣들 하고 있어! 전부 빨리 움직여!"

"부상자는 이동형 소환수를 불러내서 태우고 이동한다!"

"모두 체력이 모자라지 않게 가속 포션과 체력 포션을 사용해라! 아끼지 마!"

그들은 아마추어가 아니었다.

글로벌 클랜의 일원이자, 차원통제청과 퀸쿼러스 연합을 등에 업고 그 막대한 지원을 물 쓰듯 사용할 수 있는 '백수현 원정대'였다.

퀸그레이의 지휘에 따라 헌터들은 순식간에 은빛 숲의 동쪽으로 이동했다.

시작이 좋지 않았지만, 퀸그레이는 최대한 침착하게 생각하려 노력했다.

'일단 안전한 곳에서 베이스캠프를 치고, 신중하게 상황을 살피면서 백수현을 추적한다.'

이곳은 공략되지 않은 S등급 게이트이며, 그 말은 어떤 일이든지 벌어질 수 있다는 것.

퀸그레이는 그 명제를 떠올리며 마음을 추스릴 수 있었다.

"지브리드, 킬세븐! 탐색 마법을 준비해! 그리고 너희는……."

그녀가 헌터들을 불러서 작전을 지시하고 있던 그때.

"음?"

"헤비이스트, 당신도 느꼈나?"

다른 두 마스터가 서로 눈을 맞추며 입을 열었다.

어떤 감각 때문이었다.

"그래, 나도 느꼈다."

"뭐야? 뭐였을까? 좋지 않은데. 더럽게 오싹한 느낌이……."

두 남자가 숲의 안쪽을 살펴보며 느리게 고개를 기울이던 그 순간.

쉬시시시식!

섬뜩한 소리와 함께 섬광이 빗발쳤다.

이번엔 불길과 암기가 아니었다.

그보다 더 지독한 화살 세례.

일시에 시작된 기습 공격에 앞선 아비규환에서 살아남았던 헌터들 예닐곱 명이 동시에 쓰러졌다.

"아악! 다, 다시 적습입니다!"

"모두 엄폐해! 방패라도 꺼내!"

"마스터어어어!"

"……."

비명이 터져 나온다.

눈앞에서 화살에 맞아 목이 꿰뚫리는 수하들의 모습에 퀸그레이는 반사적으로 이머전시 실드를 전개했다.

하지만 방어막은 숭덩숭덩 뚫리며 제 역할을 하지 못했다.
그녀가 동요하며 마력이 정확한 흐름을 잃었기 때문이다.

'아니야. 이건 꿈일 거야. 꿈이어야만 해…….'

'백수현 원정대'와 퀸그레이는 숲 안에서 움직이는 요정들
의 존재를 분명히 느끼면서도 속수무책으로 당할 수밖에 없
었다.

이것이 바로 최원호의 안배였다.

콰우우…….

등 뒤에서 폭음이 아스라이 들려왔다.

거리가 꽤나 멀기도 했거니와, 거의 대부분의 함정들을 반
대 방향으로 돌려놓았기에 이쪽을 향해서는 작은 산들바람
조차도 불어오지 않았다.

잠시 뒤를 돌아보니 불기둥이 치솟는 광경이 희미하게 보
였다.

동시에 느껴지는 옅은 마력 파동들까지.

-기습이다! 막아라!
-아, 아니야! 모두 물러서!

네발짐승의 육감을 끌어 올리자 목소리들이 머릿속으로 그려졌다.

인간 헌터들이었다.

드디어 스노잉패닉이 내 뒤를 쫓아온 것이다.

'정말 생각보다 빨리 왔네.'

그래도 예닐곱 시간은 더 걸릴 듯했는데, 일찍 움직이기를 잘했구나 싶었다.

일단 함정이 발동되었으니 요정족이 움직이기 시작했을 터.

적어도 지금은 저들에게 신경을 기울일 필요가 없었다.

오히려 내가 있는 지점을 요정들이 거쳐 가지 않을지 집중해야만 했다.

나는 가능한 한 에너지의 파장을 최대한 줄이며 앞으로 나아갔다.

눈으로 뒤덮인 거대한 자작나무 숲의 정중앙 부근에 첫 번째 미션 목표물인 '실버 퀴버'가 숨겨져 있었다.

'보자. 이 근처였는데?'

〈실버 퀴버(Silver Quiver)〉

[보조 장비][S등급] 요정들의 독립 전쟁을 승리로 이끈 전설적인 영웅 활잡이가 사용하던 화살집이다. 부드럽고 질긴 식생의 줄기를 엮어서 만들었음에도 찬란한 광택으로 인해 아름다운 은색으로 보인다.

특수 : 장비된 화살이 없는 경우, 마법 화살을 자동으로 생성한다. 장비된 화살에는 특수 기능 '마비 사격', '다중화'를 부여한다.

효과 : 민첩 +4, 체력 +3

활을 주로 사용하는 원거리 공격수라면 화살집을 하나쯤 가지고 있는 것도 나쁘진 않을 것이다.

'그렇지만 내가 활을 쓰는 것은 어디까지나 보조 수단이지.'

게다가 난 직접 마법을 사용해서 화살을 만들 수도 있고, 아공간 주머니를 빠르게 열고 닫으며 화살을 꺼내서 쓰는 방식에 통달한 지 오래였다.

즉, 딱히 필요하지 않은 물건이었다.

하지만 그럼에도 불구하고 화살집부터 찾으러 가는 이유는 미션이 걸려 있기도 했고-.

'지금 실버 퀴버를 미리 확보해 둬야 이따가 편해져.'

아티팩트 설명이 명시하고 있는 것처럼, 그 은색의 화살집은 요정족의 보물과도 같았다.

물론 게이트에 숨겨진 아티팩트들 중에 그렇지 않은 것이 얼마나 있겠느냐마는, 실버 퀴버는 이 게이트의 몬스터들에게 특히 중요한 물건이었다.

애로우 블리자드. 이 게이트의 요정족 궁수들이 사용하는 강력한 연쇄 사격술.

'애로우 블리자드는 실버 퀴버가 위치를 벗어나면 사용할

수 없거든.'

쉽게 말하자면 스킬의 마법적 원천으로서 역할을 하고 있는 아티팩트였다.

그러므로 실버 퀴버부터 미리 습득해 두면 이 게이트 안에 있는 모든 요정족 궁수들이 약화되는 효과를 누릴 수 있다.

계산해 보자면 약 3할 정도 전투력이 줄어드는 셈이니, 정말 어마어마한 디버프였다.

놓쳐서는 안 될 공략 루트였다.

사박, 사박.

나는 숲 안쪽으로 천천히 스며들었다.

그리고 능선 위에 서 있는 낡은 건축물 하나를 발견했다.

하얀 자작나무를 얼기설기 엮어서 만든 작은 교회당.

'찾았다.'

인간의 기준으로 보자면 농막에 가까운 저 교회가 바로 실버 퀴버를 품고 있는 보관소였다.

물론 저래 봬도 상당한 방어 마법과 경비병으로 무장하고 있는 철옹성 같은 곳이었다.

나는 이 주변을 향해 네발동물의 육감을 최대한 전개해서 숨겨진 함정들을 체크했다.

교회당으로 들어갈 루트를 점검하는 것이다.

그 결과.

'정문보다는 능선을 타고 돌아서 후문으로 들어가야겠다.'

사실 내 원래 계획은 정면을 뚫고 들어가는 쪽이었다.

교회당의 후문 쪽에 궁수들이 다수 잠복하고 있다는 점 때문이었다.

아직 실버 퀴버를 탈취하지 못한 상황에서 10기 이상의 요정 궁수와 대결하는 것은 그리 좋은 선택지가 아니었다.

……그런데 스노잉패닉 덕분에 상황이 조금 바뀌었다.

'후문 능선 근처에 잠복조가 아예 없어. 전부 추격조로 편성된 모양이지?'

재밌는 일이다.

날 쫓아온 불청객들 덕분에 교회당 바깥에서 전투를 치르지 않고 무혈입성을 노릴 수 있게 된 상황.

물론 안에서는 악명 높은 요정 기사단과 붙어야겠지만, 오히려 나에게는 그 공략이 훨씬 쉬웠다.

'요정 기사들을 위해 준비한 게 따로 있으니까.'

절대 실패하지 않는 필승 공략법이지.

나는 능선을 타고 교회당을 향해 이동하기 시작했다.

곳곳에 박힌 마법 함정들을 대놓고 뛰어넘었지만, 역시나 화살은 날아오지 않았다.

"……."

거침없이 교회당의 후문까지 도달한 나는 손잡이에 손을 올렸다.

준비한 것들을 꺼내 두고, 기척이 나지 않게 문을 살짝 열었다.

그리고 특수한 기능을 갖춘 마법 수류탄들이 문 안쪽으로 던져졌다.

툭, 툭, 투툭…….

수류탄들이 작동하기를 기다리며 나는 문을 등지고 앉았다.

한 가지 묘한 생각이 떠오른 것은 그 순간이었다.

'근데 스노잉패닉 클랜원들이 몇 명이나 들어왔길래 여기 잠복조까지 전부 추격조로 재편성한 거지?'

'백수현 원정대'는 숲을 내달리고 있었다.

그들은 모두 야전에서 빠르게 이동할 수 있도록 한계까지 업그레이드된 '밀림의 부츠'를 착용한 상태였다.

포션 지원까지 넘치도록 받고 왔기 때문에 마력이나 체력도 부족함이 전혀 없었다.

"흐으읍……!"

"길을 열어라! 이 뾰족귀들아!"

여기에다 근접 무투파 헌터로서는 국내에서 손꼽히는 수준의 강자인 헤비이스트와 오성재가 선두에 서 있었으니.

콰앙, 쾅―!

원정대는 재앙적인 돌파력을 보여 주고 있었다.

남자들의 주먹에서 꿍음이 일 때마다 자작나무 숲이 터져 나가며 요정 전사들의 붉은 피가 눈밭을 적셨다.

　뒤쫓아 오는 요정 궁수들이 눈보라를 머금은 화살로 급소를 저격하려 해도, 마력 흐름을 되찾은 퀸그레이에 의해 번번이 무위로 돌아가고 말았다.

　그야말로 전차와도 같은 돌진.

　"비켜라!"

　"어떻게든 개활지까지는 가 보자고!"

　사실 마스터급 헌터들이 세 사람이나 모인 만큼 S등급 몬스터들도 그리 어려운 상대가 아니었다.

　앞서 기습 공격에 당하긴 했지만, 전열을 제대로 갖추면 충분히 해 볼 만한 전력이라고 봐도 무방했다.

　이건 베테랑 헌터들로서 내린 계산이었다.

　하지만 퀸그레이는 그리 밝은 표정이 아니었다.

　"……."

　지금 상황이 이상했으니까.

　그러니 경험 따위를 운운할 상황 자체가 아니었던 것이다.

　입장과 동시에 폭격이 터진 것부터 이상했지만, 요정족 몬스터들이 모습을 드러내자 모든 것을 믿을 수가 없게 되었다.

　'요정은 등을 보이는 상대에게 활을 쏘지 않는다고 알려져 있었는데! 특히 여자에게는……!'

　바로 요정족이 가진 종족 특성, '궁휼' 때문이었다.

그러므로 여성 헌터들은 등에 화살을 맞을 일이 없다고 봐도 무방했다.

분명 그랬는데…….

'정말 어떻게 된 거지?'

지금은 그것이 전혀 지켜지고 있지 않았다.

퀸그레이를 포함하여 다섯 명의 여헌터들이 등을 보이며 도망치고 있었음에 불구하고, 요정 궁수들은 조금도 망설이지 않고 거침없이 활줄을 튕겨 대고 있었던 것이다.

삐이이이이- 팍!

"아악!"

"지브리드……!"

또 하나의 여헌터가 새된 비명을 지르며 나동그라졌다.

퀸그레이가 아끼던 수하였다.

하지만 그녀는 멈출 수 없었다.

이렇게 호전적인 요정족 몬스터들이 가득한 숲에서 고립되는 것은 곧 죽음이었다.

그녀의 본능이 그렇게 외치고 있었다.

"조, 조금만 더!"

"거의 다 왔다고……!"

헤비이스트와 오성재의 말대로 탁 트인 개활지로 나가야 했다.

몸을 숨길 수목이 없는 곳이라면 요정 궁수들은 따라붙지 않을 테지만 헌터들은 마법 방어를 엄폐물로 삼을 수 있다.

그러니 그때부터는 정면으로 부딪쳐 볼 만했다.

다음 순간, 숲이 끝나면서 꽤 널찍한 들판이 등장했다.

"됐다! 뛰어!"

"모두 방어막 전개해!"

"계속 달려! 숲에서 최대한 멀어져!"

하얀 눈으로 뒤덮여 있다는 것은 대동소이했으나, 저 끔찍한 자작나무 숲에서 벗어날 수 있다는 것만으로도 반가웠다.

아니나 다를까, 헌터들이 설원의 한복판으로 들어오자 요정 궁수들은 더 이상 따라붙지 않았다.

"일단 궁수들의 사정거리는 벗어난 것 같습니다."

"후우우! 십년감수했네!"

"저 새끼들, 원래 여자는 안 쏘는 거 아니었어?"

헌터들은 안도의 한숨을 내쉬면서도 의문을 표했다.

의문의 폭발과 공격, 뒤이은 추격자들까지.

"……대체 뭐가 어떻게 되고 있는 거지?"

시선들은 일제히 세 명의 마스터에게로 향했다.

SSR급이며 최고의 베테랑인 그들에게 답을 구하는 것이다.

하지만 세 사람도 아는 것이 없었다.

"음…….."

잠시 침묵하던 이들은 능숙하게 행동했다.

"퀸그레이 마스터, 이제 어떻게 하실 겁니까?"

"그래, 처음부터 지휘관을 자처하셨으니까 대책을 내놔야지. 복안이 있으신가?"

"……."

딱 한 사람에게 고민을 몰아주기로 한 것이다.

순식간에 헤비이스트와 오성재의 시선까지 받게 된 퀸그레이.

'F×cking sons of b×tches.'

하지만 그녀는 다시 한번 침착하게 생각하려 노력했다.

그리고 입을 열었다.

"우선 여기서 전열을 재정비합시다. 포기할 필요 없습니다. 상대는 S등급 요정 궁수들이죠. 다들 아시잖아요? 역할 분담과 포지셔닝만 제대로 이루어지면 어렵지 않게 사냥할 수 있는 몬스터들입니다."

퀸그레이의 말에 백수현 원정대 전원이 고개를 끄덕였다.

기습을 당하고 대열이 갖춰지지 않은 상태에서 후미를 잡히는 바람에 피해를 크게 입었을 뿐, 여전히 승산은 충분했다.

보스급도 아닌 노멀 몬스터라면 결코 무서워할 상대가 아니었다.

클랜 마스터는 모두의 눈빛이 되살아나는 것을 느끼며 말을 이어 갔다.

"만약 필요하다면 게이트 바깥으로 나가서 인원 편성을 새로 하는 것도……."

그런데 바로 그 순간, 그림자들이 솟구쳤다.

흰 눈이 무겁게 덮인 들판 한복판에서 난데없이 길쭉한 칼날이 직선으로 내리꽂히더니 거짓말처럼 선혈이 튀었다.

제대로 반응하지도 못했는데 머리통들이 뚝뚝 떨어져 내렸다.

그중 하나는 오성재 마스터의 것이었다.

털썩.

"어, 어……?"

이건 또 뭐야?

눈을 부릅뜬 채 땅바닥을 구르는 머리통들을 멍하니 응시하며, 퀸그레이는 입을 딱 벌릴 수밖에 없었다.

주춤주춤 물러서는 그녀의 앞을 가로막은 헤비이스트가 모두를 향해서 소리쳤다.

"또 기습이다! 전투 준비!"

그러나 그의 외침이 헌터들에게 제대로 전해지기도 전에 은빛의 칼날들은 자취를 감추었다.

그리고 새롭게 눈 바닥을 헤집으며 튀어오르는 인영들.

스걱─!

이번에는 3개의 머리통이 동시에 몸통에서 이탈했다.

퀸그레이는 비로소 상대의 정체를 알아볼 수 있었다.

"요, 요정 기사단!"

개활지에서 절대로 만나서는 안 될 상대들이 이곳에 잠복해 있었던 것이다.

대체 어째서?

왜 하필 여기에?

요정 기사들을 상대하는 가장 쉬운 방법은 '냄새'를 만드는 것이다.

참을 수 없는 지독한 악취일수록 좋고, 장소가 밀폐되어 있으면 더할 나위 없다.

그래서 나는 '오물 폭탄'이라는 특수 수류탄을 준비해 왔다.

푸쉬시시시시-!

문틈으로 코를 찌르는 냄새가 새어 나오고 있었다.

수류탄들이 제대로 작동한 모양이다.

'요정들의 예민한 기감을 흐트러뜨리면 일시적으로 마력을 뽑아내는 능력에 장애가 생기게 되는데, 이때 전투를 유도해서 소드 코트를 사용하도록 만들면 거꾸로 내상을 입게 되지.'

일시적이더라도 마력 체계의 손상의 치명적이다.

이 교회당은 단지 '오물 폭탄'을 서너 개 던져 넣기만 하면 공동묘지로 돌변할 수 있는 곳이었다.

마력을 사용하지 못하는 요정들이라면 장검이 아니라 식칼을 쥐고도 압도할 수 있을 것이다.

하지만 안으로 들어선 순간, 나는 생각을 조금 바꿔야만
했다.

거기엔 딱 하나의 인영만이 서 있었다.

"……음?"

왜 저 녀석이 여기에 있는 거지?

늘씬한 키에 짧게 자른 머리가 듬직해 보였지만 분명한 굴
곡을 드러내고 있는 요정족의 여전사.

바로 이번 게이트의 미니 보스인 궁수대장 '니다르'였다.

[경고 : 미니 보스 '궁수대장 니다르'가 등장합니다!]

시스템 메시지는 나를 놀리는 것처럼 한 박자 늦게 떠올
랐다.

냄새 때문인지 잔뜩 일그러진 요정의 얼굴.

눈이 마주치자 머릿속이 복잡해졌다.

'그럼 요정 기사단은 어디 있는 거야?'

설마 전부 스노잉패닉한테……?

대체 무슨 일이 벌어지고 있는 거지?

❦

교회당 내부.

퀴퀴한 냄새가 장내를 휘도는 가운데, 나는 요정족 궁수와 눈빛을 교환하고 있었다.

"……."

"……."

미니 보스는 아무런 움직임도 보이지 않았다.

그래서 나 또한 침묵을 지키고 있었다.

하지만 머릿속에서는 여러 가지 생각이 요동치고 있었다.

'지금 니다르는 여기가 아니라 요정 왕녀의 옆에서 호위를 하고 있어야 할 타이밍인데? 왜 뜬금없이 여기 있는 거지?'

원래 이곳에 있어야 할 요정족 기사들은 또 어디 있단 말인가?

왜 게이트가 예상과 다르게 작동하고 있는 것일까.

단지 스노잉패닉 때문에?

그들이 어그로를 성대하게 끌어줘서?

'아냐, 그럴 리가 없어.'

그 순간, 니다르가 움직였다.

교회당 중심부를 향해서 달려들었다.

바로 요정족의 성물인 은빛 화살집이 보관되어 있는 유리 상자를 향해 손을 뻗은 것이다.

쨍그랑!

단박에 상자가 부서지며 화살집은 요정의 손안으로 들어갔다.

나는 눈살을 찌푸렸다.

'미친 건가? 애로우 블리자드는 어쩌려고?'

실버 퀴버가 유리 상자를 벗어나는 그 순간부터, 요정들은 애로우 블리자드를 사용할 수 없게 된다.

대체 뭔진 모르겠지만…….

"일단 조지고 보자."

나는 니다르를 향해 신형을 쏘았다.

동시에 무명검을 뽑아서 힘껏 내던졌다.

화살집을 둘러메고 있던 요정은 황급히 몸을 왼쪽으로 틀며 비검을 흘려보냈다.

아주 잠깐 동작이 묶인 그 순간.

[권능 : '대적자 재규어의 혈조'.]

[권능 : '추격자 치타의 질주'.]

손끝에서 맹수의 발톱이 자라났다.

그리고 앞에서 몸을 확 잡아당긴 듯이 움직임이 가속되었다.

다음 순간, 나는 니다르의 코앞에 있었다.

티끌 하나 없는 요정의 얼굴을 향해 새빨간 발톱이 비수처럼 떨어졌다.

내 노림수는 명확했다.

'자, 마력을 써서 피해 봐.'

그러면 마력 체계가 꼬이면서 피를 토하겠지.

나는 이 일격으로 승리를 거둘 작정이었다.

하지만 마력이 일어나는 일은 없었다.

"흡!"

상대는 오히려 짧은 기합과 함께 다시 한번 몸을 비틀었다.

두 갈래의 동선이 교차했다가 한 점에서 맞부딪쳤다.

놀랍게도 실버 퀴버를 마치 방패처럼 내밀어 붉은 발톱과 충돌시킨 것이다.

쾅―!

제법 강렬한 충격.

저 궁여지책처럼 보이는 실버 퀴버가 내 타격을 온전히 받아 냈다는 뜻이기도 했다.

당황스럽네.

나는 눈가를 살짝 좁히며 생각했다.

'이게 우연일까?'

검증해 보자.

난 최대한 몸을 낮추며 오른발을 축으로 빙글 회전했다.

그러면서 상단을 향해서 왼발을 어퍼컷처럼 차올렸다.

분명 제대로 때린 것 같았는데.

터엉!

이번에도 은색의 화살집에 가로막혔다.

나는 진심으로 깊은 흥미를 느끼고 있었다.

'실버 퀴버를 이런 식으로 쓴다고? 대체 뭐지?'

요정들이 방패술에 무지한 것은 아니다.

당장 이 교회당에 있어야 할 요정 기사들은 방패를 상당히 효과적으로 사용하는 몬스터들이었다.

그러나 궁수들은 아니었다.

하물며 일족의 성물이나 다름없는 화살집을 방패로 쓰는 것은 본 적도 없다.

아무리 튼튼하더라도 보물을 휘두르며 싸움을 벌이는 것은 요정들의 방식이 아니었다.

'확실히 뭔가 있어.'

그게 뭘까?

"……."

일단 충격량은 어느 정도 전해졌기에 니다르는 후방으로 주욱 밀려 나간 상태였다.

좋아할 일이 아니었다.

놈에게 활시위를 당길 여유를 줬다는 뜻이었으니까.

끼긱-.

나는 화살이 활대를 떠나는 것을 보지도 않고 몸을 날렸다.

요정족 궁수는 기본적으로 캐스팅이 어마어마하게 빠르다.

하물며 궁수대장인 니다르라면?

타타타타타탓!

제대로 보이지도 않을 만큼 빠르게 활줄을 튕겨 대며 나를 몰아붙일 수 있었다.

광폭하게도 몰아닥치는 화살의 폭풍에 나는 닥치는대로 물러섰다.

가까스로 엄폐물 뒤로 몸을 숨긴 순간.

"……!"

화살이 귓가를 스쳤는지 찌릿한 느낌과 함께 경고 메시지가 떠올랐다.

[경고 : 미약한 움직임 둔화에 주의하십시오.]

실버 퀴버에 귀속된 특수 기능 '마비 사격'이었다.

지금이야 마비가 거의 느껴지지 않을 정도로 효과가 미약하지만, 입은 대미지에 비례해서 마비 정도는 빠르게 심화될 것이다.

나는 작은 아쉬움을 느끼고 있었다.

'여기에 해청이 있었다면 좋았을 텐데.'

무진의 무명검이 아니라 흑해청이었다면, 지금쯤 부메랑처럼 되돌아오면서 추가 타격을 노릴 수 있었을 터.

하지만 안타깝게도 녀석은 아직 신우에게 가 있는 상태였다.

어쩔 수 없는 일이다.

'뭐, 이가 없으면 잇몸이든 입술이든 씹으면 그만이잖아?'

사실 요정이라는 몬스터 종은 야수계의 수인종 헌터에게 카운터펀치와도 같았다.

인간들만큼이나 지능적이며 거의 모든 종류의 무기에 능숙하다.

'원거리, 근거리, 마법, 무기술과 정령술까지.'

진짜배기 올라운더들.

그러니 대부분 근접 전투에 특화된 권능으로 싸우는 수인들이 상대하기에는 제법 골치 아픈 적수였던 것이다.

하지만 난 다르다.

일단 저 건방진 궁술을 그대로 돌려줄 수 있다.

[스킬 : 빛 부수기.]

아공간에서 블랙 포스를 꺼낸 나는 활시위를 팽팽하게 당겼다.

엄폐물 뒤로 등을 감춘 상태라서 표적은 보이지 않았지만…….

'어차피 상관없지. 섬광탄인데.'

나는 교회당의 천장을 향해 겨눈 시위를 그대로 놓아 버렸다.

마법 화살은 한 줄기의 섬광이 되어 천장에 꽂혔다.

슈우우욱―.

확장되는 불꽃.

보는 이의 시신경을 달구어 지져 버리는 백색의 폭발.

사위를 분간할 수 없을 정도로 강렬한 빛이 터져 나온 그 순간.

'지금!'

나는 엄폐물 위로 솟구쳐 나와서 다시 한번 추격자 치타의 권능을 일으켰다.

허벅지 부근의 융견이 모두 활성화되며 만들어진 폭발적인 활력에 힘입어 목표를 향해 직선으로 돌진했다.

니다르는 눈동자에서 초점이 사라진 상태였다.

"……!"

요정은 내 기척을 느꼈는지 활의 조준점을 옮기려 했으나, 이미 너무 늦었다.

나는 지근거리에 도달한 상태였다.

"또 해 봐."

이번에도 실버 퀴버로 막아 내려고 한다면 아예 통째로 찢어발길 것이다.

불가능한 일이 아니었다.

실버 퀴버가 조금 단단하다고는 해도 방패는 아니었으니까.

아니, 꽤 단단한 방패라도 내가 세비지 에너지를 제대로 집중시킨다면 무 자르듯이 가를 수 있었다.

그런데 그 순간.

"항복하겠다."

상대에게서 난데없이 목소리가 튀어나왔다.

"......?"

나는 순간 귀를 의심했다.

지금 니다르가 말한 건가?

"우리의 왕녀님께서 그쪽과 대화하고 싶어 하신다."

그런다고 공세를 멈출 순 없다.

다만 목을 베려고 꺼낸 발톱을 집어넣고, 목을 찍어 누르는 것으로 바꿀 순 있을 것이다.

쾅!

나는 요정의 머리통을 바닥에다 처박은 뒤 입을 열었다.

"지금, 정말 나에게 말한 건가?"

그러나 고고한 궁수대장은 신음소리 한번 내지 않았다.

"그렇다. 이엘린 왕녀님께서 그쪽을 정중하게 모셔 오라고 말씀하셨다."

"정중?"

내가 모르는 사이에 '정중'이라는 말의 의미가 많이 바뀐 모양이다.

아니, 그보다도.

'게이트 보스도 아니고, 이젠 미니 보스까지 나한테 말을 걸어온다고?'

이건 처음 있는 일이었다.

한국에서 게이트 보스인 역병 군주나 라미아 여왕과 이야기를 나눠 본 적은 있다.

그러나 중간급 몬스터에 불과한 미니 보스와 소통한 것은 최초의 사건이었다.

그러므로 나는 의구심을 거두지 않았다.

"모셔 오라면서 화살은 왜 쏴 댔지?"

"……이유가 있었다."

"이엘린 왕녀는 날 어떻게 아는데?"

"그건 직접 만나 보면 알 것이다."

"뭐 하나도 답이 제대로 안 나오는데? 그리고 왜 이렇게 말이 짧아?"

다시 한번 튀어나온 재규어의 발톱이 니다르의 하얀 목을 깊게 찔렀다.

순식간에 붉은 피가 퐁퐁 솟구친다.

"너, 당장 모든 무장을 해제해. 그럼 조금이나마 믿어 줄 마음이 생길지도 모르지. 아, 공손하게 말하고."

"……."

이건 관철될 수 없는 요구였다.

궁수대장은 요정 왕녀의 근위 기사에 해당한다.

어딘가 있을 기사단장보다도 더욱 중요한 위치.

그러므로 적이 협박한다고 해서 활을 놓고 태도를 굽히는 것은 결단코 이뤄질 수 없는 일이었다.

　분명 그랬는데…….

　"알겠습니다. 그렇게 하겠습니다."

　선뜻 말을 높인 니다르는 목을 졸린 채로 자신의 활을 놓아 버렸다.

　방패 역할을 하던 실버 퀴버 역시 마찬가지.

　심지어 품에 숨기고 있던 단검 두 자루까지 바닥에다 던져 버리리는 것을 보며 나는 상당히 당혹했다.

　"아니, 뭔…….."

　진짜 할 말이 없네.

　이 게이트에서 내가 모르는 이상한 일이 벌어지고 있다는 것은 짐작하고 있었지만 이런 건 예상하지 못했다.

　정말 뭐가 어떻게 되어 가는 걸까.

　'아, 이번에도 그건가?'

　신성.

　내 히든 스탯의 존재가 떠오른 것이다.

　잠시 생각에 잠겼던 나는 혈조를 거두지 않은 채로 다시 입을 열었다.

　"너, 혹시 '거짓 사명'이 무엇인지 알고 있나?"

　그러자 니다르는 천천히 고개를 끄덕였다.

　"예, 압니다."

　"……그렇군."

정말 그렇단 말이지.

지금 내 신성 스탯은 43에 도달한 상태였다.

조금씩 성장하고 있는 이 힘과 관련이 있는 일이라면, 조금은 이해가 되는 것 같기도 했다.

궁수대장에게서 손을 거둔 나는 실버 퀴버를 집어 들었다.

그러자 시스템 메시지가 툭 떠올랐다.

[미션 : 숨겨져 있던 '어떤 보물'을 획득했습니다.]

[알림 : 첫 번째 미션을 달성했습니다.]

하지만 나는 그것을 니다르에게 돌려주었다.

미션 보류를 알리는 메시지가 다시 떠올랐지만 신경 쓰지 않았다.

"가져가. 그리고 너희 왕녀에게로 안내해. 아, 100% 신뢰하는 건 아니니까 네 활은 내가 가져간다."

"알겠습니다. 따라오십시오."

목에서 피를 흘리면서도 요정답게 사뿐한 걸음으로 앞서 나가는 니다르.2ㄷ벽에 박혀 있던 무명검을 거둔 나는 그 뒤를 따라나섰다.

'요정 왕녀가 나를 보고 싶어 한다…….'

어쩌면 이번 게이트에서는 오랜만에 '불완전 공략'을 맛보게 될지도 모르겠다.

그런 막연한 예감이 든 순간이었다.

'말도 안 돼. 이건 꿈일 거야. 꿈이어야만 해.'

퀸그레이는 충격에 빠진 채 시체들을 바라보고 있었다.

설원 한복판에서 만난 요정 기사단은 악마와도 같았다.

그들은 침묵에 잠긴 악귀들가 된 것처럼 '백수현 원정대'의
헌터들을 도륙하고 또 도륙했다.

헤비이스트와 오성재라는 SSR급 탱커들이 앞을 막아 주던
상황이었는데, 난전이 시작되며 한 사람이 이탈하자 걷잡을
수가 없었던 것이다.

'오성재 마스터가 죽었어. 수하들도 전부 허무하게…….'

요정 기사들은 가까스로 전부 사냥했으나 살아남은 인원
은 두 사람밖에 없었다.

퀸그레이 자신과 헤비이스트뿐.

"퀸그레이 마스터, 정신 차리십시오."

"하지만 저 때문에…….'

"마스터 때문이 아닙니다. 불행하지만 게이트를 공략하다
보면 충분히 일어날 수 있는 일입니다. 여긴 S등급 게이트잖
습니까?"

"Sh×t! 우린 공략하러 들어온 게 아니었다고요! 그 빌어먹

을 백수현을 죽이러 왔죠! 아닌가요? 네?"

"……."

헤비이스트는 짐승처럼 울부짖으며 무너져내리는 퀸그레이를 가만히 바라보았다.

클랜의 중요 전력을 대거 잃어버린 그녀는 거의 미쳐 버리기 일보 직전이었다.

남자는 한숨을 내쉬었다.

'백수현을 죽이러 왔다.'

정확한 말이었다.

퀸쿼러스와 '백수현 원정대'는 오로지 그 눈엣가시를 제거하기 위해서 타국 정부에 뒷돈까지 찔러 가면서 이곳으로 날아온 입장이었다.

그런데 이렇게 된 것이다.

자신만만했던 원정대의 대부분이 비명횡사하고 말았다…….

헤비이스트는 무거운 목소리로 입을 열었다.

"돌이킬 수 없는 일입니다. 퀸그레이 마스터."

"Shut the f×ck up! You know nothing, D×CKHEAD!(아가리 좀 닥쳐! 아무것도 모르는 새끼야!)"

"아뇨. 저는 그 누구보다 당신의 마음을 잘 이해하는 사람입니다. 전 그놈에게 꽤 많은 동지들을 잃었거든요. 크흐흐흐……."

어딘지 음산하게 들리는 그의 웃음소리에 퀸그레이가 멈칫했다.

이게 무슨 말이지?

"무슨 헛소리를? 블랙나이트 클랜에서 죽은 사람은 그 '영검'이라는 신인류 조직원밖에 없을 텐데?"

하지만 돌아오는 대답이 없었다.

그리고 다음 순간.

퀸그레이는 자신의 가슴을 뚫고 들어간 검을 발견했다.

푸왁!

번개 같은 일격은 여자의 심장과 폐부를 깊게 뚫으며 피분수를 일으켰다.

풀썩 무릎을 꿇은 퀸그레이.

그녀는 흐려지는 의식 속에서도 새롭게 떠오른 가능성에 눈을 부릅떴다.

"서, 설마 당신?"

블랙나이트의 클랜 마스터는 천천히 고개를 끄덕였다.

"네, 신인류입니다. 한성우와 최원호 때문에 가장 곤란한 사람이라고 할 수 있겠습니다."

"뭐? 누구라고……?"

"쯧, 당신들이라면 놈들을 사냥하는 것에 도움이 될 것 같았는데, 도저히 안 되네요. 어쩔 수 없이 여러분의 시체를 사용하는 쪽으로 하겠습니다."

"아, 안, 돼."

"미안하지만 됩니다."

검이 확 뽑히자 퀸그레이의 몸은 힘없이 쓰러졌다.

이로써 헤비이스트는 혼자가 되었다.

얼굴에서 검은 복면을 확 뜯어낸 남자는 죽은 헌터들을 바라보며 쯧 혀를 찼다.

"어지간하면 이런 짓은 하고 싶지 않았는데요. 결국엔 지저분해지고 말았네요. 뭐 어쩔 수 없는 일이죠."

가장 충실한 종복의 몸을 빌린 '이사장'.

남자는 천천히 힘을 일으키기 시작했다.

냄새가 없는 마력.

모든 차원에 흐르는 가장 순수한 마력…….

'그렇기에 어떤 색깔로도 뒤바꿀 수 있는 힘이지요.'

그는 그것을 잉크로 삼아 허공에 마법진을 그리기 시작했다.

방금 죽은 자들을 다시 세상으로 불러낼 호출 명령이었다.

❧

"너, 출혈이 멈추지 않는데?"

"신경 쓰지 마십시오."

"음…….."

신경 쓰지 않기가 힘들었다.

니다르의 목 근처에서는 계속해서 피가 흐르고 있었다.

벌써 상의가 다 붉게 젖어 버릴 정도였다.

당연한 말이지만, 그건 나 때문이었다.

앞서 내가 펼친 재규어의 혈조에 깊게 찔린 여파가 아직도 남아 있었던 것이다.

'출혈에 의한 누적 대미지를 주는 히든 옵션이 있었지.'

그 때문에 나에게 등을 보인 채로 숲길을 걸어가는 요정의 발걸음은 점점 느려지고 있었다.

어깨가 들썩거리는 것을 보니 호흡도 힘들어진 듯했다.

아, 고민되네.

'회복 포션이라도 하나 줘야 하나? 그래도 몬스터잖아? 하지만 내가 상처 입힌 건데.'

생사를 놓고 싸우다가 갑자기 일이 이렇게 되니 참 애매하게 곤란해졌다.

턱을 긁적거리던 나는 결국 아공간을 열었다.

요정에게 인간 헌터의 회복 포션이 들을지는 모르겠지만.

"자, 이거 받아. 절반은 먹고 절반은 상처에 뿌려. 이상한 거 아니니까 걱정 말고."

"사양하겠습니다."

"지금 걷는 게 느려지니까 주는 거야. 궁수대장이 심부름하다가 과다 출혈로 업혀 오면 너희 왕녀가 뭐라고 할 것 같아? '참 잘했어요.'라고 하지는 않을 것 같은데?"

"……."

그러자 니다르의 눈빛이 조금 바뀌었다.

결국 내가 건넨 포션을 받아 든 요정은 마개를 뽑고 시원하게 원샷을 때렸다.

나는 헛웃음을 지었다.

"절반은 상처에 뿌리라니까?"

"우리 종족은 신진대사의 특성상, 회복 물약을 마시는 쪽이 더 효율이 좋습니다. 지금은 딱히 긴급 공략 상황도 아니니까요."

"뭐?"

돌아온 대답에 나는 입을 다물어야만 했다.

그 말이 주는 느낌 때문이었다.

방금 그건 마치 몬스터가 아니라 헌터가 하는 말 같았다.

"뭐야? 그럼 너희도 물약이 있다는 건가? 하지만 난 몬스터들이 물약을 쓰는 모습은 본 적이 없는데?"

"그야 몬스터로서의 사명이 작동하고 있을 때 보았으니 그렇겠지요."

"잠깐만. 그 말은……."

"제가 너무 주제넘게 떠들었군요. 자세한 건 이엘린 왕녀님께서 하실 겁니다. 어쨌든 물약은 감사합니다."

"……."

니다르의 발걸음이 다시 빨라졌다.

우리는 침묵 속에서 자작나무 숲을 통과했다.

그리고 목적지에 도달한 순간.

[알림 : 히든 스탯 '신성'이 반응합니다.]

[경고 : 미지와의 조우는 위험할 수 있습니다!]

나는 몸속에서 뭔가가 찌르르 울리는 감각을 느꼈다.

그리고 그녀를 발견했다.

얼음을 깎아서 만든 것처럼 아름다운 요정.

왕녀는 눈으로 뒤덮인 숲속에 가만히 선 채로 이쪽을 바라보고 있었다.

요정 왕녀 '이엘린'.

그녀는 내가 야수계에 있던 시절에 직접 목을 부러뜨려 죽인 적도 있었던 S등급 게이트 보스였다.

검술, 궁술, 마법 무엇 하나 모자란 것이 없는, 그야말로 올라운더의 표본과도 같은 고난도 몬스터였다.

하지만 지금은 달랐다.

직감이 말하고 있었다.

'저건 몬스터가 아니야.'

거짓 사명을 완전히 떨쳐 낸 지성 생명체.

적어도 지금 이 순간에는 분명 그러했다.

나를 향해 사뿐사뿐 다가온 그녀는 오른손을 가슴 위에 올리며 예를 갖췄다.

그리고 꺼낸 첫마디.

"당신을 뵙습니다. '위대한 영원의 조각'이시여."

……거창하다.

정말이지 걷잡을 수 없을 만큼 거창했다.

"당신을 이 눈과 귀로 뵙게 되어 진심으로 영광입니다. 저는 카이아도르 일족의 어린 요정, 이엘린입니다."

장대한 인사말에 잠시 얼었던 나는 간신히 고개를 끄덕이는 것에 성공했다.

머릿속에서는 이엘린의 목소리가 맴돌고 있었다.

'위대한 영원의 조각이라…….'

이엘린 왕녀는 나를 둘러싸고 있는 가장 거대한 비밀에 대해서 알고 있는 듯했다.

그렇다면 우린 할 얘기가 꽤 많을 것이다.

좋게 끝나야 할 텐데.

　　　　　　　　　　❦

니다르는 피로 축축한 상의를 벗어 두고 새 옷에 팔을 끼우며 생각했다.

'물약의 성능이 무척 뛰어났다.'

목에 생겼던 상처가 지금은 흔적도 없이 사라진 상태였다.

아까 인간 남자에게 받은 회복 물약 덕분이었다.

텅 빈 유리병을 잠시 바라보던 궁수대장은 위험한 생각을 떠올렸다.

'그럼 이 인간들의 세계조차도 우리 세계보다 더 뛰어나다는 뜻일까?'

요정들의 세계에도 체력을 회복시키는 물약은 존재했다.

그러나 이 정도의 순도를 갖추지는 못했다.

'오르카니스'라는 이름으로 명명된 지구-17에서 흐르는 마력의 성질 때문이었다.

전쟁과 전투보다는 조화와 평화를 추구하는 마력.

흐름 자체가 유순하고 느리기 때문에 상처를 재생시키는 것도 비교적 더딜 수밖에 없었던 것이다.

"칫."

가볍게 불만을 표시한 니다르는 야영지 정중앙에 있는 주군의 거처로 향했다.

카이아도르 일족은 눈과 얼음을 곁에 두는 요정들이다.

그렇기에 모든 거처는 목조 토대 위에다 눈과 얼음, 약간의 마력을 단단하게 뭉쳐서 지어 올리는 고유한 건축 양식을 가지고 있었다.

그리고 그 두꺼운 얼음 벽 너머에서…….

"당신들은 대체 뭡니까?"

"요정입니다. 아마도 당신들의 세계에는 존재하지 않는 종족이겠지요. 하지만 우리와 당신들은 전혀 다르지 않은 존재들입니다."

"……."

차원과 세계에 대한 이야기가 시작되고 있었다.

이것은 최원호에게 손영하를 추적할 수 있는 결정적인 실마리가 되어 줄 수 있는 대화였다.

"다르지 않다? 요정들도 헌터가 있다는 겁니까?"

"네, 우리 세계에도 게이트를 공략하고 폐쇄하는 임무를 수행하던 '수호자'가 있었습니다. 당신께선 그들을 '헌터'라고 부르시는군요?"

차근차근 이야기할 생각이었는데, 그건 도저히 힘들어졌다.

최원호는 황급히 캐물었다.

"그런데 왜 몬스터가 된 겁니까? 거짓 사명은 왜……?"

"우리 세계가 패배했으니까요."

"……!"

이엘린의 쓸쓸한 대답에 최원호는 한숨을 집어삼켰다.

차원 전쟁의 결말.

'역시 그렇게 되는 건가?'

"저희도 이렇게 될 줄은 몰랐답니다. 미처 폐쇄시키지 못한 몇몇 게이트들이 차원 역류를 일으키고, 마력 팽창과 함께 몬스터들을 바깥으로 뱉어 냈을 때까지만 해도…… 그냥 앞으로 잘하면 될 거라고 생각했어요. 하지만 아니었죠."

"어떻게 된 겁니까?"

"모든 게이트가 역류했고, 저희 요정들은 오우거에게 정복 당했어요. 결과적으로는 요정족 전체가 게이트로 추방당했 습니다. 우리의 세계는 영영 수복할 수 없게 되어 버렸고요."

종족 전체가 게이트로 추방당했다고?

이게 정확히 무슨 말일까?

이엘린은 의문을 표하는 최원호에게 차근차근 설명했다.

"아시겠지만 게이트는 세계와 세계를 연결하는 통로입니 다. 말하자면 방과 방을 이어 주는 복도 같은 것이지요. 그런 데 투숙객이 방을 빼앗긴다면? 그땐 어떻게 될까요?"

"복도에 있을 수밖에……?"

"네, 그거예요. 저희 요정들은 복도를 떠돌며 다른 방을 기웃거리는 신세가 된 거랍니다."

"……!"

알기 쉬운 비유였다.

각 세계를 연결하고 상호 간의 정복 전쟁을 유도하는 것.

이것이 생성과 폐쇄를 거듭하는 게이트의 존재 이유였던 것이다.

'야수계는 모든 게이트를 다 폐쇄시키면서 자존할 수 있게 되었지만, 요정들의 세계는 반대였구나.'

이건 마드리드에서 만난 여신이 풀어놓았던 설명과 정확

하게 맞물리는 이야기였다.

최원호는 잠시 생각하다가 한 가지를 되물었다.

"당신들이 살았던 세계의 이름은 뭡니까? 역시 '요정계'인가요?"

"음, 시스템은 그렇게 부릅니다만, 저희는 저희 세계를 '오르카니스'라고 부릅니다. '어머니 숲'이라는 뜻이지요."

"오르카니스. 알겠습니다. 그럼 요정들이 오르카니스를 다시 침공할 수는 없는 겁니까? 오우거들에게서 다시 빼앗아 오는…….'"

이엘린은 고개를 저었다.

"불가능합니다."

"어째서요?"

"모르시겠습니까? 당연히 '거짓 사명' 때문이지요. 일단 한번 정복당한 세계의 주민들은 여러 게이트로 뿔뿔이 흩어지게 됩니다. 그리고 오로지 게이트의 몬스터로 기능하며, 전투–죽음–부활을 무한히 반복하게 됩니다."

"하지만 오르카니스에서 요정 타입 게이트가 역류한다면……!"

"모두가 돌아올 수 있는 것은 아니니까요. 설령 오르카니스로 돌아오더라도, 그건 영혼을 잃은 노예 검투사로서 존재하는 상태에 불과해요. 존재의 본질을 잃은 상태에서는 우리의 태양조차도 알아보지 못할 겁니다."

그 말을 듣는 순간, 최원호의 머릿속에 번쩍 떠오른 것.
바로 드래곤 '벤테시오그'의 이야기였다.

–환상은 본질의 반영이다.
–촛불이 비추고 있는 한, 본질과 환상은 불가분의 관계지.

……분명 불가분의 관계지만 환상이 본질을 대체할 수는
없을 것이다.
"그래, 그렇군. 이제 조금 이해가 될 것 같기도 해."
최원호가 그렇게 작게 중얼거리자, 이엘린의 얼굴이 확 밝
아졌다.
"정말인가요? 솔직히 '세계의 패배'를 경험해 보지 못한 당
신께는 이해하기가 어려운 문제일 거라고 생각했는데요!"
"전부를 이해한 건 아닙니다. 특히 차원 역류에 대해서
는……."
손영하를 떠올린 최원호가 말끝을 흐리자 요정 왕녀는 오
히려 이상하다는 듯이 고개를 기울였다.
"음? 차원 역류가 어려울 게 있나요? 직접 겪어 보셨잖아
요?"
"예. 그렇긴 한데……."
순간 새로운 질문이 떠오른 최원호가 이맛살을 살짝 구기
면서 입을 열었다.

예전부터 궁금했던 것이다.

"어떻게 그걸 아십니까? 제가 차원 역류를 겪고도 인간계로 돌아왔다는 것이 어디에 공지되기라도 했습니까?"

라미아 여왕과 역병 군주 또한 그가 차원 귀환자라는 사실을 알고 있었다는 것이 퍼뜩 떠오른 것이다.

이엘린은 싱긋 웃었다.

"당신께서 품고 있는 '거신의 조각'은 우리 같은 패배 종족에게 일종의 등불과도 같습니다."

"등불이라고요?"

"예, 주어진 거짓 사명을 잠시나마 잊게 하고, 본질을 되찾아 주며, 우리의 세계를 다시 찾을 수 있을지도 모른다는 '희망의 등불'이랄까요? 후후후!"

"어째서요? 도대체 이 조각이 뭐라고⋯⋯?"

대답은 복잡하고도 단순했다.

"'영원'이라는 거신께서는 이 차원 전쟁들을 원하지 않으셨습니다. 그렇기에 자신의 신격을 조각내서 우리 같은 자들을 위해 남겨 두셨습니다. 마지막 남은 구원의 길이죠."

"⋯⋯."

"그래서 그 조각을 가진 당신께서도 우리들의 등불이 된 겁니다."

즉, 사라진 거신이 안배해 둔 일이라는 뜻.

잠시 생각에 잠겼던 최원호는 요정 왕녀를 똑바로 바라보앗다.

그리고 어쩌면 이 자리에서 가장 중요한 질문이 될지도 모르는 질문을 꺼내 놓았다.

"그럼 당신들은 나에게 뭘 원하는 겁니까? 분명히 원하는 게 있을 것 같은데요."

"하하, 뭔가 예상한 게 있으신 듯하네요?"

"네, 어느 정도는 그렇습니다."

조용히 눈빛을 빛내고 있는 남자.

고귀한 요정은 망설이고 있었다.

정말 이야기해도 될까?

이 인간 남자에게 종족의 명운을 건 제안을 던져도 될까?

"후우."

꽤 시간을 주저하던 이엘린의 입술이 천천히 열렸다.

문가에 선 나디르와 시선을 교환한 뒤, 그녀는 목소리를 냈다.

"당신께서 괜찮으시다면, 그러니까 당신의 세계에서 허용할지는 모르겠지만 말이죠. 부디 저를 당신의 반려……."

그러나 바로 그때.

최원호는 앉은 자리에서 벌떡 몸을 일으켰다.

그리고 고개를 돌려서 어딘가를 맹렬히 노려보기 시작했다.

마치 유령이라도 본 것처럼 딱딱하게 굳어진 표정이었다.

"음? 갑자기 왜 그러시죠?"

"……."

최원호는 무어라 대답하지 않았다.

어차피 목소리를 내더라도 폭음에 묻혀 버릴 테니까.

콰아아아아아앙-!

일순 성대한 폭격 모두의 머리 위로 꽂혔다.

충격파는 단단하게 구조체를 이루고 있던 눈과 얼음의 벽을 헤집고, 기어코 맨땅을 드러냈다.

순간적으로 각자 방어막을 펼쳐서 공격을 견딘 인간과 두 요정들은 오싹한 느낌에 치를 떨어야 했다.

비릿한 시체의 냄새.

"아, 드디어! 얏호!"

자작나무 숲 저편에서 남자가 모습을 드러냈다.

수십 기의 언데드 병사들을 거느린 사령술사가 무척이나 신난다는 듯 이죽거리는 얼굴로 그들을 응시하고 있었던 것이다.

"여기 별로 넓지도 않은 게이트인데 만나는 게 꽤 힘드네요, 최원호 씨?"

"……!"

다음 권으로 이어집니다

만렙 닥터

13월생 현대 판타지 장편소설

리턴즈

**인생 2회 차 경력직 신입
칼솜씨도, 인성도 '만렙'인 의사가 돌아왔다!**

만성 인력난에 시달리는 흉부외과에 들어온 인턴
메스도 잡아 본 적 없는 주제에
죽을 생명을 여럿 살려 내기 시작한다?

"이 세끼, 꼴통 맞네."
"죄송합니다."
"잘했어!"
"네?"

출세만을 좇으며 살았던 전생
이렇게 된 이상 인생도 재수술 한번 가자!

**무데뽀(?) 정신으로 무장한 회귀 의사
이제부터 모든 상황은 내가 집도한다!**

南魔帝 남궁마제

문운도 신무협 장편소설

회귀한 뇌왕, 가족을 지키기 위해 정파의 중심에서 제대로 흑화하다!

세상을 뒤집으려는 귀천성에 맞서 싸우다
가족을 모두 잃고 제물로 바쳐진 뇌왕 남궁진화
마지막 순간 원수의 뒤통수를 치고 죽으려 했으나
제물을 바치는 진법이 뒤틀리며 과거로 회귀하다!?

남궁세가의 양자가 된 어린 시절로 돌아온 후
귀천성이 노리는 자신의 체질을 연구하다 기연을 얻고
회귀 전과 다른 엄청난 미모와 함께
뇌전의 비밀마저 알아내 경지를 뛰어넘는데……

가족들에게는 꽃처럼 사랑스러운 막내지만
적이라면 일단 패고 보는 패악질의 끝판왕!
귀천성 때려잡기에 나서다!